JA

ススキノ探偵シリーズ

半端者
―はんぱもん―

東　直己

早川書房

6834

ハミへ。

半端者

—はんぱもん—

登場人物

俺……………………北大の学生
高田…………………大学の友人
フェ・マリーン……フィリピン・パブ〈ジャスミン〉のダンサー。ピンキー
ミツオ………………橘連合菊志会の構成員
飯島…………………飲み友だちのチンピラ
大畑…………………〈ケラー〉のマスター
岡本…………………〈ケラー〉のバーテンダー
篠原…………………『札幌へんてこ通信』の発行人
森……………………風俗店の店長
中川君………………高校生。家庭教師として教えている受験生
サクラバ……………北栄会花岡組の組員
脇本…………………北大教養部の教授

0

暑い夏だった。

ススキノには「トルコ」がいっぱいあって、アメリカでは「エイズ」という、ホモだけが罹る奇病が流行しているらしい、という噂が話題になっていた。カラオケは、空っぽの桶ではなく、スナックで大声で歌うための道具である、という新知識が定着して久しい。

俺は生まれて初めて白麻のスーツを作った。上着三枚、ズボン四本。思ったほど涼しくはなかった。

暑い夏だった。

1

俺は、大貫妙子の『黒のクレール』を聞きながら、ビーチでマルガリータを飲んでいるのである。飲んでいるのであるが、右の耳の下にカブトムシがいて、ガサガサしているので、どうもおかしい。だいたい、ビーチにカブトムシがいるか？

それを言えば、なぜ大貫妙子の『黒のクレール』が『北海子供盆唄』なのだ。それを言えば、ビーチなのに、なぜ畳のニオイがするのだ。しかも鈍い吐き気があるし。

などとあれこれ考えていたら、ぼんやりと世界全体にピントが合ってきて、じわじわと目が醒めた。みぞおちのあたりが、ヒリヒリと酸っぱい。ベニヤ板の薄っぺらなドアを、誰かがドンドン叩いている。しきりと俺の名字を呼んでいる。俺は大きく伸びをして、でかいアクビをゆっくり味わい、うっすらと漂う吐き気を呑み込み、怒鳴りつけようとした。

こんな朝っぱらから、どこのどいつだ、てめぇは！　ぶっ殺すぞ！

……だが、念のためソファの下に手を突っ込んで手探りで目覚まし時計を探した。運良く手に触れた。手に取って眺めたら、午後二時を過ぎていた。

……なるほど。さすがは深慮の化身と讃えられる俺だ。いきなり怒鳴りつけたりせずに、一応時刻を確認する。これが、成功する男の生きる態度なのだ。できるやつ。恐ろしいやつ。いつかは、目も眩むほどの成功を、我が手に。フッフッフ。

……俺の名前を呼んでいるのは、声からすると、大家一家の次男だろう。いい歳をして、……いくつなのかは知らないが、三十は過ぎているように見える、そんな年輩なんだが、新聞配達をしているだけで、ほかには仕事をしていないように見える。……まぁ、安アパートの大家一家ってのはそんなもんか？　いつ見ても、共同玄関脇の大きな茶の間で、一家揃ってテレビを見ている人々だ。

「今行きます！」

そう言って、立ち上がった。俺は畳に直に寝ていたのだった。蒸し暑い空気が、ぬるりと動く。俺はとにかくまず、木枠ががたつく窓を騙し騙し開けて、空気を入れ換えようとした。だが、窓を開けても空気は全く動かない。いきなり汗が額から滴り落ちた。俺は汗まみれになって、寝ていたのだった。黒いTシャツに黒いボクサーブリーフ。床に落ちていたジーンズに、慌ただしく足を通す。汗で粘ついて、ジーンズがなかなか穿けない。ようやく前が閉まった。六畳間を突っ切ってドアに辿り着き、年代物の、「トムとジェリー」の小道具のような、漫画に出て来るような形の鍵で解錠して、ドアを引いた。

「あ、寝てたの？」

大家の次男が言う。

「ええ。お待たせしました」

「毎晩毎晩、飲み歩いて。いい身分だね」

揶揄する口調だが、責めてはいない。ま、お互い、同じような暮らしだし。

「はぁ……まぁ、いろいろと」

「実はね、ちょっとお願いがあるの」

「はぁ」

「実はね、このアパートね、もう、ボロでしょ？」

「ですかね」

「今どき、ないって。こんなアパート。木造二階建て、玄関共同、便所も共同、畳敷きの六畳間。風呂台所なし」

その分、家賃が安いからトントンだ、と思って暮らしているわけだが。

「なにしろ築四十年だから」

「はぁ……」

「でね、実はね、建て替えることにしたの。オヤジが」

「はぁ」

「それでさ、あのさ、誠に申し訳ないんだけどさぁ」

「あ、引っ越してくれ、と？」

「ああ、うん。……いやぁ、ホント、申し訳ないんだけど、どっか引っ越してもらえないかな、って話、っていうか、お願いなの」

「はぁ……」

「ごめんね、突然で。こんな大事な話」

「いえ、まぁ。……いつまでですか？」

「来月の末まで、ってことで、どうだろ」

「はぁ……」

「で、いろいろと支度もあるだろうから、ま、些少だけど、今月来月、二ヵ月分、家賃は頂かない、ということでどうだろ？　あ、もちろん、敷金は全額お戻しします」

「ちょっと急な話ですね」

「うん。そうなんだよね。オヤジがね。実はさ、オヤジってさ、思い付いたら、パッと話を決めちゃう男でさ」

困った顔をして、頭をゴシゴシ掻いている。

ここで渋い顔をしてみせれば、立ち退き料としていくらか金を出す、という話になるのだろうが、そういう駆け引きは面倒臭い。そんなことに神経を使うほどには、俺は金が好きでもない。

……ま、いいさ。引っ越し先など、すぐに見付かるだろう。この部屋は、ススキノからちょっと離れている。ススキノの外れから、歩いて十五分から二十分はかかる。酔っていると、三十分かかることもある。……道ばたで寝込んだりしなかったら、ということだが。

とにかく、もう少し、ススキノの近くに住みたいな、と思っていたのは事実だ。ちょうど都合がいいってことになるか。

「ま、わかりました」

「ああ、助かります。ありがとう。じゃ、これ、今月分のお家賃」

封筒を差し出す。先月の二十五日に払った今月分の家賃が戻って来た。臨時収入。

「じゃ、ほんと、突然で申し訳ないけど、来月末までにね」

「……もしあの、いい引っ越し先が見付からないようだったら、紹介できる物件もある、ってオヤジが言ってるから」

「はぁ……」

「いや、そんな、実はさ、仲介料はごくごく安くしとくから、ってさ」

「いや、大丈夫です。自分でなんとかします」

「あ、そう？　ま、それじゃ、そういうことで。よろしくお願いします。ありがとう」

大家の次男は、さしてありがたそうでもなく、「さて次は隣だ」という顔付きで、ベニヤ板のドアの向こうに消えた。

俺はドアを閉めて部屋のほぼ中央に置いてある椅子に座った。

引っ越しか。……ま、荷物はそれほど多くはない。本が、文庫本を含めて三千冊くらいか。あとは、布団と年代物のステレオセット、冷蔵庫、机。今座っている、この椅子。それから衣類が少々。白石の実家から持って来た掃除機は、もう調子が悪いから捨てようか。などとあれこれ考えながら、ぼんやりとソファを眺めていた。……そうか。このソファも、捨てよう。あまりいい思い出がない。

隣の部屋で、お婆さんが大きなクシャミをした。この人は、クシャミをすると、必ずチクショー！　と怒鳴る。

「ハックション！　チクショー！」

「はぁ」

やっぱり。ま、お元気でなにより。

その向こうの部屋では、お爺さんが、インスタントラーメンを作り始めたようだ。いつもの通り、ネギと卵を入れて煮るニオイが漂って来る。火力は、電気コンロだ。去年の夏の暑い日、お爺さんがドアを開けてラーメンを作っていた時に、見て、驚いたのだ。今どき、あんな電気コンロが生き延びているとは想像すらしていなかった。道ばたに落ちていても誰も拾わないだろうが、骨董屋では五千円くらいの値が付くだろう、と思われるシロモノだ。民間の「ノスタルジック博物館」なら、一万円くらい。で、自治体の「昔の暮らし生活館」では、予算が余っているから十万円くらいで引き取るとか。……いや、たぶん違うな。役人は、二万円くらいで引き取って、浮かした予算で飲み食いをする生き物だ。

というようなあれこれをぼんやり考えている暇はない。午後二時十五分。そして今日は水曜日だ。

ということは、きっと高田が来る。それまでに出かける用意をしておかないと、あいつは機嫌が悪くなる。

俺は棚から「銭湯セット」を下ろした。プラスチックの洗面器にタオルやシャンプーや石鹸などをまとめて入れてある。それを小脇に抱えて部屋から出た。薄暗くて埃っぽい廊下を進み、階段を下りて玄関に出る。ヒビがところどころに走っているコンクリートの床に、サンダルが並んでいる。俺のは、一番右端にある。それをつっかけて外に出た。

＊

カンカン照りの暑い昼下がり。空気はぴくりとも動かず、ひたすら熱い。いくら夏でも、こんなに暑いのはちょっと珍しいような気がする。ま、暑い夏は大歓迎だが。

玄関から出るとすぐに庭だ。このアパートの庭は割と樹木が多く、桜はないが梅や桃、梨などが季節には実をつける。そのほか、手入れはあまりしていないようだが、芝桜やツツジの花群れや、紫陽花、水仙、クロッカス、そのほか名前のわからない花が、季節ごとに咲く。結構気に入っている庭なんだが、建て替えたら、この庭もなくなるのだろうか。だとしたら、残念だ。……ま、俺にはなんの関係もない話か。

庭の、玉砂利を敷いた小道を抜けて、細い小路を進む。西屯田通りに出る手前右側に、銭湯がある。このあたりは、銭湯が割と多い界隈で、徒歩圏内には三つある。それはもちろん、零細な木造アパートが多い地域だからだろうが、最近はあちこちで建て替え工事をやっていて、木造アパートが続々と鉄筋コンクリートの賃貸マンションに変身している。となると、そのうちに銭湯もなくなってしまうのだろうか。……それとも、銭湯も「お洒落な賃貸マンション」に変貌するのか。

街がどんどんつまらなくなる。

銭湯の曇りガラス戸をガラガラと開けた。お湯のニオイがする。ああ、銭湯に来たな、という気分になる。白石の実家で暮らしていた時は、家に風呂があったので、俺は銭湯に入った経験がほとんどない。この街に来て毎日入るようになって、これはこれでとても楽しいものだな、と思うようになった。場所柄、指の欠けた人や、背中に極彩色の絵を彫り込んでいる人、おっぱいが固く膨らんでいてヒゲが濃い人などが珍しくない。おっぱいが膨らんでいる、ヒゲ剃り前のふたりが並んで座り、体を流しながら、ママの悪口や客の噂などを話しているのを聞くと、どこの世界も大変だな、としみじみ思う。

それなのに、だから僕も頑張って勉強し、有意義な人生を構築しよう、とかなんとかいう気持ちにならないのが、人の心の計り難さってやつだ。

脱衣場のようすでは、ひとり先客がいるようだった。そんなもんだろ。もともと暇な時間だし、とにかく暑いし。竹のカゴに、いかにも爺さんっぽい下着や腹巻きが詰め込んである。たいていの爺さんは、夏でもたくさん着込んでいる。で、それらを脱いだ上に、バスタオルが雑に広げてある。その脇にスーパーの白いビニール袋があって、そこからネギがはみ出し、袋の中のリンゴが透けて見える。

……僕らはみんな生きている。うんうん。

服を脱いで前をタオルで隠し、浴場のガラス戸を開けた。音が急に広がる。

湯船の中に、しなびた男がいた。西屯田通りの商店街で、時折すれ違う老人だ。こっちにぼんやりした顔を向け、会釈する。俺も会釈を返し、洗い場で股間をザブザブ洗って、かけ湯をして、一応先輩に敬意を払い、「失礼します」と挨拶をして、湯船に浸かった。

一瞬、これはとても無理だ、死ぬ、というほどに熱かった。が、徐々に慣れてくる。手足の爪の先が徐々に痛くなり、そして気にならなくなる。

「学生さんかい」

老人が、気持ちよさそうな顔をこっちに向けて、言った。

「はぁ」

「あんた……〈荒磯《あらいそ》〉でよく飲んでるな」

「ああ、はい。たまに……」

ススキノで飲んで歩いて帰って来ると、ちょうどアパートの近くまで辿り着いた頃に、「まだ飲める」という確信がムクムクと湧いて来て、西屯田通りで飲み屋を探すことになる。〈荒磯〉は、そんなような、この界隈に住んでいるススキノの人間を相手に、午前五時までやっている居酒屋で、……そう、確かに俺は最近、この店でよく飲む。

「あそこのニイちゃんは、元はカワダメにいたんだと」

カワダメ？　と思ったが、すぐにわかった。〈河溜〉のことだろう。ススキノで一、二を争う高級料亭だ。

「はぁ……」

「〈河溜〉の花板はこれでな」

老人が、右手の甲を頬のあたりに持って行って、オカマの仕種をする。その仕種が妙に色っぽかった。

「はぁ……」

「〈荒磯〉のニイちゃん、目がぱっちりしてて、ちょっと可愛いだろ」

「はぁ、まぁ……言われてみれば」

可愛いったって、もう四十を過ぎたオッサンだけどな。コロンと丸い体付きで、ヒゲの剃り跡がいつも青々としている。

「で、〈河溜〉で、花板に、しつこく挑まれたんだそうだ」

「はぁ……」

挑む。……ちょっと今どきの動詞じゃないな。でも、言いたいことはわかります。

「で、それがいやでいやで、〈河溜〉を辞めて、神楽坂に行って三年修行して、そしてこっちに戻って来て、親が住んでる近くの、あの場所に店を出したんだと」

「はぁ……」

そこで老人はクスクス笑い出した。

は？　なにかおかしいですか？

「いや、傑作だ」

「はぁ……」

「その、元の〈河溜〉の花板ってのが、ククク、俺なんだ」

「……」

「あの店の保証人も、俺さ」

「……」

俺は軽く会釈して、湯船から出た。老人は、まだクスクス笑っている。

俺はじいさんに背を向けて、頭を洗い、体を洗った。

2

さっぱりしてアパートに戻ったら、玄関に、金色の鋲、高い踵、白いエナメル、の派手な革靴があったので、うんざりした。階段を上り、自分の部屋の扉の前で「開けるぞ」と声をかけて、扉を開けた。ソファに、飯島が腰掛けていた。ソファの上に寝そべっていて、俺が声をかけたので体を起こした、という感じだった。

「なんだよ。また逃げて来たのか」

「どうかな。ちょっと怖じ気づいちまって」

飯島は、細々した仕事で食いつないでいる。中には、御法度の品物の運搬というものもある。そういう際どいシノギで食いつないでいるにしては、気が小さい。

「またビニ本《ぼん》か」

「ああ。見るか？」

「もう、飽きた」

「だよな。飽きるよな、ありゃ」

自分の商売の品物を、ケロリとした顔で貶す。ま、そういう奴だし、そういう仕事ではある。

「でも、モノはいいんだぞ。アメリカの業者が、びっくりするんだ」

「なんで？　モデルが美人だから？」

「そ〜りゃね〜だろ〜よ」

慨嘆口調で言う。気持ちはよくわかる。

実際、ビニ本のモデルはブスが多い。将来どうなるかはわからないが、今のところは、やっぱりいろいろな困難を抱えてるんだろうな、というような、箸にも棒にも掛からないブスとか、荒廃し果てた雰囲気の、こっちの気持ちが際限なく暗く沈むような女たちが、こっちの気持ちが際限なく暗く沈むようないろんなことをしてされて、松田聖子みたいな不自然なアイドル笑顔でこっちにばっちりと視線を向けているわけで、こっちの気持ちが際限なく暗く沈むわけだ。

「だよな。じゃ、なんでアメリカ人が驚く？　丸出しだからか？　でも、それなら、アメリカの方がもっと凄いだろ」

なにしろ、アメリカじゃ、局部丸出しの接写なんてのも、お咎めなしらしいからな。

「ちがう。印刷技術に驚くんだ、連中。それと、造本の堅牢さ」

「……それにしても、『造本の堅牢さ』なんて言葉、よく覚えたな」

「親方が教えてくれた」

「なるほどね。……ビール、飲むか？」

冷蔵庫を開けながら尋ねた。

「いや。俺ほら、すぐに顔が赤くなるから」

そうだった。つまらない奴だ。サッポロ黒ラベルを一缶取り出して、飲みながら言った。

「俺はそろそろ出かけるよ。友だちが迎えに来る予定なんだ」

「どこに行くのよ」

飯島はそう言いながら、足許に置いてあった模造皮革のバッグのファスナーを開けた。幼稚園児ひとりくらいなら中に入れそうな大きなバッグだ。飯島はバッグに手を突っ込んで、ビニ本の十冊パックをドサドサと出した。

「しかしまぁ、よく作るよな。毎日毎日入荷するんだぞ」

飯島は、自分の前に商売物を積み上げて、つくづく呆れる、という口調で言った。

「へぇ」

「それがまた、毎晩捌《は》ける。すぐにあと十冊二十冊って、追加の電話がガンガンかかってくるらしい」

「へぇ」

暑い夏の午後に、ひとりでビールを飲むのもちょぃと気が引ける。冷蔵庫からマウンテン・デューを取り出して、差し出した。軽く頷いて、受け取る。そしてソファの脇のテーブルに置いておいたピースの缶から一本取り出す。

「いいか？」

「くわえる前に聞けよ」

「そりゃ理屈だ」

百円ライターで火を点け、胸の奥まで喫い込んだ。そして「眩暈がする」と言う。いつものことだ。

「しかしホント、マウンテン・デューとピースで、ホントに〝ひと時〟ってのになるもんだよな、ホント」

しみじみと言う。本気らしい。

「そうかい」

俺は頷きながらサッポロを二口三口飲んだ。

「う～んと……」

飯島はピースの煙を漂わせながら、呻いた。

「なんだよ」

「……ちょっと、置かせてもらっていいか」

「その荷物をか？」

「ああ。ダメ？」

甘えるように、上目遣いで見る。

「迷惑だな」

「そこをなんとか」

そう言って、ドサドサ出したビニ本の束を何個もバッグに戻す。

「頼むよ。三十分」

「……置いて、そしてどうなるんだ」

「で、俺は一旦手ぶらで出る。小一時間、あたりのようすを見て、車で戻って来る。荷物を積んで、フケる。迷惑は、かけない」

「面倒臭ぇなぁ」

「……そこをなんとか」

「ホントに尾けられたのか？」

「……そんなような気がするんだ。だから、とりあえず路地に入って、撒いた」

このあたりは、札幌の街中にしては珍しく、細い小路が入り組んでいて、一軒家の狭い庭も散乱していて、道を知らないよそ者の尾行は、あっさりと振り切ることができる。

「……じゃ、こういうことにしろ」

俺が言うと、飯島は真剣な表情で、ちょっと首を傾げて、「拝聴します」という態勢にはいる。芸の細かい奴だ。

「これから、友だちが来る。俺は、そいつと出かける。あんたは、その後に来たんだ。で、俺がいなかったんで、勝手にここに荷物を置いて、帰って行った。で、俺がまだ戻らないうちに、勝手に取りに来て、立つ鳥跡を濁さずに消える」

「……OK。それでいこう。……で、友だちって？　俺の知ってる奴？」

「いや。知らない相手だ」

「へぇ。……どこに行くの？」

「英語の教授の研究室だ」

「はぁ？」

「自主ゼミなんだ。その友だち……高田ってんだけどな、そいつが中心になって、仲間を集めて、センセイを囲んで、原書を読む会ってのを作ったんだ」

飯島は目を真ん丸にして、俺を真正面から見つめた。口をポカンと開けたが、すぐに閉じて、自分を取り戻し、ついでに日本語を思い出した。

「あのえと……それ、楽しいのか？」

「……驚くかも知れないけど、まぁ、楽しい」

「なんて本？」

「ミルトンてやつが書いた、『失楽園』て本だ」

「……シツラクエン……ま、本人が楽しいんなら、ま、それはそれでいいわけだ」

自分に言い聞かせる口調で言う。

「そういうわけだ」

俺はボクサーブリーフとTシャツを脱いで洗濯物のビニール袋に入れ、洗濯済みの下着を身に着けた。ジーンズに足を通し、半袖シャツを着た時、ドアが乱暴にドンドンと叩かれた。

「俺だ」

高田の声だ。

飯島が俺を見上げて、小声で「大丈夫か？」と心配そうに言う。無視して怒鳴った。

「開いてるぞ」

「おう」

ドアが開いて高田がのそりと一歩入って、ソファに座っている飯島を見た。呆然とした顔になる。俺も、今まで気付かなかったが、高田の視線で見ると、そりゃ呆然とするのも無理はないな、と思った。

白いコットンパンツと白いジャケットは、まぁいい。紫に細かな金色が散らばっている靴下も、まぁ許す。で、ジャケットの下には、原色の色遣いが目が痛くなるほどに派手派手なファラ・フォーセット・メジャースの顔をプリントした、下品なアロハを着ている。ボタンを五つほど外しているので、骨の浮いた貧弱な胸が見える。黄色いレイバン型のミラーサングラスをかけて、細かなウェーブのパーマをかけた長髪の頭に黄色味がかったカンカン帽を載せて、色あくまで浅黒い顔の真ん中で、剥き出しにした真っ白な歯でニヤリと笑い、ジャラジャラと金銀のブレスレットを何本もはめた右手の、指輪が七個はまっている五本の指のうち人差し指を突き出して高田に向けて、「お邪魔してます、先輩」と挨拶された日にゃぁ、呆気にとられたまま、「あ、どうも」とモゴモゴ呟くことしかできないさ。

「高田、飯島だ。飯島、高田だ」

「よろしく！」

ソファに腰掛けた飯島が、腰掛けたまま、深々と上体を折り曲げた。

「あ、どうも」

高田は頷き、俺に向かって「行くぞ。先に出てるぞ」と言い、ドアを閉めた。廊下を歩いて行く足音が小さく聞こえる。

「なかなかデキそうなツラしてるな。なんの勉強をしてるんだ」

飯島が閉まったドアをぼんやり眺めながら言う。

「農業経済」

「……はぁ。……で、なんの勉強をしてるんだ？」

「ナチスの農業政策の研究をしようとしてるらしい」

「……」

「それが具体的にどういうことを研究するのか、そしてなんでそんなことに興味があるのかは、俺はわからん」

飯島は、あ、安心した、という笑顔になって「……だよな」と呟いた。

俺は取りあえず頷いて、道具一式を入れてあるショルダーバッグを肩にかけた。

「じゃ、行く。とにかく、さっさと消えろよ」

「了解」

「その本も、さっさと持って行けよ」

「了解了解」

「じゃあな」

「鍵はかけなくて、いいんだな」

「ああ。盗られて困る物は何もないから」

「本は？」

「盗るやつなんか、いないさ」

飯島は一瞬考え込んだが、すぐに「だな」と納得した。そこで思い出した。

「あ、そうだ。おい」

「なんだ？」

「ススキノに、いい部屋はないか」

「部屋？」

「このアパート、建て替えるそうなんだ。だから、引っ越すんだ。この際だから、ススキノに近い、もっといい部屋に移ろうと思ってさ」

「いい部屋ってぇと？」

「最低でも、１ＤＫで……」

「風呂トイレ付き？」

「そうだな」

「わかった。注意しておく」

「じゃあな。さっさと消えろよ」

「了解了解」

3

高田は玄関の外に立って、アパートの庭の柳の大木を見上げていた。

「来る度に、いつも思うんだけど、ホントでかい柳だな」

「樹齢十年くらいだってさ」

「ほぉ」

「十年前の七夕の後に、住人のひとりが、面白がって、使用済みの柳を植えたんだそうだ。で、根が付いて、ここまで大きくなったんだとよ」

「なんで柳……」

と高田は言いかけて、すぐに「ああ、そうか」とひとりで納得している。高田は関西から北大に来た男なので、こっちに来るまでは、笹竹の七夕しか知らなかったんだそうだ。で、一年目の夏、つまり北海道初めての七夕の夜（しかも八月七日）、軒々で柳を買って来て杭を立てて飾り付けるのを見て、衝撃を受けたらしい。

「あん時ゃ驚いた」

独り言のように言って、「行くぞ」と先に立って歩き出す。

「さっきの男……」

「飯島か」

「ああ、そうだ。イイジマね。……なんだ、ありゃ。ヤクザか」

「ヤクザじゃないな。中途半端なチンピラだ」

「なにやって食ってる奴？」

「いろいろと。ビニ本の取り次ぎとか、スナックの店番とか、客引き《ポーター》の手伝いとか。あと、冠婚葬祭互助会の勧誘、大手全国紙の勧誘。いろんな物を持ってるぞ。パンフレット、ノベルティ、会員券、クーポン券などなどなどなど」

「……どこで知り合った？」

「そりゃもちろん、ススキノだ。いろんな所ですれ違って、なんとなく顔馴染みになって、そのうちに立ち話をするようになって、そのうちに一杯二杯、酒を飲むようになって」

「酒が強いのか」

「弱いね。酒を飲まなくても生きていける、って奴らしい。想像を絶する人生だな」

石山通りに出た。ここから北に向かうと、国鉄の線路の下をくぐって、道はぐにゃりと曲がり、北大のクラーク会館の裏口に出る。学校に歩いて通えるから、という理由で親を説得して今のアパートで暮らし始めたのだが、学校よりはススキノの方がずっと近い、ということに、親は気付かなかったのであった。

俺たちに『失楽園』を教えてくれる脇本教授《わきもとせんせい》は、教養部の教官棟に研究室があるので、だいたい北十八条まで、クラーク会館から歩くことになる。俺の部屋からだと、北に二十数条、東に六丁、歩くことになる。だが、その途中に地下鉄西十一丁目駅があるではありませんか。

「おい、あのよ……」

即座に高田がぴしゃりと言った。

「歩くぞ」

「へぃ」

＊

教養生協の脇で、十人ほどの男女学生が、ひとりの男を取り囲んで、小突き回していた。ミンコロとゲンリの小競り合いのようだった。

国のあちこちで、自分の頭で物を考えないバカどもが、流行りに浮かれて騒ぎまくったバカ祭りが流行ったことがある。いわゆる学生運動ってやつで、ピークは俺が小六の頃で、俺たちが大学生になった頃には、このバカ騒ぎはすでに下火になって久しかった。だが、中には生き残りがまだちらほらいるらしく、大きな立て看板《タテカン》はあちらこちらにのさばっているし、講義に出てみると、教室の机の上に、「トロツキスト」を口汚く罵倒するビラや、「トロツキスト」の頭にハンマーを打ち下ろして、最終的決着をつけた《ころした》ようすを、回りくどい言葉で書いたビラが置かれていることもあった。だがまぁ、そんなに邪魔臭くはなく、ちょっと

「大学」っぽさを味わえる調味料のようなものだ。

だが、しぶといバカもいて、バカの本流のミンコロと、外来種のゲンリが、時折小競り合いをしていることもある。これはこれで風物詩として、存在していてもさほど悪くはない、とは思っている。

実際、「学生運動」がなくなったのはいいんだが、今度はおかしな宗教や自己啓発セミナーみたいなものが流行り始めて、とにかくバカにつけ込もうとする薄汚い業者は後を絶たない。そういう連中のあの手この手に対する抵抗力を付ける方便として、キャンパスの片隅で、ミンコロとゲンリが口汚く罵り合い、時には揉み合ったりするのは、いいことだと思う。そのテのバカを遠目に見て、「ああ、あんなバカになったら、人生オシマイだ」としみじみ悟れば、それほどおかしな罠にはハマらずに済むんじゃないかな。

と、割と好意的に考えているのだが、現実に目の前で、ひとりの男が十人ほどの男女に小突き回されているのを見ると、可哀想に、と思ってしまう。どうやら、十人ほどの連中がミンコロで、ミンコロ主催のなにかのイベントに参加を呼び掛けていたようだ。それに、ゲンリの男がアヤを付けた、という経緯であるようだ。あたりには、どっちかが持っていたらしいビラが散乱している。

言っていることは、なんだかわからない。内輪の、というか対立している同士にしかわからない、固有名詞、地名や人名が飛び交っている。テーノー暴走族のケンカと同じで、要するにムラの言葉で喚き合っているだけで、あまり意味はない。無視してそのまま教官棟に入ろうとも思ったのだが、文字通り多勢に無勢の状況なので、ちょっと気にはなった。騒いでいるバカどもは、遠巻きに眺めている「一般学生」の視線を意識しているらしい。ギャラリーを意識すると、頭の悪い高校生と同じレベルで、暴力はいささかエスカレートしやすい。小突き回しているミンコロたちの中から四人が出て来てゲンリを押さえつけようとした。それぞれ、ゲンリの襟や袖、シャツの裾などを握っている。ミンコロのひとりが、ゲンリの髪の毛を鷲摑みにして、「どうなんだ、おい！　ミネハラはどうなんだ！」と喚いている。ゲンリは、顔を背けた。その周りでミンコロの女たちが、「なんとか言いなさいよ！」とキンキン声で叫ぶ。その前に、高田が立っていた。

あら？

いつの間に？

俺は慌てて高田に駆け寄った。

「おい」

高田が落ち着いた声で、ゲンリの髪を鷲摑みにしているミンコロに声をかけた。

ミンコロが、興奮した顔を高田に向けて、「なんだ、あんたは！」と怒鳴った。

「放してやれ」

高田が言った。俺もその横で大きく頷いて見せた。誰も俺の方は見なかった。

「なんだ、あんたは！」

「放してやれよ」

「こいつ、ゲンリだぞ！」

「確かにバカ面だがな。とにかく、ゲンリだろうが、ナチスだろうが、紅衛兵だろうが、関係ない。どんなバカでも、一対十ってのはないだろう」

「こいつはな、ミネハラをな！」

「なんとか言いなさいよ！」

キンキン。

「困ってるじゃないか」

「ゲンリだからだ！」

「あんた、ゲンリの味方するの！」

キンキン。

「そういう問題じゃない。まず、放してやれ」

「なにさ、あんた！」

キンキン声の女が「ホームルームの実現」と書いたプラカードを振り回した。高田は眉を寄せて、うるさそうにそれをよけた。女はしつこい。やめない。高田が左手でプラカードを払いのけると、それはポンと宙を飛んだ。勢いで飛んだのか、女が自分で放り投げたのか、それははっきりしない。

「暴力反対！」

キンキン女はキンキン叫んで、顔を両手で覆い、そこにしゃがみ込んだ。「いったぁい…

……」とさも痛そうな声を出す。公安警察に教わったワザだろう。

「なにするんだ！」

それまでゲンリの右腕を固めていた男が、それを放して高田に突っ込もうとした。その足の運びから、柔道か何かをやっていることはわかった。高田は一歩退いた。男はさらに突っ込んだ。高田は左後ろに半歩退いた。

「やめろ」

「あんたは！」

男が一歩間合いを詰めて、高田の右腕を掴もうとした。高田が斜め前に出た。男が宙に浮き上がり、クルリと一回転して仰向けに落ちるのと、高田が「やめろって」と言うのが同時だった。

男が落ちた時には、高田は二歩前に出ていた。ゲンリを押さえていた男たちが、高田に掴みかかった。高田は、そんなに動いたようには見えなかった。だが、すぐにふたりが膝をつき、ひとりが横ざまに倒れて左の肘で左脇を庇い、呻いた。

「やめろって」

高田が迷惑そうな声で言った。

「こんなことをしている暇はないんだ」

「じゃ……さっさと行けばいいじゃないか」

横ざまに倒れている男が、歯を食いしばるような口調で言った。

気持ちが悪い。

「でも、パスカル」

キンキン女がキンキン喚いた。ミンコロどもは、ニックネームで呼び合う。バカは本当に
「行けばいいじゃないか」

男はもう一度言った。

「じゃ、行くか」

高田は俺を見て言った。俺は、大きく頷いた。

さっさと校舎に入ったら、後ろから声をかけられた。

「あの」

振り向いたら、ゲンリの男だった。

「あの、どうもありがとう」

「別に、あんたを助けたわけじゃない」

「でも、助かりました」

「あんたを助けたわけじゃない。気にすんな」

「あの、今の日本は、これでいいと思いますか？　思想的な混迷が、日増しに深くなっていると思いませんか？　自分の利益のみを優先して、……」

俺は呆気にとられて、ゲンリのツラを見た。高田も、ぼんやりとゲンリを見ている。驚いているらしい。

「いやあの、つまり、もしも、なにか人生について悩みがあったら、あの、非常にためになる……」

　高田が顔をしかめてゲンリの言葉を遮った。

「いいか。どんなバカでも、生きていていい。ナチスだろうが、紅衛兵だろうが、三浦綾子ファンクラブだろうが、ブラック・エンペラーだろうが、生きていたって、構わない。いや、生きて、幸福を追求する権利は誰にでもある。どんなバカでもな。だがな。バカの分際で、俺に話しかけるな」

「あなたが、そんなに苛立っておられるのは、人生の目的を見失っているからかもしれない、そういうことを考えたことはありますか？」

「俺を怒らせない方がいいぞ」

　高田が荒い声で言った。

「え？　あの……」

「俺がそんなにバカに見えるか？」

「は？」

「なんの話だ、おい。個室で『塩狩峠』のビデオを見ろ、って話か」

「いや、あの……」

「殴られたくなかったら、さっさと消えろ」

「いや、あの……ただ、お礼を言いたかっただけで」

「じゃ、もう言っただろ。消えろ」

そして俺たちはそいつに背中を向けて、教官棟に入った。そいつは静かにして、なにも喋らずに俺たちを見送ったようだ。

「お前は強いんだな」

俺が言うと、高田は鼻で笑った。余裕の威張りくさった口調で、それでも謙虚なセリフを言う。

「稽古を続ければ、誰でもあれくらいにはなる」

「ホント？」

「ああ。続ければな」

「空手？」

「そうだ」

「教えてくれるか？」

「……脇本教授のところに、毎週来るか？」

「いいよ。割と面白いし」

「じゃ、日曜日の午後に北区体育館の格技室に来い。稽古をしてるから」

「お前ひとりで？」

なんと孤独な青春だろう。

「いや。空手の同好会だ。どこの流派にも属してないから、昇段試験もない。ずっと白帯のままだ。それでもＯＫなら」

「……別に、帯の色とかには拘らないけど」

「じゃ、気が向いたら、来い。『失楽園』を続ける限りは、教えてやる」

＊

今日の出席者は俺と高田を入れて、六人。理学部のがふたり、獣医学部のがひとり、工学部のがひとり。

古風な言葉でスペース・オペラを読むような、独特の面白さがあるのだが、今日読むところは、四巻の始めの方、エデンの園と、そこで安楽に暮らしているアダムとイブの描写の部分だった。ここはあまり面白くない。予習していても身が入らず、実はあまりやって来なかった。先週からの流れで行くと、今日は俺の分担はないだろう、と甘く考えていたせいもある。だが、工学部のやつが休んだので、順番がひとつズレて、俺が訳すことになった。

慌てた。なにしろ、十七世紀の英語だ。二十世紀の英語ですらあやふやなんだから、十七世紀の英語など、予習なしでは読めるわけがない。額に汗が滲んでいるのがはっきりわかる。しどろもどろで意味不明の訳をでっち上げていたら、脇本教授が「あとは、それじゃ私が」と静かに言って、寂しそうな顔で訳し始めた。寂しそうな瞳の下で、白髪混じりの口髭が、寂しそうに動いていている。でも、怒られはしなかった。さすがは温厚なカルヴィン派プロテスタント《プレスビテリアン》信者だ。

高田が、俺の方をジロリと睨んだ。

＊

「あのよ」

高田がむっつりした口調で言う。

「わかってる」

「俺たちの方から、教授《せんせい》にお願いしてだな」

「わかってるって」

「わざわざ教えてもらってるんだから」

「わかってるって」

「もうちょっと、真摯な姿勢があってもいいのではありませんか」

高田はそう言って、喉仏を動かし、ビールを二口飲んだ。

キャンパスにいくつかある生協の食堂では、酒が飲めない。だが、クラーク会館の地下にカウンターだけの店があって、ここでは昼間からアルコール類が飲める。クラーク会館の地下は、ひんやりしていて、今日のような暑い日でも、涼しい。ここで飲むビールはなかなかうまい。

「わかってる」

「なんか、教授に申し訳なくてよ」

「ああ。わかってる。ちょっと油断した。肥後が休むとは思ってもいなかったんだ」

「……あいつ、体弱いんだよな」

「へぇ」

「喘息だとよ」

「……じゃ、発作が出たとか？」

「それはわからないけど。とにかく、もうちょっとパピッとやれよ、お前」

俺は頷いた。

「毎晩飲んだくれる暇があんだろ。じゃ、パラダイス・ロストの一ページくらい、予習する時間はあるだろうが」

俺はなにも言わずに頷いた。

「んとに、もー」

むくれる高田は高田として、俺はカウンターの中の林に頼んだ。

「ウィスキー、ストレート、ダブルで」

「OK」

林は演劇研究会のメンバーで、年に二回打つ公演のために、総ての時間を費やしている男だ。そいつが、なぜクラーク会館の地下で飲み屋をやっているのか、そのシステムがよくわからない。演劇《えん》研究《けん》会のシンパである高田が、なにか斡旋のようなことをしたような雰囲気もある。もしかすると、ここで飲むと、その飲み代が演研公演の資金の一部になるのかも知れない。

事情はよくわからないが、とにかく、昼間から学校で飲める、というのはいいことだ。食い物はピーナッツと柿の種しかないが、それで充分だ。

「今晩も、ススキノか？」

高田が言う。俺は頷いた。

「よく飽きないな。毎晩だろ」

「お前、毎日三度のメシを食ってて、飽きないか？」

「例の……バクチ？　トランプの。あれは快調か」

「まぁね。ま、ボチボチだ。負けることはない。今んとこはな。欲を出さなきゃな」

「……さっき、お前の部屋にいただろ、あのヤクザ……」

「あいつはヤクザじゃない。ただのチンピラだ」

「ま、どうでもいいけど。あいつは、バクチ仲間か」

「違うよ。あいつはただの飲み友だちだ。特に利害関係もない。もちろん、バクチ仲間でもない」

バクチの件に関しては、外部の人間に知られてはならない。たとえ相手が高田でもだ。

「ふん。……で、あれか、……お前、このままズルズル退学か」

「どうなるのかな。先のことは、全然考えてない」

「……ま、いいか」

高田はそう言って、ビールのジョッキを空にした。

「林、ビールもう一杯」

「ＯＫ」

林が、サッポロ生の栓を抜いてジョッキに注いで「お待ち」と言って高田の前に置いた。そして「知ってるか？」と言う。

「なにを」

「除籍よりは退学の方が、ずっといいからな。覚えといた方がいいぞ」

「どう違うんだ」

高田がむっつりと尋ねる。

「除籍は、学校に入った、という事実そのものがなくなる。退学すれば中退ってことになって、取得した単位は生きている。復学して、卒業することも可能だ。この差は、大きいみたいだな。諸先輩を見てると」

「だとすると、中退の方が、なんかしみったれてる感じだな。やめるんなら、スパッと縁を切る方が、すっきりしてるな」

俺が言うと、林はニヤッと笑った。

「そう思うかも知れないけど、後で絶対後悔するから。退学届けを出しておけばよかった、って。除籍になった先輩たちは、みんなそう言ってるぞ」

「どうでもいいよ」

「それが、違うんだって」

林が悪いことは言わない、という表情で言う。俺はとりあえず、わかったわかった、と右手をひらひらさせて、この話はこれで終わりにした。

「さてと。お前はどうする？　俺は、一旦部屋に戻って、着替えてススキノに出るつもりだけど」

「どっか、面白い店があるか？」

「お前はどんな店が好きなんだ？」

「あの店、なんだっけ。……セラー？」

「ああ、〈ケラー〉か」

「そうだ。あそこには、まだ行ってるのか？」

「ああ。だいたい毎晩、あそこから始める」

「マスターは……」

「亡くなった。だから、今は息子さんが継いでる」頭の中で数えてみた。「……もう、半年になるか」

「優しそうなお爺さんだったけどな」

「でも、なかなか厳しかったぞ。チャチなことを言うと、即座に叱られた。いろいろと、大事なことを教わったよ」

「……その挙げ句に、この体たらくか」

「……」

「マスターが、草葉の陰で泣いてるぞ、きっと」

「……」

「ま、いいや。最近、なにか面白い店はあるか？」

「この前、〈南太平洋〉って店ができた」

「どんな店だ」

「フィリピン娘のショーがある」

「ナイトクラブ？」

「……違うな。ちょっと今まではない業態だ。飲み代は、ま、ナイトクラブやディスコレベル。……スナックくらいだな。ボトル・キープ制がある。全体として、そんなに高くはない。で、フィリピーナのショー・タイムがあって、その合間には、彼女らが接客する」

「へぇ……」

「これは違法らしい。彼女らは、アーティスト、というかタレントとしてのビザで来ているらしいな。だから、接客とか、そういうホステスみたいなことをするのは違法だ」

「へぇ」

「だから、出入国管理事務所《にゅうかん》のGメンを警戒している」

「ほぉ」

「入店する前に、入り口の黒服が身元確認をする。それがちょっと面白い。禁酒法時代のスピーク・イージーに入るみたいな感じで」

「バカじゃねぇのか」

そう言いながらも、高田は興味を持ったようだった。

「そんな高くないって？」

「ボトルを入れてある。ジャック・ダニエルだ。だから、チャージと、フィリピーナの飲むビール代……」

「ひとり、いくらだ」

「一万円にはならないと思う」

「……ショーは？　それなりか？」

「ダンスのレベルは高いと思うね。ま、フラッシュダンスを生で見る、ってな感じかな。あ、エロの方はないよ」

高田は、うんうんと頷く。

「お前は、なにが楽しくて行くんだ」

「……別に、楽しいことなんか、ないさ。ダンスを見て、フィリピーナと話して、軽く酔って、出て来るだけだ。……こう話すと、なにが楽しくて行ってるんだろうな、俺」

楽しいことなんか、なにもない。

とにかく、俺は夜が好きなのだ。……誰でもそうか。

その気になったら、〈ケラー〉に行くかも知れない、と高田が言う。

「お前は、何時までいるんだ」

「夜の予定は決めてないけど……」

高田がムスッとした顔になる。

「じゃ、とりあえず、九時まではいるよ」

「わかった。行くかどうかはわからないけどな。行くとしたら、九時前には行く」

「OK」

＊

立ち上がって、林に金を払って出た。暗い階段を上って、カッと照りつける日差しの中に出たら、中央ローンの方で誰かが俺のほうに手を振るのに気付いた。見ると、同級生だった。経済学部に移項した連中が三人、並んで歩いている。俺も手を振り返したが、内心、うんざりした。

函館にある水産学部を除くと、北大は全学部が札幌キャンパスにある。で、受験の時は、文系・理系・医学進学過程の三つのコースからひとつを選んで受験する。合格すると、教養の二年間は、文系クラスや理系クラスで講義を受ける。で、二年目二年の中頃に、専攻を決める。もちろん、文系で一番できる連中は法学部を選ぶ。あとはまぁ、経済学部、教育学部などを選び、俺みたいな成績不良のオチコボレは、文学部にひっかかる。で、法学部や経済学部に移項する連中の中には、すでに卒業後を見据えて、会社訪問に邁進しているやつらがいるわけだ。

三人は、この暑いのに、ドブ鼠色のスーツを着ている。夏休みが近くなって、こういう連中が増えた。オヤジたちに好かれようと、必死になって努力している連中。まるで、男の売春じゃねぇか。オヤジたちに迎合して、仰向けに寝転んで腹を見せるほどに、就職ってのは大事なもんかね。

考えると、なんかムカムカするんだよな。

俺は現在、家庭教師を三件受け持っている。それと、世論調査のバイト、それからバクチと御禁制品の流通などで、充分食えている。いつまで通用するかわからないが、とにかくこの態勢で、行けるところまで行ってみよう、と思ってる。就職すると、もちろん毎晩呑み歩くことはできなくなるだろうし、今みたいにほぼ毎日映画を観る、なんてこともできなくなるだろう。昼酒なんてのも、難しくなるだろう。

そんな人生のどこが面白い。

ま、そんな生活が長続きするはずはない、ってことは、頭ではわかる。そのうちに、行き詰まるってことも理解してる。ただ、行き詰まったら、その時はその時だ。どうにかなるだろう、と楽観している。

とは言いながらも、腹の底に、重苦しい不安があるのは事実だ。だが、その不安を解消するために、オヤジどもの前で仰向けになって腹を見せて、舌を出してハァハァやって、ゴロニャンと鳴いて、手の甲をペロペロ舐めて、「御社のために頑張ります」なんて真顔で言ったり、そんなことをしてまで、生きていたいとは思わない。会社訪問をしてオヤジに好かれよう、と努力する気にはなれないわけだ。オヤジどもに自分を売り込むために、安っぽいぶら下がりのドブ鼠スーツを着て、背筋を伸ばして座り、相手の目を見てはきはき喋り好感を持たれようとするなんて。自分を売り込もうと頑張るなんて。好きでもない相手の会社（おそらくは、脱税その他いろいろと汚いことをしているに違いない大企業）を褒めるなんて。そんなことするくらいなら、竹光で切腹して死んだ方がましだ。サラリーマンになるくらいなら、どっかの会社に就職するくらいなら、上司の命令に服するくらいなら、ボロを着て、道ばたでコジキになって食を断ち、あっさり死んじまうほうがずっといい。それでキレイにケリが付く。

なんてことをブツクサ頭の中で呟きながら、……このまま行ったら、どうなるんだろうと改めて思う。……だが、そんなことを気にしても始まらない。とにかく、今日の飲み代はある。それで充分じゃないか。その分、まずは飲んでしまう。そしてさっぱりした気分になって、明日のことは、また明日考えるさ。

4

地下鉄に乗って部屋に戻って、少し寝た。窓を大きく開け放って、ソファの上に転がって寝た。空気はほとんど動かないが、それでも時折、そよ、と微かな風が吹くことがある。そんな時は、とても幸せだ。うとうと、眠ってるんだか物を考えているんだかわからない朦朧とした世界の中で、首筋を微かな空気の流れが滑り、あるいは背中の肩胛骨の脇を、ぬるり、と乗り越えていく時、ああ、暑い夏もいいもんだな、と思ったりする。

そうやってグズグズだらだらしていたら、ほんの少し、空気が涼しくなったように感じた。目を開けてみたら、陽の光がほんの少し傾いたようだ。ソファの下に手を突っ込んで時計を探した。

午後五時四十二分。まぁまぁだ。

俺はジーンズTシャツ素足にサンダル、という格好で外に出た。空気はまだ熱い。だが、間違いなく、あと一時間もすれば夜が始まる。俺はぼってりとした空気を掻き分け、だらだらと歩いて、ススキノの外れに辿り着いた。九階建てのビルの前に立って、ビルを見上げた。〈フィンランド・センター〉。九階全フロアがサウナで、ススキノでも最も規模の大きな風呂屋だ。

谷岡ヤスジが作り出した哲学者に倣って、ペタシペタシとサンダルを引きずりながら、自動ドアを抜けた。冷房が効いている。素晴らしい。サンダルをロッカーにしまう。体温が徐々に下がるのを味わいながら、フロントの前に立った。

「毎度。半日コース?」

〈フィンランド・センター〉は、半日コースが十時間。まぁまぁ、手頃な時間だ。

「お願いします」

前金を払う。これで、十時間の間、出入り自由になる。

「で、今日も白麻？」

「そうだな。そうします」

俺は頷いた。

スーツは全部〈フィンランド・センター〉に置いてある。シャツとネクタイもだ。それをいえば、革靴もだ。部屋が狭いので、衣類の置き場所がない。ジーンズやTシャツは、小さな押入のハコの中にでもクシャクシャに押し込んで置けばそれでOKだが、スーツとなると、そうはいかない。くしゃくしゃのスーツでもいい、ってんなら、わざわざ仕立てたりなんかしない。そして革靴は、共同玄関に置いておくと、すぐになくなる。共同玄関のゲタ箱に入れても、ダメだった。……そうだ。引っ越す時には、クロゼットが広い部屋、ゲタ箱の大きな部屋を選ぼう。これは必ずチェックすること。

フロントの奥、事務所の西側の壁に、クリーニングした客の衣類が並んでぶら下がっている。二列あって、手前の列の右端あたりに、俺のスーツなどがまとまって下げてある。その前後には、いつも見慣れたスーツたちが下がっている。どんな連中なのか知らないが、こいつらもここの馴染み客なんだろう。

白麻のスーツの上着が二着、ズボンが三本、ある。昨夜着ていたのは、まだ戻って来ていないらしい。白麻のデザインは三着とも同じで、ロングターンのサイドベンツだ。それを一揃いと、緑色のシャツ、ミッドナイトブルーに細い縦縞の入ったネクタイを選んだ。フロントに戻って、ロッカーのキーを受け取り、裸足のままペタペタとエレベーターに向かった。

＊

俺はサウナが本当に好きだ。もしも「明日で地球は終わりです」ってことになったら、友だちとサウナに行って、のんびり酒を飲んでバカ話をしながら、地球の終わりを待つ。そういう時は、人間は、あまりセックスや贅沢の方には向かないような気がする。のんびりサウナで終末を待つ。……でも、そんな時に、働かされるサウナ従業員は可哀想だな。

なにを下らないことを考えてるんだ。思わずひとりでクスッと笑ったら、上段に座って、難しい顔で熱気に耐えていたオヤジがこっちをみて、「なんだこいつ」という顔をした。「ひとりで笑って、お前はバカか？」って感じ。思わず軽く赤面して、俺は天井を見上げ、「別に恥ずかしくないもんね」という気持ちを表現した。

サウナに出たり入ったりして、水を浴びたり、泡で体をほぐしたり、のんびり過ごしているうちに午後七時近くになった。体が、そろそろアルコールの補給を求めている。休憩室でビール、というテもあるが、それはちょっと勿体ない。〈ケラー〉のひんやりした空気が俺を呼んでいる。

グルーミング・フロアに売店がある。そこで下着類を買い、ロッカーの前で服を着た。着てきた下着類は、ここの屑籠に捨てる。とんでもない罰当たりな浪費だと自覚している。自覚してはいるが、罰当たり、ということが、浪費の本質なわけだから、これで、いいのだ。……そうだ、引っ越す時には、洗濯機も買おう。洗濯機が置ける部屋にしよう。それで、被服費が相当節約できる。……俺は、節約を目差してるわけ？　いや、そういうわけじゃないけどさ。ちょっと目先を変えてね。……ま、いいだろう。これも、必ずチェックすること。

服を着て、一階に降りる。フロントがこっちを見て、軽く頷いた。ロッカーのキーを渡し、靴のロッカーのキーを受け取る。靴のロッカーを開けると、白い革靴が入っている。サンダルと入れ替えてくれるのだ。

「ありがとう」

礼を言って、俺は昼間着ていたジーンズとTシャツを差し出した。お願いしますと言えば、洗濯して袋に入れてスーツの脇にぶら下げておいてくれる。そういうシステムが成立している。

「これ、お願いします」

フロントはひとつ頷いて受け取る。

「じゃ、お気を付けて。行ってらっしゃい」

俺は耳に馴染んだ声に送られて、変わり映えのしない夜に紛れ込んだ。

背筋が伸びた。

*

〈ケラー〉には、細い小路の青いアンドンの脇、地下への階段を下りる。分厚い木の扉を押すと、キィと小さな音がする。その音で、岡本さんがこっちを見た。

「いらっしゃいませ！」

「暑いね」

「ホントに。……大きく見えますね。白いスーツだと」

「膨らんで見える？」

岡本さんはクスッと笑った。

「いや、そういうわけじゃなく」

「ギムレットをお願いします」

「畏まりました」

客は俺ひとりだった。夜はまだ早い。

一枚板のカウンターの右端に座った。ここがなぜか一番落ち着く。岡本さんが俺の前に、ピースの缶とサクロンSの箱を並べて、その横に水を注いだタンブラーを置いてくれた。

ジェスロ・タルの曲が流れている。岡本さんの好みなのだろう。一時期は、ホルガー・チューカイに凝っていた。少々変わっている。それなのに、俺の好きなサード・イヤー・バンドを全否定するので、これで「好み」ってのはなかなか難しい。

「昼間は、何やってました？」

「……だいたい、寝てた。午後に、高田と、脇本教授の自主ゼミで、『失楽園』を読んだ。後は、〈フィンランド・センター〉でゴロゴロしてた」

「そのうちに、飢え死にしますね」

「可能性は、ある」

「じゃ、今のうちに、たっぷり飲んでおかないと」

「そう。そういうことだね」

俺はできたてのギムレットを一口飲んだ。ショートドリンクスは、握り寿司と同じ。目の前に置かれたら、すぐに飲むこと。そして、グラスに付いた霜が育って、雫になって流れ落ちる前に、つまりグラスが「泣く」前に、多くても三口で飲み干すこと。マスターに教わったことのひとつだ。

岡本さんは、俺の前に立って、グラスを磨き続けている。ギムレットを空けて、もう一杯頼んだ。

「畏まりました。……やっぱり、『ブレードランナー』、観て来ましたよ」

「あ、そう」

「ええ。今日の日中」

「よかったでしょ」

「ええ。……そんなに、空いてなかったですよ。結構、お客は入ってましたけどね」

から」

「きっと、『燃えよドラゴン』目当ての客だろ。アメリカでも、全然ダメだった、って話だから」

「……ああいうの、当たらないんですかね」

「さぁね。……だいたい、日本の宣伝がダメだったな」

「ああ。戦闘SFかと思いますよね、普通」

フィリップ・K・ディックの原作は、ハヤカワのSFシリーズで読んだ。それとは全然違う映画になっていて、ちょっと驚いたが、ああいう世界は嫌いではない。それにしても、……ディックは死んだんだなぁ……

「可哀想ですよね。あんないい映画作ったのに、コケちゃって。……監督、誰でしたっけ」

「知らない。忘れた。……音楽は、ヴァンゲリスだったよな」

そう言うと、岡本さんはちょっと焦ったような、澄ました顔で頷く。

「オープニング、露骨なもんだったなぁ」

「それは言わない約束です」

当然のことだろうが、ヴァンゲリスはジョイントをやっている。オープニングの曲は、露骨なほどにうっとりさせるジョイント・サウンドだった。

「葉っぱをキメながら聞くと、後頭部から脳味噌が吸い出されるみたいだよね」

「それは言わない約束です」

そんなようなことをあれこれ話したり黙ったりしつつ、四杯目のギムレットを空けた時、俺の左隣に飯島が座った。

　こいつが店に入ってきたことに全く気付かなかった。ちょっと酔ったらしい。

　だが、岡本さんも、突然登場した飯島に驚いている。これは、ただ事ではない。飯島が、並外れて用心深く、静かに動く男だ、ということなのかもしれない。そうだ、だいたい入り口の扉のキィという小さな音も聞こえなかった。……どういう暮らしをしているんだ、こいつは。

「いらっしゃいませ！」

　ちょっとあやふやな口調で、岡本さんが言った。飯島は無視した。

「やっぱ、ここにいたな」

「なんの用だ？」

「いやあの。違うんだ。いやあの。……ええと。一言、断っておこうと思って」

「なにを」

「まだ、例の……」

「ビニ本？」

「そういう言葉を、外で使うな」

「了解。おい、さっさと飲むものを決めろ。ここは、酒を飲む場所だ。飲まない奴は、出て行け」

「あ？　ああ、そうか。そうだな。じゃ、ビール」

「岡本さん、じゃビールだって」

「じゃビール、承知しました」

「で？　書籍がどうした？」

「……まだ取りに行ってない」

「なに？」

「ちょっと時間がなくてな」

「あれらの物が、まだ、俺の部屋にあるのか？」

「さすが北大生だ。理解力が半端じゃないな」

「なに言ってるんだ。……ちょっと、じゃない、相当迷惑だぞ」

「わかる。ちょっとまずいな、とは思ってる。いや、相当まずいな、とは。でも、なんか、背中が気になってよ」

自分の部屋に、何百冊かの、ソフトカバーの写真集があり、それに女性器の写真が計数千枚掲載されているという事実。

……想像するだけで、うんざりした。

「あんなもんが……」

「ああ。わかる。申し訳ない。……ただ、これだけははっきりしてくれ」

「なにを」

「ビニールは、破くな。中身を見るな」

「見ないよ、そんなもん」

「ああ。あんたは、そういう男だ、とはわかってるけど」

「馬鹿馬鹿しい。いつ引き取りに来るんだ」

「ちょっとわからん。最近、あのあたりを、フィリピンの連中がうろちょろしてるんでよ」

「なんの関係があるんだ」

「シロウト女は増えるしよ」

「なんの話だよ」

「とにかく、俺はちょっと近付けない。……いや、あんたはOKなんだ。あんたは平気なんだぞ。自分の部屋だしな。あの街の住人なんだし」

「……なにがどうなってるんだ?」

「いや、俺がただ、ビビってるだけなんだけどよ」

「じゃ、ビビるのやめて、さっさと引き取ってどこかに持って行けよ」

「そりゃあんた、風邪引いてる奴に、さっさと風邪やめて鼻水止めろ、ってのと同じだ。どういうたとえだ。

「で、とにかく、今は難しいんだ。ちょっとの間、置かせておいてくれ」

「断る」

「そうか。……じゃ、申し訳ないけど、これから言う住所の店に、持って来てくれないか。時間は、あんたに合わす。あんたの都合に合わすから。今晩、というか明日のな、午前二時から三時の間なら、いつでもいい」

「そういうのは、俺の『都合』に合わせた、とは言わないだろう」

「いや、あんたの都合に合わせて、午前二時十五分でも、四十五分でも、こっちはもう、いつでもいいんだ」

「面倒臭い。そんなことをするよりも、今このまま部屋に戻って、一一〇番に電話する方がずっと簡単だ。もしもし、びっくりしたんですけど、俺の部屋に、エッチな本が何百冊もあるんです！」

「三百五十五冊だ。五十冊の束が七つ、そのほか、人気で五冊しか在庫がなかったのが……」

「うるさい、うるさい！」

「なんで」

「冊数なんて、どうでもいいんだ」

「バカヤロウ、大問題だぞ」

「……そりゃそうだろうけど、俺はあんたらの業界とは、なんの関係もない。あんたが勝手に本を置いて行っただけだ」

「……よくも、そんな冷たいことが言えるな」

「なぜ言えない？」

「だってよ、……なんでだろ」

「知るか、そんなこと」

「……やっぱ、……友だちだからじゃないか？」

俺は思わず岡本さんの方を見てしまった。飯島と「友だち」だなどと思われたくなかった。ただ、飯島が友だち、という言葉を口にした時、これはただのオダテだ、とはわかっているのに、ちょっとほんのりしてしまった。

これだから、ヤクザ……じゃないか、こいつは。チンピラ……親にきちんと可愛がられたことのないチンピラは、……始末が悪い。

酒を飲んでいた時、飯島がポツリと言ったことがある。こいつは、週末に、親にどこかに連れて行ってもらったことがないんだそうだ。父親は元大工で、腰が痛くて働けなくなってしまった（と主張する）男で、母親はブクブクに肥満した専業主婦。これも、腰が痛くて働けない（と主張する）。生活保護受給家庭で、週末、つまり土曜日曜には、彼らの住居である市営住宅に、毎回同じ顔ぶれの男女十人ほどが集まる。ラジオやテレビなどで競馬中継を視聴しては、大騒ぎだったそうだ。飯島は、子供ながら、世の中には、日曜日に家族連れで競馬場に行く一家もいるらしい、と知ったので、両親にそういう休日を提案したこともあるそうだ。その結果、飯島は窓から外に放り出されて、左手を変な形に地面についてしまって手首を骨折した。今でも、ちょっと左手は歪んでいるように見える。

「なんでオヤジが俺を窓から投げたのか、その時はさっぱりわからなくて、俺は相当混乱した」

飯島は言う。オヤジさんはなんで怒ったんだ、と尋ねたら、教えてくれた。

「オヤジとオフクロ、そして、集まって来る連中は、ノミ屋の客だったんだな。確かに、テレビやラジオの中継で大騒ぎする合間に、忙しく電話して、金の話をしてた。……今になってみると、わかる。そんな人間が、週末に、競馬場に家族レジャーに行けるはずがない」

「……動物園や、植物園とかには？」

「一度も行ったこと、ない」

「……」

「あ、ただ、小学校三年の時に、隣の家のお父さんに誘われて、隣の一家と中島公園のお祭りに行ったことはある。夜店にな。……隣のオジサンが、連れて行ってくれたんだ。そういう思い出は、それひとつだけだ」

「楽しかったか？」

「……俺、……あのな、そのオジサンがな、金魚釣りして来い、とか言って、百円玉くれたわけだ。嬉しかったさ。で、それをポケットに仕舞って、そして、一度金魚釣りの屋台に行って、それからオジサンの所に戻ってな。今もらった百円、落としてなくしちゃった、って言っちまったんだ」

「……」

「オジサンは、……ちょっとイヤな顔して、それでも、もう一枚、百円玉くれた」

「……よかったな」

「まぁな。で、それっきりだ。その夜も、その次の日からも、ずっと、俺とは口を利かなくなった。なにしろ隣の家だからな。時折、顔を合わせるんだ。でも、無視された」

「……」

「……人生で、たった一度、遊びに連れて行ってくれたオジサンだったのにな。百円玉ごまかして、……嫌われた」

というような、ホロリとさせる話が得意なのだ。ヤクザやチンピラは。油断しては、いけない。

それにしても、「友だち」の不意打ち攻撃は、ちょっと効いた。

こいつらに、油断するな！

俺は自分に活を入れつつ、言った。

「とにかく、俺には関係ない。……二日、待ってやる。明々後日《しあさって》には、どっかの古本屋に持って行く」

「おい。それは……」

「別に、代金をかっぱらおう、とは思ってない。ただ、とにかく、あんなものが俺の部屋にあるのは迷惑だ。古本屋かビニ本屋に持って行って、買い取ってもらって、代金はあんたに渡す、ってのではどうだ？」

「……あのな、それは最悪なんだ」

「なんで」

「……わかるように話すのは……ちょっとナンだけどな、要するに、流通がネジれるってぇか、……つまり、俺はまだ精算してないわけだ」

「精算？」

「ああ。まだモトに支払いが済んでねぇんだ」

「どういうこと？」

「話してもわからねぇよ。……ビニ本の原価、知ってるか？」

「知るわけないさ」

「一冊何十円、の世界だぞ」

「へぇ」

「それが、一冊何千円何万円で売れるわけだからな。ボロイ商売だ。利益率は、下手したらシャブよりもいいかもな。……警察様々だ。国が規制するから、つまり警察がとっ捕まえるから、そのおかげで大儲けできる、ってわけだ」

一人前のことを言っているが、飯島自身も、ブツの流通をしっかり理解しているようには思えなかった。業界のスジもんが適当に喋っていることを、受け売りであやふやに喋っているようだった。

「とにかく、毎回毎回現金精算なんだ。でも、ちょっと苦しくてよ、ツケで仕入れたんだ。だから、ヨソに回すわけにはいかないんだ。……いや、精算済みでも、ヨソには持っていけないんだ。そんなことをしたら」

親指を立てて、首を掻っ切る仕種をする。

「これだ」

俺は怯えた顔で、震えながら言った。

「怖い！」

飯島は真剣に激しく首を振る。

「冗談でないんだ」

「……だいたい、なんでそんな危ない橋を渡るんだ。あんたみたいな怖がりが」

飯島は俺を右手の人差し指で指差す。

「そこだ、それ。自分でも不思議なんだ。でもなぜか、こういう仕事しか、回ってこないんだよな」

そう言って、なんとなく改まった顔になり、目の前に置いてあるビヤタンブラーにさっと手を伸ばして一気に飲み干した。

「で、ま、そう言うわけで」

そう言ってストゥールから滑り降りて、一度立ち止まり、チョイ、と顎で会釈して「悪いけど、あと二日、頼むわ」と片手を上げて、そのままこっちに一目もくれずにせかせかと出て行った。開けたドアを丁寧に閉めるので、いつものキィという音が聞こえなかった。

「……なんですか、あの方。ヤクザですか」

「ただのチンピラだ」

「ビニ本?」

「ああ。それを運んで、小遣い稼ぎをしてるらしい」

「儲かるんですかね」

「少なくとも、鞄屋よりは率がいいらしいな」

鞄屋ってのは、専用のごつい頑丈な鞄に、宝石やアクセサリーを詰めて行商して歩く男たちだ。もちろん、中には女もいるが。

「原価は安いし。鞄屋よりは楽でいい、とよく言うよ」

5

九時になっても高田は来なかった。こういうことはよくある。大した問題ではない。俺も、約束をすっぽかしたり、頭っから忘れたりすることがあるし。

金を払って〈ケラー〉から出て、〈南太平洋〉に行った。入り口で簡単な身体検査を受け、顔を確認されて、中に通された。矢沢永吉の『時間よ止まれ』が流れている。薄暗い店内に、女たちの香水の匂いに混じってココナツオイルの香りが漂っている。夏だ。

マネージャーが、ステージのすぐ脇のブースに案内してくれた。ステージで踊っているフィリピーナのほとんどは、顔見知りだ。マリア、ローザ、シェリル、カーリー、サラ。上手の奥にいるダンサーは、初めて見る。動きを見ると、まだシロウトに毛が生えた程度であるようだ。

ウェイターがジャック・ダニエルと十二オンス・タンブラー、チェイサーをテーブルの上に置いた。

「なにか召し上がりますか?」

「いや、今はいい」

ウェイターは視線を逸らし、眉を持ち上げて、(おやおや)という表情になった。それを見て気が変わった。

「いや。ミックスナッツをお願いします」

「その方がいいですよ。空酒は、本当に胃に悪いから」

俺はとりあえず軽く頷いた。

曲が変わった。『匂艶 THE NIGHT CLUB』だ。向こうの方のブースで、ホステスが立ち上がって踊り始めた。その周りで、何人か、男女が狭いフロアに出てぎこちなく動いている。俺はどうも、プロのダンサーの見ている前で踊るシロウトの気持ちが、全く理解できない。

ショーが終わった。ステージの照明は消えて、ダンサーたちがあちらこちらのブースに就いて接客を始める。俺のブースにはシェリルとサラが来た。なにか飲むか、と尋ねたら、いつものように、オレンジ・ジュースと言う。カトリック教徒なので、酒や煙草、コーヒーなどの刺激物は禁止されてるんだそうだ。カトリックにそういう教義がある、という話は俺は初耳だったが、まぁ、いくつもある宗派の中には、そういうのもあるんだろう。あるいはどっかの修道院の流儀か。あるいは、客に飲まされるのを、宗教上の理由を口実に避けている、という可能性もあるか。ま、どうでもいい。

今夜は、まだあんまり飲んでないのか、というようなことをサラが言う。……言っているらしい。俺は、早口の、タガログ訛りの英語の意味を、咄嗟に正確に把握できるほどには英語が得意ではない。切れ切れに聞き分けられるいくつかの単語で、意味がぼんやりと頭の中に漂う程度だ。俺は答えた。

「Not so much yet」

正しい英語かどうかは知らない。だが、これで意味は通じるだろう。

サラは微笑んで、あまり飲まない方がいい、というようなことを言った。なにか食べるか、と聞いたら、サラもシェリルも「チャーハン」と言う。

フィリピン人は、rice eating people なんだ、と彼女らは言う。だが、〈南太平洋〉での食事、あるいは寮で出される食事は、ハンバーガーやサンドイッチ、フライドチキンなどで、ライスが食べられない。ライスが食べたくてイライラするけど、チープ（彼女らは「チーフ」のことを、こう呼んでバカにしている）は「イート・チキン」「イート・サンドイッチ」と言って、チキンやサンドイッチしか出してくれない。あれはきっと、近所のフライド・チキンの店からリベートを取っているに違いない。だから、ライスの料理を食べたいのだけど、日本語がわからないので、どうすればいいかわからない。

と、そんなようなことを何度も切々と訴えられたので、先月、店が終わった後、彼女ら五人だったか、六人だったか、もともと記憶ははっきりしていないが、……だって、閉店後ってことは、俺は酔っ払っていたわけだし。ま、とにかくそんなわけで、店が終わった後、とにかく彼女たちを劉さんの店に連れて行ったわけだ。

劉さんは〈小閣酒楼〉という名前の、明け方までやっている食堂のオーナーシェフで、この店は安くてうまい。チャーハンを食べさせたら、大喜びしてくれて、以来、彼女らはよく劉さんの店にチャーハンを食べに行っているらしい。で、〈南太平洋〉でなにか食べるか、と尋ねる時も、たいがい、「チャーハン」となるわけだ。

俺はウェイターに、劉さんの店のチャーハンを一人前、出前してもらってくれ、と頼んだ。サラもシェリルも、常にダイエット中で、チャーハンなら、いつも一人前をふたりで分けて食べる。と思っていたのだが、この時は、出前されたチャーハンを四等分して、サラが別なブースに行ってカーリーとローザを呼んで来て、シェリルと四人で食べ始めた。お金がないのか、腹が減っているのか、それともダイエットのためにひとり分の量を減らしたのか、そのあたりははっきりとはわからない。そのことを、失礼にならないように、深刻にならないように、あっさりと軽く尋ねるだけの英語力は、俺にはない。

だから俺は、嬉しそうにおいしそうに、少量のチャーハンを食べる、目が眩むほどの絶世の美女四人を眺めながら、ぼんやりしていた。……俺は、いったい何やってんだろうなぁ、などと心の中で溜息をつきながら。

ラストまで飲んで行くのか、とカーリーが尋ねる。それもいいな、とは思ったが、なにか別のことをしたい、という気分もあったので、いや、今夜はそろそろ行く、と答えた。

四人は、「あ、そ」という感じでクールに頷き、その場で俺の存在を忘れたようだ。店が終わったら、どこに行こうか、というような相談を始めた。そのやり取りを聞きながら、俺はこれからどうしようかな、とぼんやり考えた。

＊

〈南太平洋〉から出て、五条通りの公衆電話から〈ヴァンタージュ〉に電話した。ここは、ススキノでは珍しいワイン・バーで、いくつかのワイン会を主催してもいる。俺は、知り合いのママにチケットを押し付けられて、ワイン会に渋々参加して以来、いろんなオジサンたちと繋がりができて、〈ヴァンタージュ〉のマスターとも親しくなった。

「お電話ありがとうございます。〈ヴァンタージュ〉でございます」

俺は名乗った。

「よう。どこにいるの？」

「五条通りなんですけどね」

「これから、来るかい？」

「いいえ、あの今夜はちょっと」

「あ、そう」

「ところで、鐘升《かねます》のおじさん、そちらにいらっしゃいますか？」

「あ、今日は……確か、〈サンセット〉のミーティング・ルームにいると思うけどね」

俺は礼を言って、受話器を置いた。

鐘升というのは、〈鐘升みやこ堂〉という屋号の呉服屋で、ススキノの真ん中に細長いビルを持ち、そこを事務所兼倉庫にしている。小樽が本社の老舗なんだそうだ。そこの社長の鐘元吾市というのが〈ヴァンタージュ〉の客で、そして内外博打の胴元のひとりなのだ。

内外博打ってのは、ヤクザは一切絡んでいない、内輪だけで楽しむ博打で、おじさんたちはみな、会社社長とか役員とか、土地持ち、中には高級官僚もいるらしい。お互いに身元を詮索しないから、詳しいことはわからない。みんなは、「これは規模の大きな家族麻雀みたいなもんだから」ということで自分の良心を納得させ、金《おあし》を道具にして遊んでいる。ゲームは、多くの場合「オール」と呼ばれる、非常に単純なトランプ博打で、誰かが失敗すると場の金が倍々に……ええと、幾何級数的に、か？　とにかくダイナミックに増えるので、いきなりヒートアップする、という危ない博打だ。

なるほど。〈サンセット〉のミーティング・ルームね。これは、ちょっと南にあるナイトクラブの、小会議室ほどの広さの個室で、内輪のパーティを開くのに適したスペースだ。おじさんたちは、今夜はここでワイワイ遊んでいるらしい。〈サンセット〉までは歩いても十分かからない。俺はブラブラと南に向かった。

オールの博打場では、俺はいつも一番若い。そして一番セコい。だが、どんなにセコくても、まだ学生だし、というわけだろう、無視して放置して置いてくれる。これはとてもありがたい。この時も、五百万勝った、七百五十万やられた、と喜怒哀楽喚き騒ぐオジサンたちの片隅で、地味に十五万円ほど稼いで、「ほんじゃまぁ、今夜はこれで」とさっさと切り上げた。顔馴染みのオジサンたちが何人か、「おう、元気でな」と言ってくれた。

十五万ね。これで、今夜はゆっくり飲める。その上でついでに引っ越し費用も稼げた、ってことになるじゃないか。

世の中はチョロい。

よし。今夜飲むのは、あと五万円まで。十万円は、引っ越し費用として、手許に残しておくこと。俺は、軽く酔った頭で、固く決めた。

＊

ふと気付いたら、俺は〈荒磯〉のカウンターに突っ伏して、寝ていた。

「起きた？」

目のぱっちりした、ヒゲ痕の濃いマスターが、にっこり笑って言った。その前には、銭湯で会った爺さんが座っている。で、その横に座っていたミカさん、という呼び名の三十代半ばくらいの女性が「あら起きたの」と言って、ずるずるとカウンター伝いに、並ぶ椅子に尻を順々に乗せながら移動してきて、俺の左横に座った。

「だいぶ飲んだの？　あんな、酔っ払って、来て」

俺は思い出そうとした。〈サンセット〉を出てから、スナックを三軒ハシゴしたようだ。それから、どうやら最近できたばかりのカフェ・バー〈キング・コング〉に行ったような記憶がある。ぼんやりと白く光る壁、立ち並ぶ観葉植物。プラスチックスのサウンドが、微かに聞こえていた。そこで、三人連れの女と意気投合して、〈フラミンゴ・ドリーム〉に行ったようにも思う。はっきりとはわからない。そのあと、彼女らと一緒にタクシーに乗り、それぞれのマンションまで送り届けて、そして西屯田通りで降りたような気がする。

カウンターの向こう端に、ミツオという呼び名の男が座っている。こいつは、なにやって食っているのかわからない、近所に住んでいるらしいチンピラだ。そのミツオが、「おめぇは相変わらずバカだな」と言う。目をつぶって、首を振って、「ホントにバカだ」と繰り返している。泥酔しているらしい。いつものことだ。

突然、目をぽっかりと開けて、俺の顔を横からじっと見て、「おめぇはホントに、土建屋の営業みたいな穀潰しだ」とわけのわからないことを言う。

「土建屋の営業？」

「おう。……あいつら、なにやって食ってるか、知ってっか？」

「土建屋の営業……」

「朝十時頃に建設会館に行って、会議室に閉じこもる。で、あとはもう、花札、麻雀、囲碁将棋だ。土建屋各社の営業部員たちがな。部屋に集まって、酒飲みながらず〜っと遊んでんのよ」

「……なんのために」

「仲間意識を作るんだってよ。……信頼感の醸成ってんだと。醸成、字はわかるか？」

「わかるよ」

「おう、そうだ。大学生だったな。ふざけた身分だな、実際」

大きなお世話だ。

「お？　なんだ、その顔は。なんか、文句あんのか？」

「文句はないよ。ただあんたみたいな酔っ払いは……」

醜態だ、と言おうとして、自分も酔っぱらいなのを思い出した。言葉に詰まった。ミツオは、ふん、と鼻で笑って、回らない舌でくどくどと話し続ける。

「ほかの会社の営業部員や営業の幹部たちとツルんで、建設会館の部屋借りて、とにかく遊ぶんだ。昼間っから酒飲んで。で、夜になったらススキノだ。〈エンペラー〉で飲んだくれて、それから団体でトルコになだれ込むわけだ、連中」

「で、仲間意識を作って、どうするんだ」

「おめぇは本当のバカか？」

「……」

「土建屋の営業のすることは決まってんだろ。談合だよ。談合にはいろいろと難しい駆け引きがあるからな。そんなあれこれ微妙な阿吽の呼吸を、一緒にバクチして酒飲んで女抱いて日曜日にはゴルフして、ねぇ、よろしくね、裏切っちゃイヤよ、なんてよ……ケッ！」

忌々しそうに吐き捨てる。

「ま、それで何十億何百億って仕事が動くわけだからな。共存共栄に肝臓とチンチンを捧ぐってやつでよ……ケッ！」

自分の膝を殴って、突然がっくりと首を垂れて眠ってしまった。

やれやれ。

……それにしても、ふと気付いてみると、右の尻ポケットの感触が、妙に寂しい。心細い。なにかイヤぁな気分がミゾオチのあたりでばたばた騒ぐ。

まずい。

尻ポケットに指を入れてみた。どうやら紙幣が二枚。何紙幣か、確認する気にもならなかった。

ミツオの言うとおりだ。俺は、バカだ。穀潰しだ。……土建屋の営業よりは、ずっとマシだとは思うけど。

「ちょっとちょっと、これからどうすんの？」

ミカさんが俺の肩に右手と顎を載せて、左手をカウンターの上でヒラヒラさせた。近所に住んでいて、夜はスナックで働いてるんだそうだ。店は教えてくれない。「暮らしの場と店は、分けることにしてんの」という理由だそうだ。

「ねぇ、なんか用事あるの？」

「用事……」

「あたしさ、ちょっとイヤなことがあってさ。ちょっと、話聞いてくれる？　ま、そのイヤなことの結果、今、部屋には誰もいないのさ。コーヒーでも飲みながら、ちょっとじっくり話を聞いてくれない？」

ミカさんはそう言って、俺の返事を待っている。だが、俺にはそれに応える心の余裕なんか、ない。なにしろ、紙幣が二枚しかない。

「いや、俺は……ん？　今、何時だろ」

「午前四時だね」

その時、突然俺は思い出した。

昨日、いや昨日の午後、脇本先生の『失楽園』の自主ゼミがあった。ということは、今日は木曜日だ。ということは、なんと、午前十時に中川君が来る！

「まずい！」

「え？　なにが？」

「明日、……というか、今日、俺は朝早いんだった。すっかり忘れてた」

「……あら。……いいじゃん、そんなこと。誰だって、用事があるのは同じだよ」

もちろん、ミカさんは本気じゃない。本気だったら、マスターやミツオが見てる前でこんなことを言うわけがない。それに爺さんまでいる。

「悪い、本当にまずいんだ。午前九時には起きて、部屋を片付けて、シャキッとしないと」

「なんだ。……こんなこと、珍しいんだよ。うちの人が出てった、なんてさ」

「俺も残念だけど、ま、そういうわけで。マスター、ごちそうさま」

「一万四千円」

！

「……マスター、俺、何食ったの？」

「活アワビのステーキと、アワビの生き造り」

「……」

「久保田の萬寿の四合瓶を空けちゃったしね」

「……」

「相当安くしたつもりだけどね」

「俺も、そう思う。ごちそうさま」

右の尻ポケットにあった札は、二枚で一万五千円だった。ぎりぎり間に合った。俺はお釣りを受け取って、蹌踉として自分の部屋に戻った。あたりはすっかり明るくて、真昼になっていた。空気は、熱気の予感をはらみ、だらしない俺をジワジワと嘲笑っていた。

部屋に戻った。カーテンのない曇りガラスから差し込む強烈な日差しで、部屋の中は息苦しいほどに暑かった。そしてまた暑苦しいことに、飯島の大きなバッグがソファの脇に置き去りにされていた。……ま、いい。どうせこの部屋で中川君を教えるわけじゃない。白麻のスーツを脱いだ。それを洗濯物の袋に押し込んで、下着姿でソファに寝転んだ。そこで思い付いて、目覚まし時計を八時半に合わせて、俺は明るい日差しの中、うだるような熱気に溶け込んで、とろとろ眠った。

6

＊

夢を見ていた。それは間違いない。だが、どんな夢かはわからない。突然ベルが鳴ったのでびっくりして、見ていた夢が全部蒸発してしまった。俺は慌ててソファから降りて、机の上の目覚まし時計を手に取って、止めた。思わず溜息が出た。

二日酔いはそれほどひどくない。

とりあえず、ジーンズとTシャツを身に着けた。そして二階通路突き当たりにある流しに行って、歯を磨き、顔を洗った。できれば銭湯に行きたいところだが、朝はまだやっていない。朝湯に入れるのは、日曜日だけだ。

手持ちの金を調べたら、家主の次男からもらった今月分の家賃のほかには、二千円ちょっとしかない。でも、まぁ、戻って来た家賃があるから、夜まではなんとかなる。夜になれば、ススキノでいくらか金が稼げる。

昨日、家賃を持って出なくてよかった。これは、本当によかった。深慮であった。俺は、本当に俺のことをよく知っている。立派だ。士は己を知る者のために死す。俺を一番よく知っているのは、俺だ。つまり、俺は俺のためなら、死ねる、ということだ。……誰でもそうか。……どうしてこんなことを考えているのだ。それはわからないが、そろそろ中川君が来る。今日はどこに行こうか。

中川君は、家庭教師としての俺の生徒だ。現在高校三年生。中学二年の時からずっと教えているので、結構長い付き合いになる。科目は英語と数学。最初は、白石の実家で教えていたのだが、俺がこっちに引っ越したので、こっちで教えている。今は夏休みなので、一日置きにやってくる。

で、なにしろこの部屋は暑いし、それにせっかくの夏休みなのにどこにも遊びに行けない受験生なので、ちょっと目先を変えて気分転換、というつもりで、毎回外で教えている。旭山公園展望台から札幌の街を見渡して教えたり、知事公館二階のホールで教えたり。少しでも気晴らしになれば、と考えているのだが、中川君は、別にどうとも思っていないようだ。今日は、……冷房が効いた喫茶店、てのはどうだ。すると、西屯田通りの〈サンボア〉にするか。

ベニヤ板の薄っぺらなドアが、コンコン、と叩かれた。時計を見たら、まだ八時五十分だ。

中川君は、いつも九時きっかりに来る。そういう性格らしい。早めに来たことは一度もない。珍しいな、と思いつつ、「開いてるよ！」と答えたら、ドアが開いて飯島が入って来た。

「よぉ。起きてたか。早いな」

相変わらずのヤクザルックだ。昨日は、白いジャケットの下に、ファラ・フォーセット・メジャースの顔が原色でプリントされたシャツを着ていたが、今日はモジャモジャの髪の厚化粧っぽい白人女の顔が、同じくド派手な原色でプリントしてあるシャツを着ている。

「誰だ、その女」

「ケイト・ブッシュだ」

「……誰だ、それ」

「歌手だ。知らない奴には、説明しても無駄だ」

一人前の口を利く。

「ま、いいや。ビニ本だろ。さっさと持って行け」

「いや……まだちょっと、動かせないんだ」

「なんで」

「いや、ま、ちょっといろいろ」

「じゃ、なんの用だ」

「いい部屋があるんだ」

「部屋？」

「あんた言ってただろ。引っ越すんだ、って」

「ああ、その部屋な」

「そうだ。いい部屋だぞ。住所は、南七西三」

ほぉ。ちょっと外れだが、ススキノであることには間違いない。

「二DK、五万。もちろん、風呂トイレ付き」

「ほぉ」

悪くないような気がする。

「これから、見に行かないか？」

「あ、それはダメだ。というか、さっさと出て行ってくれ」

「あ？」

「これから、家庭教師の生徒が来るんだ」

「え！　あんたが家庭教師!?」

目をまん丸くして驚いている。ふと表情が落ち着いた。

「あ、そうか。北大生なんだもんな」

「ああ。ありがたいことに、道内限定ならなんとか潰しが効くんだ」

「なるほどね」

「ま、そういうわけだ。さっさと消えてくれ。真面目な子供なんだ。あんたを見たら、びっくりして座りションベンするかもしれない」

飯島は、ケケケ、と笑った。

「午後にしよう。よかったら、午後二時に来てくれ」

「ここまで来るのか。〈トップ〉で手を打たないか」

ススキノの中にある老舗の、ということはつまり、相当古ぼけた喫茶店だ。

「あそこに、冷房はあったっけ？」

「……あるだろう、そりゃ。今どき。……いや……なにしろ〈トップ〉だからなぁ……」

「ま、いいよ。なくても我慢するさ。じゃ、二時、〈トップ〉な」

「じゃあな」

そう言って、飯島はカンカン帽を持ち上げた。挨拶したのではないだろう。帽子の中が蒸れたので、空気を入れ換えた、という感じだ。

「んじゃ、後で」

そう言って、ドアを閉めた。床の軋む音が遠ざかる。

俺は閉まったドアを眺めて、ぼんやりした。そろそろ中川君が来る時刻だ。

と思ったのだが、中川君は珍しく、遅れた。ドアをノックしたのは九時五分になっていた。

「開いてるよ！」

「おはようございます」

真面目な表情で、中川君が入って来た。夏休みの高校生、という感じそのままで、黒い学生ズボンに半袖の白いシャツを着ている。俺は立ち上がった。

「暑いから、喫茶店に行こう。涼しい方が、頭に入るだろう」

「あ、はい。……あの」

「ん？」

「このアパートに、ヤクザが住んでいるんですか？」

「このアパートにか。……心当たりはないな。年寄りばっかりだよ。若いのは、俺と、あと鮨職人と、床屋と、アイスクリーム屋台と、……ススキノの客引きくらいのもんだ」

「じゃ、その客引きかな」

「どうした？」

「ここの庭で、白いスーツ上下を着たヤクザみたいな人が、逮捕されてたから」

「逮捕？」

「ええ。きっと刑事です、あれ」

「どういう状況？」

「あの、僕が来た時、玄関の両側に、男がふたり立ってたんです」

「ほぉ」

「そしたら、玄関の磨りガラスに、白い服を来た男の人が透けて見えて、その人が戸を開けたら、両側の男の人が素早く動いて、挟むようにして、立って」

「……」

「で、なんとかだな、みたいなことを言ったようですけど、よく聞こえなくて」

「そして、なんか、二言三言……よりも、もっと長かったですけど、やりとりがあって、そして、両側を男たちに押さえられて、白い男は、どっかに連れて行かれました」

「……車は？」

「見える範囲では、なかったです」

「ふたりいた男ってのは、間違いなく、刑事か？　そいつらがヤクザ、という感じは？」

「それは、なかったです。ちょっとガラは悪そうでしたけど、……間違いなくサラリーマンに見えました」

「……」

どういうことだろう。

……ま、どうでもいい。俺みたいなカタギの人間が首を突っ込むようなことじゃない。……午後のデートはどうする？　……それはまぁ、とにかく行ってはみることにしよう。中川君の話からすると、逮捕状の提示はなかったようだしな。なにかの間違いかもしれないし。

「ま、ちょっと心当たりはないな」

「そうですか」

「ここに住んでる客引きってのは、五十年輩のオヤジでさ。年中ジャージを着てる。ビンボ臭い格好で、白いスーツなんかとは無縁のオッサンだ」

「そうですか」

「ま、いい。そんな世界の話は、俺らとは無縁だ」

「はぁ」

「行こう。涼しいぞ。ジンジャーエールでも飲みながら、動名詞を仕上げるさ」

「はい」

＊

〈サンボア〉は、典型的な街角の喫茶店、というやつだ。テーブルが八卓配置され、古臭いデザインの、ひとり掛けの椅子が各テーブルに四脚ずつ配置されている。そのテーブルは、天板が分厚いガラスで、籐でできている。その他にスペース・インベーダーがふたつある。一ゲーム五十円だ。壁の表面は煙草の脂《やに》に覆われて、木目がすっかり見えなくなっている。柱時計があって、これはちょっと雰囲気があるんだが、振り子を覆っているガラスの蓋に、「贈　大森インテリア」の金文字が光っているので、台無しだ。

奥歯が痛くなるほどに冷房が効いている。これは素晴らしい。だが客はひとりもいなかった。これは不思議だ。なぜ、誰ひとりとして涼みに来ていない？

……なんとなくわかるような気がする。確かにこの街は年寄りが多い。こんなに冷房を効かせると、関節痛が起こるのかもしれない。あるいは、自分の部屋からここまで歩いて来る元気がない爺婆《ジジババ》が多いのかもな。

入って来た俺たちを見て、ママが「勉強？」と尋ねる。俺は頷いた。

「アイス・コーヒーふたつ、お願いします」

「じゃ、そこの角のソファ、使って」

ママが顎で角のL字型ソファの席を指し示す。鼻からモア・メンソールの煙を吹き出しながら。ママは、ススキノのキャバレーでコツコツと二十年間働き（「あたしゃね、その間、ずっと三十五で通してたんだからね！」）、貯まった金でこの〈サンボア〉を買った。で、「やれやれ、これで一安心」なんだそうだ。

「また、参考書とか、本をいっぱい、広げんだろ」

「ありがと」

L字型ソファの席は、だいたい八人掛けくらいの広さだ。ママとしては、町内の親睦会の二次会用スペース、という用途を考えているらしいのだが、今のところ、主な用途はママの昼寝のベッドだ。テーブルが大きいので、参考書や問題集、ノート、辞書などを広げるのには適している。

「いいんだよ。ほかにお客はいないし」

へいへい。

問題集を四ページほど進んだ所で、入り口のドアが開いた。複数の人々がココナッツオイルやムスク、白檀などの香りと共に入って来る気配がしたが、そっちに顔は向けなかった。俺は仕事中であり、中川君は勉強中であり、ともに英語に集中すべき状況である。……なんでママが呆然として立ち尽くしているわけ？

と思った時、タガログ訛りの英語が聞こえて来た。口々に、「洗濯はどこでできるか」ということを尋ねている。

「なに……あんたたち、なに言ってるの？」

自分たちの持っている洗濯機が壊れた、と言っている。これらの服を、午後のうちに洗濯して乾燥させないと、今晩、着る衣装がなくなる、ということを言っている。

「閉店、てなにさ」

惜しい。clothes って言ってるんだよ、ママ。

俺は立ち上がった。英語の生徒が見ている。ここで後込《しりご》みするわけにはいかないだろう。

立ち上がった俺に、ママが縋《すが》るような視線を投げる。フィリピーナたちがこっちを見た。

全部で五人。〈南太平洋〉のダンサーたちと比べると、ちょっと落ちるが、まぁまぁ美人と言える娘たちだった。フィリピーナの年齢は見ただけではよくわからないが、とても若く見えるショートヘアーが三人、大人っぽい雰囲気の髪の長いのがふたり。俺は、最も年長に見える女に尋ねた。

「May I be an interpreter?」

これで通じるか？　通訳しようか、と言ったつもりだが。

「O,thanks」

お。通じた。これは嬉しいねぇ。通じた、と思った瞬間に、この女の美人度がググっとアップしたね。

「Do you want to wash your clothes?」

フィリピーナたちが嬉しそうに、口々に「Yes」と言って、手に持っている、ビキニの水着や、薄い素材のひらひらした、露出度の高そうな服を俺に向かって差し出した。……大丈夫か？　意味はきちんと伝わってるか？　なんか、俺が洗濯してやるってことになってないか？


「We have a coin laundry around here」

俺は言った。……コイン・ランドリーは、coin laundry でいいのか？　たぶん、全然違うんだろうな。……でも、ありがたいことに、なんとか意味は通じたようだ。フィリピーナたちは熱心に頷く。俺は続けた。

「So you can wash your clothes in there」

「Where can we?」

教えてやろうとしたが、道順がやや難しい。このあたりは、札幌にしては珍しく、入り組んだ路地があったりする。俺にとっては、きちんと説明するのはいささか能力を超える。直接連れて行ってやろう、と思った。

「I'll bring you there」

フィリピーナたちの顔が、嬉しそうに明るくなった。通じてる、通じてる。いいぞいいぞ。

「O,it's so kind of you!」

髪の長い女が嬉しそうにそう言い、その他のフィリピーナたちも、その他なにかゴチャゴチャ言ったが、要するに感謝してお世辞を言ってるんだろう、と解釈した。だが、このまま行くのは、ちょっとまずい。生徒に対して、ケジメを見せないとな。キレイなフィリピーナ相手にだらしなく鼻の下を長くした、と思われるのもイヤだ。

「But we,I and this boy,are studying now.I'm his tutor of English.So then, wait there,if you can.We will finish around an hour」

文法的にはだいぶ問題があるような気がするが、なんとか通じたようだ。

「ママ、彼女らに、なにか飲み物」

「なにがいいだろ」

「Why don't you have some drinks?」

遠慮する仕種をする。遠慮ってのは、日本人の特技じゃない。一般に、親しくなる前は、フィリピーナたちは非常に遠慮深い。それともなにかを警戒しているのかな。

「カルピス、五人前お願いします」

昨夜、戻って来た家賃を部屋に置いて出かけて、本当によかった。あれがなければ、カルピス五人前すら、オゴれる状況じゃなかった。深慮であった。

「了解。あんたがいてくれて、助かったよ」

ママがそう言って、顎で中川君を指し示し、ニヤリと笑った。

へ？

そっちを見たら、中川君を両側から取り囲むように、フィリピーナたちがソファに座っている。

あらま。

真ん中で、中川君は真っ赤な顔をして俯いている。彼の両側に座っているフィリピーナは、各々太股を、中川君の太股に密着させている。隣の隣に座っている、髪の長い、さっき俺と話をしたフィリピーナが「Excuse me」と言って手を伸ばし、俺たちの問題集を読み始めた。別な女がポ《P》ケット版オ《O》クスフォード《D》辞典を広げて、あら、という顔になり、中川君に「Yours?」と尋ねた。ガンバレ、中川！

「イエス」

やった！

始めのうち、中川君は和英辞典を使っていたのだ。で、俺はそれを使うな、と言ったわけだ。和英辞典は、あまり役に立たない。だいたい、辞典編纂者が、どうも日本語が得意じゃないようで、例文のセンスが悪い。だから、最初は苦労するだろうが、英英辞典を使う方がいい。で、買うんだったらPODが一番だ、と教えたのだ。中学校二年の時だ。以来使っている辞典だから、結構使い込まれている。

どうだ、中川君！　俺の言う通りにしてよかっただろ。おかげでフィリピーナが感心してくれたぞ。

などと得意になっている場合ではない。とりあえず俺は椅子をひとつ動かして、中川君の前に座った。

「聞いてて、わかった？」

「だいたいは。コイン・ランドリーに案内するんですね」

「そうだ。勉強が終わってからな」

「はい」

「じゃ、続きをやろう」

「はい」

俺は年長の女に向かって、言いかけた。

「Please……」

彼女はすぐに気付いて、問題集を中川君に渡し、目を見て、「Sorry」と謝った。驚いたことに、中川君が即座に返事をした。

「えー……Don't mention it」

完璧だ、中川君っ！　その調子で、ガンガン行くぞ！

「じゃ、④からだね。問題文を読んで、訳してみよう。そして、動名詞を用いた文章に変えよう」

「はい。えー……To be punctual is one of our social duties」

フィリピーナたちが「オオ」と驚いて、一斉に拍手をした。中川君の額に、汗が噴き出した。

「先生」

「ん？」

「無理です」

「だな。俺も今、そう思った。じゃ、案内して来るから、待っててくれ」

「はい」

「あら」

俺の後ろでママが言った。

「カルピス、どうする？」

トレイに、カルピスの入った涼しそうなタンブラーを五個載せている。

「あ、じゃ、それを飲んでから」

＊

カルピスを飲む間、雑談した。概《おおむ》ね、英語を教えている身として、ボロは出なかったように思う。聞き取れなかったところは、聞き返さずに無視する、という方針で臨んだせいもある。中川君も健闘したが、たとえば「Do you live aroud here?」と誰かが尋ねると、次の瞬間、フィリピン美女五人が、ひたと中川君に視線を向けて見つめるわけだ。十本の視線に射竦められつつ、「……」と頭の中で文章を組み立てるのは、苛酷と言えば苛酷だった。だが、彼は、「……」の数十秒後に「No. I came here by subway」と答えるなど、最善を尽くして、なんとか乗り越えたと思う。彼の真摯な態度は、国際的に好感を持たれたのは間違いない。

彼女らの話によると、仕事はダンサーで、芸能ビザで入国しているんだそうだ。ちょっとセクシーなダンスだ、と言う。店の名前は〈ジャスミン〉。なるほど。行ったことはないが名前は聞いたことがある。店の格は〈南太平洋〉よりやや落ちる。ちょいと際どいサービスが売り物のフィリピンパブだ。ややガラが悪い。北栄会花岡組系列の店だと言われている。サマンサと名乗った娘が、中川君にお店にいらっしゃいよ、というようなことを言い、ピンキーと名乗った美女に、それはだめよ、とたしなめられた。中川君はその間に挟まって、無力にニコニコして、額に汗を滲ませている。アグネスと名乗った娘が、この飲み物、とってもおいしい、日本で注文する時は、なんと言えばいいの、と尋ねる。中川君が、俺の方をおどおどした目つきで見る。そろそろ限界らしい。俺は、「L」の音をしっかり強調しながら、「カ**ル**ピス」と教えてやった。

そんなこんなで十分ほどが過ぎ、彼女らもだいたい落ち着いたので、「じゃ、ちょっと待っててくれ」と中川君に言って、席を立った。五人のフィリピーナが、ゾロゾロとついて来た。

＊

西屯田通りの脇道の奥にあるコイン・ランドリーに連れて行った。彼女らは使い方は知っていた。帰り道はわかるか、と尋ねたら、ピンキーが「大丈夫」というようなことを言っているようなので、じゃ、またね、と言い置いて〈サンボア〉に戻った。フィリピーナたちは口々に礼を言って、見送ってくれた。

〈サンボア〉では、中川君がまだ緊張の名残を漂わせつつ、ソファに座って膝に肘を載せて、背筋を伸ばして座っていた。

「失礼。勉強の邪魔だったな」

「あ、いえ。……コイン・ランドリーには、ちゃんと……」

「ああ。英語で説明するのが面倒なだけで、すぐそばにあるんだ。使い方は、彼女ら、知ってた」

「へぇ。フィリピンにも、あるんでしょうか」

「あるんだろうな。ま、日本《こっち》に来てから、使い方を知ったのかもしれないけど」

「へぇ……」

「じゃ、続きをやろうか。あと一息だ」

「あ、その前に、トイレいいですか」

「いいよ」

「ちょっと、緊張したらしく」

そう言い置いて、店内の角の手洗いに入って行った。

「ちょっとあんたさ」

ママが言う。

「ん？」

「もう少し考えた方がいいんじゃないの？　受験勉強の邪魔になるだろ、あれじゃ」

「あんな事になるとは考えてもいなかったんだ。誰が予想できる？」

「それにしてもさ。……最近、多いんだよね。建て替え前のアパートとか、なんか空き家になったみたいなとことか、ザッと内装をキレイにして、フィリピン人とか中国人とかの？　女の？　寮みたいにしてるのが」

「このあたりでも？」

ママは頷く。そして、鼻からモアのメンソールの煙を吹き出しながら、笑顔で言う。

「それにしてもさ」

「なにさ」

「あんた、気付いてたかい、あんたとあの女たちが話している間中、あの受験生、じっとあんたのことを見てたよ」

「あ、そ」

「で、なんか尊敬の眼差しになってたね」

「ほぉ」

「これで、少なくとも来年の受験までは、食いっぱぐれはないだろうね」

「……」

「おめでとさん」

化粧室のドアが開いて、中川君が出て来た。

「お待たせしました。じゃ、続き、お願いします」

「OK。じゃ、④を読んで、訳して、そして動名詞の文章にしてみよう」

「はい」

7

地下鉄西十一丁目駅から帰る、という中川君の後ろ姿を〈サンボア〉の前で見送った。それから、ちょっと気になってさっきのコイン・ランドリーに行ってみた。

フィリピーナたちが、洗濯・乾燥が完了するのを待っていた。髪の長いふたり、ピンキーとアグネスが椅子に腰掛けてなにか語り合っていて、残りの三人はフロアで力を抜いて踊っていた。ダンスの打ち合わせなんだろう、と思った。彼女らは、俺に気付いて、気さくな感じで「ハーイ」と手を振る。俺は、なにか困ってないかと思ってさ、ようすを見に来たんだ、というような雰囲気のことを、喋った。なにしろ中川君が見ていないので、適当なことをいい加減に話せばいいわけで、楽だった。ピンキーが立ち上がって、おかげで今夜のステージはOKだ、と言い、ありがとう、と付け加えた。そして、機会があったら、いつか一緒にお酒を飲みましょう、と言う。それはいいね、と言うと、どうやって連絡すればいいかしら、と言う。で、俺は〈ケラー〉のマッチを渡した。夜は、この店にいることが多いから、この番号に電話して、俺を呼び出せばいい。必ずいるとは限らないけど、いれば、俺は喜んで迎えに行くよ、と言った。もしもいなくても、時間をずらして電話すれば、きっといつかは連絡が付くから。

ピンキーはなにか考えながら、それはいいけれど、私は自分がどこから電話しているのかわからないと思う、と言う。で、俺はススキノのポリスボックスはわかるか、と尋ねた。ピンキーは、「コーバン？」と言う。俺は、そうだ、そのコーバンだ、と答えた。ピンキーは、それならわかると言って、両手を口のあたりに持ち上げて、唇の上や顎のあたりでモジャモジャと指を動かす。一瞬、なんだかわからなかったが、すぐに納得した。ススキノ交差点のビル壁面にある、ニッカのステンドグラスのことだ。ブラックニッカのラベルのローリー卿の巨大なディスプレイで、非常に目立つ。ススキノの「顔」と言ってもいい。ススキノ交番は、そのすぐそばにある。ピンキーは、そのローリー卿の、立派なヒゲを表現しているんだろう。

で、俺は、うん、そうだよ、そのヒゲのサインボードだ、と答えて、コーバンの前に、公衆電話ボックスがいくつか並んでいるから、そこから、この番号に電話して、俺を呼び出せば、すぐに迎えに行くよ、と言った。ピンキーは、「ワカリマシタ」とカタカナの日本語で言って、〈ケラー〉のマッチを両手のひらで挟み、揃えた親指を唇に当ててにっこり微笑んだ。俺は「See you again」と言って、コイン・ランドリーを後にした。そして部屋に戻った。

部屋に戻る道々、「See you again」は間違いだよな、と思った。こういう場合は、「See

you later」だな。「See you soon」もありだな。……悔しい。初歩的なミスだ。無念である。

部屋に戻ってドアを開けたら、入り口脇にでんと控えている、ビニ本三百五十五冊入りのショルダーバッグがやけに目障りだった。まともな押入もないので、隠し場所に困る。とりあえず、本棚の上に置いた。

丸見えだが、これはこれで仕方がない。ほかに置き場所はない。だから、これでベストを尽くしたってことにする。で、昨日着た白麻のスーツやワイシャツ、ネクタイと白い靴を袋に入れて、ジーンズTシャツでサンダルをつっかけて出かけた。

＊

昼下がりの〈フィンランド・センター〉は、本当にのどかな世界だ。一応、刺青の方お断り、などと書いた立て札が正面玄関正面真ん真ん中に直立しているが、憲法で戦力の放棄を謳いつつ自衛隊があるのと同じように、体に華麗な絵を描いた人々は混じっている。だが、オアシスでライオンとガゼールが並んで水を飲むように、俺のような素っ堅気の優秀な学生が、なんの危険も感じずに刺青モンと共存できる世界が、サウナなのだ。

なんてことをぼんやり考えながら、ジャグジーの泡を楽しんでいたら、俺の左隣にザブンと男が入って来た。なんとなく、ある種の意図を感じさせる近さだった。微妙な距離感だ。一部のヤクザは、こんなふうに距離感を操るのがうまい。……あなたはどなたでしょうか。背中では、華麗な極彩色が一面に散乱して、思わず見とれてしまいますが、しかし、私はあなたなど知りませんよ。

「おい、兄さん」

そっちを見てはいけない。嚙むかもしれない。

「おい、覚えてないか？」

ついつられて顔を見てしまった。

思い出した。

今の今まで忘れていたが、俺はこの男に話しかけたことがある。俺はしみじみ、相手のようすを眺めた。胸板から背中一面、華麗な色とりどりが踊っている。それをうんざりした気分で眺めながら、ゆっくりと記憶を取り戻した。確か、先週だ。今の今まで忘れていた、ということはつまり、その時は、ベロンベロンに酔っ払っていたのだ。先週の中頃、水曜か木曜、が明けた木曜か金曜の午前四時頃だったかな。俺はアパートまで歩くのが面倒になって、ここに泊まったのだった。で、そうそう、この男に確かに質問をしたのだよ。

「どうして刺青は、消えないんでしょうか」

……つくづく自分がイヤになった。なにバカなことをやってるんだ。

「なぁ、兄さん」

「はぁ。先日は、どうも」

「なしてスミが消えないか、わかったか？」

「あれから、すっかり忘れてました」

「酔っ払ってたもな」

「はぁ。そうでしたか」

「俺もな、ちょっと気になって調べてみたんだ」

「はぁ」

「まず、あんたの言うとおり、体の細胞は、全部入れ替わるんだそうだな」

「そう習いましたよ。中学で」

「そこがワケわかんねぇよな。中学で習ったことを、大人んなって、まだ覚えてるなんてヤツがいるんだな、現実に」

「はぁ……」

「バカでないか」

「はぁ……」

元より、反論する気はない。

「ま、確かにあんたの言うとおり、細胞は、すっかり入れ替わる。とすると、当然スミも消えるよな。いや、消えるような気がするんだ。俺はな。……じゃ、まるっきりの大損だ。ちょっと困る。せっかくガマンしたのに、無駄ってことになっちまったらな」

「はぁ」

「で、これを彫ってくれた彫り師に聞いたよ。消える心配はないのか、ってな」

「はぁ」

「大笑いされたさ。そんな話、聞いたこともないってな」

「でしょうねぇ……」

「だから、こうこうだ、って説明したわけだ」

「ほぉ」

「ちょっと、そいつの顔色が変わったな」

「へぇ」

「でな、調べてみるってよ」

「あ、そうですか」

「ほかにもいろいろ、残る物ってあるじゃんよ」

「はぁ……」

「ホクロとかよ。傷痕とかよ」

そう言って、そいつは右の脇腹を指差した。はっきりわかる、刀傷の痕があった。相当古そうだ。右の肋の一番下から、背中の方にかけて、ひきつれたような痕がはっきり残っている。……この男は、いくつくらいかな。五十にはなっていないように思う。四十代後半の男盛り、ってとこか。細い目が、なにか穏やかだ。微笑みながら人を刺す、なんて芸当ができそうな雰囲気。

「細胞が全部入れ替わるってのに、ホクロや傷痕がずっと残る、そのメカニズムについては、その彫り師が調べてるはずだ」

「なるほど」

「だから、そんなにしないで、わかるはずだ」

「それはよかった。楽しみです」

「おう。じゃぁ、な」

男は泡の中ですっくと立ち上がり、荒い身振りでザッとジャグジーから出た。俺のことはもう既に忘れたようで、目もくれずにスタスタと歩いて行った。筋肉質の引き締まった体で、項《うなじ》のすぐ下から太股まで、背中一面に絵が描いてある。菊龍という図柄だ。一匹龍って柄は、ほぼ墨一色で渋くまとめるんだが、菊龍は色とりどりで華麗に仕上げる。その分、もちろん値段も高い。

なんでこんなことを知っているんだ？

そうだ。思い出した。

先週、この男に教わったのだ。

思わず溜息が出た。とにかく、顔は覚えた。街で見かけたら、近寄らないようにしよう。

＊

〈トップ〉には二時少し前に着いた。中川君によれば、飯島は刑事にパクられたらしい。だが、人違いということも考えられる。どっちだろう、と〈トップ〉のドアを押したら、飯島がいて、のんきな顔でアイス・コーヒーを飲んでいた。俺はその向かいに座った。

「あんた、無事なのか？」

飯島はちょっとおどおどした表情になる。

「無事？　って？」

「刑事に連れて行かれたのを見た、ってやつがいるんだけど」

「ああ、あれか」

目を逸らして、アイス・コーヒーをズズッと啜った。

「なにがあった？」

「いや、なんもないよ。マジで。そいつ、なにかを見間違えたんじゃないの？」

「じゃ、今あんたが言った『あれか』の『あれ』って、なんだよ」

「俺、そんなこと、言わないよ」

「……なんか、危ない橋を渡ってるのか？」

「まさか。俺みたいな、恐がりが、そんなことするわけねーじゃん」

飯島はそう言って、目を逸らして、地上一メートルほどの空間に向けてニヤリと無理に笑い、それから立ち上がった。

「じゃ、行くか。すぐそこだ」

「せわしないな」

「あんまりゆっくりできないんだ」

そう言って、せかせかと立ち上がる。そのまま出て行く。勘定を払う気はないらしい。仕方がないので、俺が払った。飯島は店の前で待っている。

「悪いな。細かいのがなくて」

俺が出て行くと、そう言ってフニャラ、と笑った。

「なにか困ってるのか？」

「え？　なんで？　俺が？　どうして？」

「いや、本のこととかさ。金もないようだし」

「バカにすんなって。金はある。ただ、今は万札しかないから、……」

途中で喋るのをやめてしまった。

「……それでな、部屋はすぐそこだ。南七西三。セイセンビルってあるべ？　あの七階だ」

トルコの隣に薄っぺらな八階建てのビルがあって、〈青泉ビル〉と看板が出ている。なんだか古ぼけた、一時代前、というおもむきの建物だ。

「セイセン、って読むのか？」

「だべ。きっと」

「なんの会社だ」

「ただのアパート屋だ。こんな賃貸マンションを三棟くらい持ってんのかな。飲み屋ビルはない。全部、住むためのビルだ」

一階に〈モンデ〉という店名の喫茶店がある。

「あれは、二十四時間喫茶だ。食い物はあまり大したことないけど、ま、便利だろ。二十四時間、好きな時にコーヒーが飲める。……いや、別に酒を飲んでもいいけど」

俺たちは〈モンデ〉の脇からビルに入った。入った途端、空気がひんやりと冷たくなった。ひと気がなく、物音もしない。街の音が微かに聞こえるだけだ。

「こんな場所にあるのに、静かだろ」

「ああ」

これが、気に入った。

「八階の一番奥に事務所があるんだ。そこで鍵を借りて、部屋を見せてやる」

「頼む。……あんたとは、どういう知り合いだ？」

「知り合い？　違うよ」

「知らない相手か」

「ああ。どっかいい部屋ないかな、と思ってさ。ぶらぶら歩いてたら、電柱にチラシが貼ってあったから、電話してみたわけだ」

「……で、仲介料は取る気なんだな？」

「ま、常識の範囲でな」

「いくらくらいが常識だ？」

「一カ月分？」

「……」

「じゃ、ま、半月分てとこかな。この場合」

「わかった。いい部屋で、入居することにしたら、あんたに家賃半月分、払う」

「いい部屋だぞ。その点は保証する。俺が自分の部屋にしたいくらいだから」

＊

確かに、悪くない部屋だった。2DKで、広さもまぁまぁ。クロゼットが広くて、玄関もゆったりしている。ゲタ箱も大きい。洗濯機を置くスペースもある。

「このお部屋の自慢はね、最新式のこの便器なの。ほら、テレビでやってるでしょ？　お尻が洗えるの」

でっぷりと肥満したオバサマが得意そうに言った。呼気に混じる唾臭の中に、チューイング・ガム「EVE」の香りが混じっている。オバサマは、土地持ちの金持ちのオバサンです、と紹介すれば、万人が皆「なるほど」と深く深く頷いて、あっさり納得するようなオバサマだ。太い金縁の大きな眼鏡。耳に揺れる大きな真珠のイヤリング。金（太い）銀（やや細い）の絡まり合ったネックレス。毒々しい紫色のマニキュアを塗った太い指。その派手な太い指で、カルティエの煙草入れから銘柄不詳の紙巻き煙草を取り出し、右手の薬指と中指で挟んで、おそらくはカルティエのライターで火を点け、〈サンボア〉のママのように鼻から煙をゆったりと横に流しながら、得意そうに便器を見下ろしている。

「なるほど。いいですね」

「私も自宅に付けたんだけど、気持ちがいいものよ。もう、これじゃなきゃ用が足せなくなるわね」

「はぁ……そうなったら、ちょっと困りますね」

「そうなの。困るのよ。早く日本中に普及しないかしらね」

「はぁ……」

「ところで、あなたは煙草はお喫いになるの？」

「ええ。喫います」

「相当？」

「ええ。相当」

「どれくらい？」

「缶ピースを、だいたい一日一缶」

「……前の方は、煙草を喫わない人だったの。だから、壁もそんなに汚れてないでしょ？」

そう言われれば、そんなような気もする。

「はぁ……」

「お仕事は……北大の学生さん？」

そう言って、俺の頭から爪先までをしげしげと眺めた。

「ええ」

「保証人は……お父さま？」

「そうです。地方公務員です」

つい、公務員を強調してしまった。

「なんの勉強をしてるの？」

「……宗教学です」

「宗教……宗教を研究する学問なんか、あるの？」

「はぁ。……哲学科の一分野です」

「宗教哲学？」

「とはちょっと違いますね」

「あらそ。……なにか、信じてる宗教はあるの？」

「ないです」

「……信じてる宗教がないのに、宗教を研究するの？」

「……はぁ。フランス人じゃないのに、フランスの歴史を研究するようなもんです」

「……」

「……ええと、卒論は、宗教学的な手法で、選挙運動を分析してみよう、と思っています」

口から出任せだったが、これはなかなか面白そうだな、と思った。もちろん、卒論を書く気はないが。

「あ、なるほど。……そういう学問」

オバサマは、なぜか妙に納得して、大きく頷いた。なにをどう納得したのかはわからない。

「で、入ってくださるとして、引っ越しはいつ頃の御予定？」

「なるべく早くしたいんです。……今週中にでも」

オバサマはひとつ頷いて、契約に必要な書類の説明を始めた。父親が連帯保証人として署名捺印した契約書、在学証明書、住民票、その他諸々。

書類仕事！

俺が最も苦手な作業だ。俺は書類仕事をすると、だいたい字を三つ書いたあたりで叫び出したくなる。自分の住所を記入し終えたらもう限界で、金属バットであたりをめちゃくちゃに壊したくなるのだ。これじゃ、サラリーマンは無理だ。マトモな進路を諦めたのも、書類仕事が大嫌いなせいだ。……よく知らないけど、サラリーマンは、日報とか、報告書とか、企画書や稟議書、その他諸々、年がら年中書類仕事をしてる連中のように思える。だとしたら、俺にはとても務まらない。

その俺が。

書類の、細かな枠に、読める字で、そして枠に収まるような小さな字で、あれこれ記入して、加之《しかのみならず》、区役所とか大学事務局とかに行って、ここでもあれこれ書類に、細かな枠に、読める字で、そして枠に収まるような小さな字で、あれこれ記入して、必要な書類の申請をしなければならないわけだ。

冗談ではなく、吐き気がした。

だが、これくらいのことは、最低限、社会人として必要な作業なんだろう。……俺はマトモな社会人になれるんだろうか。

……大丈夫だ、きっと。毎晩ススキノで飲んでいれば、そのうちに立派な大人になれるはずだ。……なぜかはわからないが。

「これが、書いていただく書類ね。それと、この紙に、必要書類などをまとめてあるから、これを見て、よろしくお願いしますね」

オバサマはあっさりと言う。それが俺にとって、どれほど苛酷で手に負えない作業であるか、全くわからないらしい。

当然か。

俺は、「はぁ」と頷いて書類を受け取った。内心、途方に暮れていた。……今のアパートに引っ越した時、なにをどうしたんだったっけ。……全く覚えていない。おそらくは、いろいろと書類に書き込んだんだろう。だが、その時は、特にストレスは感じなかったと思う。……きっと、まだ幼稚だったんだろうな。

「じゃ、これでOKかしら？」

「はぁ」

「あ、そうだ。電話のこと。電話は付いているし、引っ越したらすぐに使えますから」

「あ、そうなんですか」

「電話代は、ウチのビルが立て替えて、翌月のお家賃に乗せて請求しますから」

「はぁ」

「それで、いい？」

「ええ。もちろん」

やっぱ、部屋に電話がある方が便利だろう。

「じゃ、それでＯＫね」

「はぁ」

「それじゃ、よろしくね。書類は、今週中に頂けたら、助かるわ。お引っ越しの前に、ね」

「わかりました」

＊

「じゃ、とりあえず、俺はここで」

〈青泉ビル〉から出ると、飯島はそう言って、ヒョイ、と会釈のようなことをして、軽い足取りで南の方に去って行った。俺は、オバサマがくれた大きめの封筒をうんざりした気分で眺めた。中には、あれこれの書類が入っているのだ。……書類がっ！

そこで自分の失敗に気付いた。あっさり飯島と別れる前に、父親の替わりに、連帯保証人の欄に記入してもらえばよかった。住所氏名は父親のありのままを書いてもらえばいい。とにかく、筆跡が俺と違えばそれでいいんだろう。……と思ったが、飯島が、字の下手くそな俺を遥かに超えて字が汚いことを思い出した。ビニ本の届け先などのメモを一度見たことがある。全く読めなかった。俺が思わず「ひでぇな」と言うと、「これは、暗号なんだ」と言い張っていたが、顔が赤かったのでたぶん、違うだろう。

……あの字じゃ、だめだな。じゃ、どうするか。

あれこれ考えて、結局〈ケラー〉の大畑マスターに書いてもらうことにした。頼めば、書いてくれるだろう。

となると、〈ケラー〉が開くまで、まだあと二時間ほどある。地下鉄すすきの駅に降りて、売店で北海道日報の朝刊を買った。映画館の上映作品と上映時刻を調べると、ちょうど都合のいいことに、ススキノの〈ジャブ70ホール〉で『禁じられた遊び』を上映していた。時間もちょうどいい。〈ジャブ〉は名画座というか、大きな映画館に勤めていた映画好きの男三人が作った小さな映画館だ。古今東西、新旧古典前衛をあまり問わず、映画なら何でもかんでも上映する、という雰囲気の映画館だ。なぜに『禁じられた遊び』と思わないでもないが、ブリジット・フォッセー特集とか？　それとも日本の夏は戦争を忘れない夏ってことかな？

ま、とにかく久しぶりに見直すのもいいだろう。で、ススキノ市場の酒屋でブラックニッカのポケットボトルを買って、〈ジャブ〉に向かった。

＊

映画は、前から二番目の列の真ん中の席で観るものだ。スクリーン以外の物は、なるべく視野に入れたくない。で、館内はまぁまぁの入りだった。冷房が効いている、というせいもあるだろう。この時期、映画館とストリップ劇場は、冷房を求める人々で混むのだ。だが、前から二番目の真ん中は、空いている。と思ったが、珍しく先客がいた。で、右にひとつずれて座り、左を見たら高田だった。高田もこっちを見て、「お」という顔だ。

こういうことは、年に数回くらいある。俺も高田も、暇さえあれば映画を観る。夜は酒を飲むので、観るのは昼間が多い。座る位置の好みも同じだ。というわけで、それほど頻繁ではないが、〈ジャブ〉をはじめ、〈遊楽地下〉や〈ニコー〉など、あちらこちらの二番館や名画座でばったり出っくわすことがたまにある。……いや、そもそも知り合ったきっかけが、遊楽地下じゃなかったろうか。それで話すようになって、それから脇本先生のゼミに誘われたんじゃなかったか。そのあたりは、もう覚えていない。きっと、酔っ払ってたんだろう。

顔をこっちに向けたまま、小声で言う。

「終わったら、コーヒーでも飲むか？」

「〈ケラー〉にしよう」

俺はそう言ってブラックニッカの口金を捻って開けた。

高田は、ふん、と鼻を鳴らして、体を戻し、スクリーンを見上げた。

*

「俺、『禁じられた遊び』は、弾《ひ》けるんだ」

高田が得意そうに言う。

「ギターでか？」

「ああ」

「……そりゃそうだろ。あれは、誰でもすぐに弾ける曲だ。ピアノの猫踏んじゃったと同じだろ」

「ってことを、知らないやつが結構多いんだ。だから、弾いて聞かせると、感心するぞ」

岡本さんが、苦笑いをしている。彼は、バンドを組んでいて、ギター担当であるらしい。一度も聞きに行ったことはないが。

「岡本さん、次のライブはいつ？」

「いいですよ。来なくて」

「ヘタクソなんだろ」

「いや、あまりにも素晴らしいんで、聞かせるのがもったいなくて」

などと言っているところに、若いふたり連れの客が入って来た。まだ早い時間で、客は俺たちとそのふたり、四人だけだった。

「いやー、しかし、参っちゃったなぁ！」

片方の男が、さばさばした口調で、しかし悔しそうに言いながら、ストゥールに腰を下ろした。その隣に、もうひとりが座った。暗い声で「本当に、申し訳ありません」とボソボソ言って、項垂《うなだ》れている。

「まぁ、もうしゃーねーけどなー！」

そう言う顔を横目で見て、見覚えがあるのに気付いた。直接の面識はない。だが、顔は知っている。北大生だ。社会学か何かの学生だ。時折、ローカルの新聞に写真が載ったりする男だ。

名字は、確か篠原。「札幌へんてこ通信」という雑誌の発行人だ。これは、元々は学内のサークルが作っているチャチな雑誌だったらしい。それを篠原が引き継いで、ちょうどその頃に設立された、札幌の地場の広告代理店なんてのにうまく食い込んで、北大生ばかりではなく、「お洒落」で「流行に敏感」な「ヤング」向け商業誌として独立し、業績はとりあえずは順調に伸びているらしい。「ナウなヤング」として、若者文化についてのコメントなどを、新聞やローカル雑誌、ローカルテレビなどから求められて、軽い口調や筆致であれこれ喋ったり書いたりしているのは知っている。ベージュのコットンパンツに紺色のポロシャツ、という格好で、バーテンダーの岡本さんが渡したおしぼりを受け取り、「あ〜、暑かったぁ〜！」と額を拭いて、「いや、まだ暑いか」とうんざりした口調で言う。その横で、暗い口調の男が、ボソボソと「申し訳ありません」と呟いた。

「カガちゃんのせいじゃないさ、暑いのは」

「はぁ……いや、でも……申し訳ありません」

「それにしても、ま、がっかりしちゃったね。……世の中には、いろんな連中が、いるね」

「申し訳ありません……」

そこに、事務所に引っ込んでいたマスターがやって来た。

「いらっしゃいませ」

一度頷いて、四人の客たちそれぞれに挨拶する、というワザを繰り出し、そして篠原に尋ねた。

「どう？　もろもろ、順調？」

「……いや、それがですねぇ……参っちゃったんですよ、実際。マスター、こんなもの、見たことありますか？」

そう言って、篠原がポロシャツの胸ポケットから、畳んだ紙を取り出した。

「驚きますよ」

笑みを含んだ声で言って、マスターに差し出す。

「ん？　なにか珍しい物？」

受け取ったマスターは紙を広げて、チラリと眺めて、「いやぁ、これは凄い」と唸った。

「でしょ？」

「台風手形なんてもんじゃない。生まれて初めてだな、こんなもの見るの」

「でしょ？　あ、マスター、そちらの方にも、見せてあげて。話の種に」

「え？　なんなんですか？」

差し出すマスターから受け取った。

約束手形だった。

金額は、十万円。期日は、……一瞬、目を疑った。十年後の七月二十五日。思わず呟いてしまった。

「十年後？」

篠原は無言で、忌々しそうに頷いた。

「申し訳ありません」

暗い声で「カガちゃん」が、ボソボソと言って、なお一層項垂れた。

振り出し人は、〈珈琲自家焙煎専門店　ルビイ〉。

「……ルビイ？」

「そう。経営者の奥さんの誕生石なんだとさ」

「……」

「とにかく、変わり者だって評判でさ。……気を付けよう、と思ってたんだけどな。やられちまった」

「これは、なんの代金なんですか？」

「広告代。……あ、俺、『札幌へんてこ通信』って雑誌やってんだよね」

「ああ、新聞などで、お写真は何度か」

「あ、そうですか。……新聞ね」

ちょっとバカにしたように吐き捨て、それはそれとして、というあっさりした口調で言った。

「で、……ウチの雑誌、読んでくれてます？」

「あ、ええ。何度か。特集が面白そうな時など……あまりいい読者ではないですが」

「ああ、そうですか。……いや、ま、それはそれとして。……それは、八月号の、表四半段《ひょうよん》の広告代金です」

「広告代金か。……こんなものは受け取れない、現金で寄越せ、と突っ返すわけにはいかないんですか？」

俺がそう言うと、「カガちゃん」が、カウンターに額を打ちつける勢いで深く頭を下げ、暗い声でボソボソと「本当に申し訳ありません」と言った。

「いや、まぁ、カガちゃんだけのせいじゃない。手形のことを全く知らない、ってことは、俺もわかってたんだから。……まさか、こんな手形を摑ませるヤツがいるなんて、全く想像もしてなかったしな。その点では、俺の落ち度でもあるんだ。……と、思うことにしようや」

「すみません！」

「いや、実はね」

篠原が俺に向かって話し始めた。

「領収書を切っちまったんだ。だから、相手はやる気になれば、領収書を盾に、支払い済みだ、と突っ張ることはできる。……ま、マトモなヤツは、そんなことはしないけどな。〈ルビイ〉のマスターは、マトモじゃないらしいんで、やれやれ、だ」

「どうしてこんなことになったの」

マスターが静かな口調で尋ねた。

「元々はね、……なんか、文句を付けてきたわけですよ。ウチの記事に。ええと、……コーヒー専門喫茶店のミニ特集をやったわけですよ。四月号で。三月売りのね。ま、全部で十五軒くらい紹介したかな。見開き二つ使ってね。……で、〈ルビイ〉は取り上げなかったわけですけどね。自家焙煎専門店としては、札幌では魁《さきがけ》で、老舗だ、ということはわかってたんですけどね。でも、マスターの人柄の評判があまり芳しくない。偏屈な変わり者で、客と喧嘩する、とかね。なんだっけ？」

とカガに尋ねてから、返事を待たずに続けた。

「店内に、口うるさいことをあれこれ書いてるとか、偉そうに客に説教するとか。なんか、俺はそういうの嫌いでさ。何様のつもりだ、ってんだよなぁ」

とこれはカガに言った。カガは「申し訳ありません」と消えるような小声でボソボソ言って、項垂れた首を左右に振った。

「だから、気にすんなって。俺も悪かった。……ま、とにかく、そういう何様のつもりだ、って気分もあってね。……それに、堅苦しいことを言う奴も嫌いだし。だから、編集長に、あそこは無視しろ、と言ったわけ」

「なるほど」

「そしたら、なぜウチを無視した、って怒りの電話さ。グズグズグズグズ」

「鬱陶しい人だね」

マスターが鼻で笑った。

「全くですよ。で、アヤ付けて来たんで、ちょっと調べてみたんですよ。そしたら、元はタクシーのドライバーだったんだそうですよ。で、その過去を、とにかく隠そうとしてるって話で。なんか、彼にとってはコンプレックスらしいんだな。意味不明ですけど。タクシー・ドライバーの世界では、有名人でしたね」

「喫茶店で成功したから？」

マスターが静かに尋ねた。

「いえ、そういうんじゃなくて、元々偏屈でイヤな奴だった、と。トラブル・メイカー？そしてタクシー・ドライバーを軽蔑してる、って話でしたね。あと……まぁ……男としては、異常なくらい背が低いんですよ」

篠原がそういうと、カガが「あ、確かに」と小声で言って頷いた。

「そのせいで、コンプレックスのカタマリなんじゃないか、という元同僚もいましたね。身長が、百五十ないんだって。で、タクシー運転手。そんなこと、別に大した問題じゃない、と思うんだ。職業や背の高さなんて。でも、本人としては、……まぁ、大問題なんだろうな。……で、周りのドライバーを軽蔑してる態度を剝き出しにして、そして『俺はこんなところでこんな仕事をしている人間じゃないんだ』みたいな感じで、コーヒー談義を延々としてたんだとさ。で、『ま、どうせ君たちには味の違いはわからないだろうけど』なんてことを言うわけだ。そんなこんなで、毛嫌いしている元同僚がいっぱいいましたね」

「……友だちにはなりたくないタイプだな」

俺が言うと、篠原は「全くさ」と言って、やってられねぇ、という顔でビールをグビリと飲んだ。

「で、その偏屈オヤジが、文句を付けてきたわけだ。お前のところの雑誌は、コーヒーのことを何も知らない低能だ、と。〈ルビイ〉を外したのが、とにかく腹に据えかねたんだろうな。興奮した口調でさ。理屈も何もない、わけのわからないことをギャアギャア捲し立ててましたね」

篠原は、俺に向かって話す時は砕けた対等の言葉を使い、マスターには敬語で話す。だから語尾が入り乱れるが、そういう話し分けを無意識に行なっている、ということは、言葉の感覚が優れているのだろうな、と感じた。カガにはぞんざいな口調で話すが、そこにははっきりと、いたわりの気配が感じられた。

「しかし、災難だったね」

マスターが右の頬に軽い笑みを浮かべて言った。

「ホントですよ。俺は、相手にしても始まらないから、すぐに電話を切るようにしたんですよ。その手のキチガイに付き合うほど、こっちは暇じゃないですし」

マスターが、「キチガイという言葉はどうかな？」という表情で、ちょっと首を傾げた。

篠原はそれに構わずに話を進める。

「ま、そういうキチガイは、普通は相手にされなくなったら、二、三日くらいでおとなしくなるもんなんですよ。これまでの経験からすると。だけど、こいつは、半月ほど、なんだかんだと電話をかけてきたわけですよ。よっぽど暇なんだろうな」

そう言って、半分ほど残っていたビールを一気に飲み干した。岡本さんに「もう一杯、お願いします」とビヤタンブラーを差し出して、マスターに話し続ける。

「でも、そのうちに電話が来なくなったんで、ま、普通そうだよな、と思って、安心してたんですよ。……それが、……油断だった、ってことかなぁ……」

「申し訳ありません！」

「だから、カガちゃんは悪くないって。俺の油断なんだ。それでいいから。せっかく、笑い話を聞いてもらおう、と思ってるのに、カガちゃんがそんな調子じゃ、白けるよ」

「でも……」

「マスター、前にもカガちゃんに会ったこと、ありますよね」

「ええ。カメラマンでいらっしゃる」

「そう。カメラを担当してる。ま、ウチはね、基本的に、みんな学生の趣味の延長、みたいな。お金《あし》を頂くのが申し訳ない、って半端な連中ばっかりだけど。俺を含めてね。でも、カガちゃんは玄人はだしってのかな。セミプロ、というか。だから、写真専門でOKなんだけど、……ほら、ウチみたいな零細雑誌は、編集部も、営業をやるわけですよ。広告取り。編集は編集に専念、ということにしてはいるんだけど、ま、月にひとつでも二つでも、小さな広告でも、取って来られたら、それに越したことはない、という空気があるのも事実なんですよね……というか、その空気の根源は、俺？」

篠原が冗談めかして言うと、カガが、今度はなにも言わず、がっくりと項垂れた。

「で、〈ルビイ〉のキチガイが、六月？　に電話をかけてきたってんですね」

マスターに語る篠原の横でカガが頷き、暗い声でボソボソと言った。

「ええ。六月です。十八日でした」

「ちょうど、七月号の見本刷りが出たところで、営業部も編集部も、広告のクライアントや取材先に掲載号持参で顔出しして、挨拶する、そんな時期だったんです。だもんで、事務所にいたのは、無給でお茶汲みをしている、ウチのファンの女学生と、……カガちゃんだけだったんですよ」

カガが無言で項垂れた。額がカウンターに当たって、ゴッと音を立てた。

「あれで、営業部の人間がひとりでもいたら、ちょっと違ってたんでしょうけどね」

ゴッ！

「だから、いいって。これは、カガちゃんを責めてるんじゃなくて、笑い話。あるいは、こんなキチガイも世の中にいる、という四方山話なんだからよ」

ゴッ！

篠原は、やれやれ、という表情でカガを相手にするのをやめたようだった。

「で、カガちゃんが、〈ルビイ〉のキチガイの電話を受けた。〈ルビイ〉は、広告を出したい、という話をしたらしい。それも、表四半段。十万円。定価は十二万だけど、ルビイは、十万でOKだったら出稿する、と値切ったそうです。でも、値切られても、これはなかなかいい話です。一応、定価の八割までは値引きOK、ってことにしてるんです。代理店経由だと、二割、代理店手数料ってのを取られるんで、クライアントから直接受注する時は、二割引までOK。で、十二万の二割引だと九万六千円。そこまで値引きOK。それが十万なんだから、悪い話じゃない。で、カガちゃんが、張り切ったんですよ」

ゴッ！

「で、いろいろと打ち合わせをして、店の外観をカガちゃんがポジで撮影したりして、あと自慢料理のキッシュなんかも撮影して……食い物の撮影って、ホント難しいんですよ。その辺り、カガちゃんの仕事なら、本当に安心できるわけ。照明やレフ板《ばん》の使い方も、もう本格的なんですよ」

ゴッ！

「ま、そんなわけで、仕事は進行したわけですよ。非常に順調にね。……その時には、ウチと〈ルビイ〉がモメたことがある、ってことを知ってたのは、俺と、営業部長と、編集長だけだったんだな。で、編集長は、わりと物事を良い方に良い方に考える善意の男で、〈ルビイ〉も、変なクレーム付けて悪かったな、と思ってるんだろう、と。これは、謝罪のつもりの発注だろう、と思っちゃったんだな」

カガがボソボソした声で、暗く呟いた。

「……俺は、張り切ったわけです、……張り切っちゃった。……それまで、三万円以上の枠を売ったことがなかったから……」

「営業部長はね、さすが苦労人でね。首を傾げて、ちょっとどうかな、って言ったんですよ。

でもここで、値切られた、ってのが効いてきたわけですよ。これで、言い値の十二万で話が進んでたら、こっちも『大丈夫かな？』くらいは警戒したんですけどね。値切った、ってことは、本気だ、ってことだ、となんとなく思い込んだわけですよ」

「なるほど」

唸るようにそう言って、マスターが軽く溜息をついた。飲み屋のオヤジとして、ツケの回収の失敗は、当然何度か経験した、苦い思い出なんだろう。

「で、一昨日、八月号が刷り上がって、また営業部も編集部も、顔出しの挨拶回り。そして、広告のクライアントからは、集金。で、カガちゃんが、意気揚々と帰って来たわけですよ。集金できたか、と聞いたら、『小切手でした』ってね。で、差し出したのが、この、台風手形も吹っ飛ぶような、この十年手形」

「こういうことが、許されるのかねぇ……」

マスターが、しみじみと呟いた。

「領収書の控えとか、あるの？」

俺が尋ねると、「それがまた切なくてよ」と言いながら、篠原がコットンパンツの尻ポケットからつまみ出した。

「ほら。摘要の所。現金、小切手、手形、とあってさ。〈ルビイ〉のキチガイが、『小切手だよ』と言ったんだって。カガちゃん、手形なんて見たことも聞いたこともないから、言われた通り、小切手のところに、マルつけてんの。この正直者！」

ゴッ！

「電話の対応や、打ち合わせの時なんかに、きっと見抜いたんだろうね。この男は、金勘定とか支払い集金貸借運用とかには全然疎い写真マニアだ、とかなんとか。……いや、だから、冗談だって。そんな顔すんなよ。冗談だって！」

「いえ、その通りです」

ゴッ！

「でも、この領収書を盾に、争うことはできないのかな。小切手だ、と騙されて、こんな手形を渡されたわけだし」

俺が言うと、篠原は「へっ！」とせせら笑う表情になった。

「……そりゃ、どうにかなるかもしれないけど、……まぁ……金額がね……十万だからな。……ま、いい勉強になった、ということで、泣き寝入りだろうなぁ。時間と労力と金の無駄になるだけ、という感じがする」

「そうだね」

マスターが静かに頷いて言った。

「授業料としては、まぁ、妥当な線じゃないかな？」

「これからも、こういう煮え湯を、何度か飲まされて、ボクちゃんは、少しずつ、大人になるんだろうなぁ……」

篠原がしみじみした口調で言った。

面白いじゃないか。

と俺は思った。で、言ってみた。

「……じゃあさ、……その十年手形、俺に額面で売ってくれないか？」

「え？　どうして？」

「面白いことを考えついた。うまくいったら、首尾をお教えしますよ」

「え？　あなたは、どちらの……」

俺は簡単に自己紹介した。あんたと同じ北大生で、専攻は哲学科で、でも、研究室で勉強している時間よりは、ススキノで飲んでいる時間の方がはるかに長い。下らないいたずらが好きなんだ。云々。

「で、こいつは高田と言います。農学部農業経済で、ナチスの農業政策を研究している……イテッ！」

右肩のあたりを殴られた。

「余計なことを言うな。どうも。初めまして」

「どうも」

「『へんてこ通信』、結構読んでますよ」

「あ、そうですか。毎度おおきに」

「映画欄がちょっと……物足りないかな」

「ああ、それは確かに。映画に詳しいのがひとりもいないんだ。試写会に行って、パンフレットやチラシを貰って来て、それを適当に言い換えてるだけね」

「なるほど」

「まともな映画評が書ける人間を捜してるんですけどねぇ……」

一瞬、俺と高田の間に微妙な雰囲気が漂ったが、ふたりとも余計なことは言わなかった。

それよりも、もっと面白いネタがある。

「それはともかく、その手形、売ってください」

「はぁ……」

「で、私はこれからちょっと出ますけど、なるべく早く戻ります。戻るまで、ちょっと待っててください」

「は？」

「現金で十万円、持って来ます」

「は？」

「で、十万円と引き替えに、その手形を頂きたい」

「……こんなもん、一銭の価値もないよ」

「わかってる。ただ、面白いいたずらができそうなんでね」

「いたずら……？」

俺はマスターを見上げた。マスターは唇の右端をちょっと歪めて複雑な笑顔になる。俺はストゥールから尻を持ち上げた。

「そんなに遅くならずに戻ります」

そう言って、〈ケラー〉から出た。地上への階段を上り切ると、夏の夜の温気に体がぴったりと包まれた。途端に汗が噴き出る。すぐ近くにある電話ボックスに入った。いきなり暑い。折り畳みのドアを開け放したまま、頭の中に入っている〈ヴァンタージュ〉の番号をプッシュした。マスターは、「昨日と同じだよ」と教えてくれた。

なるほど。俺は受話器を置いて、駅前通りを南に向かった。

8

いつもとは少々勝手が違っていた。博打場の雰囲気も、オジサンたちの活気も興奮も、いつも通りだったのだが、こっちの身構えがちぐはぐだったんだろう。いつもは俺は、別に金を稼ぐのが目的ではなく、儲かったら何に使おう、という目的もなく、漠然と雰囲気を楽しみ、現実に数万円の金が増えたり減ったりするのを楽しんで、遊んでいたのだった。

だが、今や俺には具体的な目的があり、必要な金額があった。最低でも十万円必要だ。ということになると、十万円を目差してあれこれ作戦を練るし、十万円を獲得したら、それを温存しつつ、そうだ、引っ越し費用もできたら稼ぎたいものだ、というような、なんと言うか俗っぽい目標もできたりして、一度は二十五万以上手許に溜まったのだが、それが徐々に痩せてきて、一度すっかり溶けてしまった。で、「ガンバレ、勤労学生」などとからかわれつつ、二千円からまた育て始めてどうにか八万円プラスまで太らせたところで、頃合いだ、という気分になったので、抜けた。

「どうした。今夜《きょう》はおとなしいな。もうお眠《ねむ》の時間か？」

某老舗ホテルの営業企画部長がニヤニヤしながら言う。この人の博打は、なんだか相当荒っぽい。仕事でのストレスが溜まっているんだろうな、と俺は勝手に思い込んでいる。とにかく、会社の金に手を付けているのではないことを、友だちとして切に願う。……友だちったって、俺の二倍くらいの年回りだけどな。

「なんか、雑念が」

「雑念！　その歳でか。昨日、ヤらなかったのか」

ほんの少し酔いを感じさせる口調で言ったところで、オジサンたちのどよめきが部屋の中央で起こった。企画部長は「お？」という表情でそっちに向かう。俺もその後に続いた。ビロードを張った卓の周りにオジサンたちが群がって、口々に何か言っている。場にはスペードの二とダイヤのクイーンが晒してあった。

「オール！」

俺の脇でホテル企画部長が大声で宣言して、赤いチップを二枚、張った。二百万円。それがきっかけになって、十数人が百万円単位でチップを張った。

俺もグラッときた。まず、間違いなく取れる。いや、オールには「間違いなく」ということは絶対にないが、なにしろ二とクイーンだ。まず外れはないだろう。乗ろう、と思った。一万円でも、いや千円でもいい。

だが、どうもその気にはなれなかった。もう俺は今夜はオールから撤退する気分だった。金は少し足りないが、それを調達する方法はいくらでもある。ここで悪く粘って、元も子も失ったら、せっかくの面白い趣向がダメになる。

「おい。黙って見てるのか」

後ろから声をかけられた。振り向くと、市の外郭団体の部長だったか役員だったか、はっきりとは覚えていないが、カラオケで「マイウェイ」を歌うのが好きなオッサンがニヤニヤしていた。

「これは固いだろう」

俺は取りあえずは頷いた。

「でも、ちょっと用事があって。時間厳守なんですよ」

「そうか。ツイてない時ってのは、往々にしてそういうもんだ」

酒なのか興奮なのか、とにかく赤い顔をして卓に向かう。俺のことはもうすっかり忘れている。赤いチップを五枚置いた。

卓の向こう側では、ディーラーのムラちゃんが、ちょっと強張った顔で、客たちのチップを眺めている。

もう俺には関係ない。さっさとフケようと思ったが、どんどんチップが増えるので、やはり結果を見たいと思った。

「見てるだけか?」

某商店街で文房具屋をやっているワイン好きのオジサンが、俺の横に立って小声で言った。大声で喋るとツキが逃げる、というような慎重な口調だった。

「ええ。なんか、俺は今夜は運がなくて」

「そうか。……そうだな。俺もそうしよう。こういう夜は、おとなしくしてるに限る」

渡世人が混じらない、完全にアマチュアだけの内外博打なので、この場を仕切る人間は誰もいない。ただ、アルバイトでディーラーをやっているムラちゃんが、全体の呼吸を酌んで、「ええと。もういいですか?」と頼りない声でいう。興奮した空気がムオッと動き、その場で全員が「これでOK」と納得したことが了解された。

ムラちゃんが、脇に置いたカードの山の一番上から一枚引いて、真ん中に仰向けに置いた。

スペードのクイーンだった。

全員、外した。

俺は思わず溜息をついた。張らなくて、正解だった。このままさっさとフケるに越したことはない。

人々の動きと溜息で、そんなに狭くはないミーティング・ルームの空気が膨張した。そんな圧力をはっきりと感じた。人々の熱気が膨れ上がり、部屋の壁が歪みそうな感じだった。

この瞬間、ビロードの卓の上のチップは誰のものでもなくなり、同時に、張った連中は、自分が張ったのと同額のチップを積むことになった。

おそらく、合計で五千万円分のチップの山ができる。その所有権を争って、オジサンたちが心臓バクバクの勝負に出るわけだ。

ここまで来ると、真面目な堅気の学生である俺の世界ではない。俺は背中を向けて出口を目差した。

「おい、本気で帰るのか？」

文房具屋のオジサンが、笑みを含んだ声で言った。

「はぁ。これ以上遅くなると、人さらいにさらわれるんで」

「サーカスに売られるか？」

そう言って、オジサンはゲラゲラ笑った。

「ま、いいことだ。いいことだ」

そう言って頷き、「じゃ」と左手を上げた。それから、ズボンのポケットから右手を出した。赤いチップを何枚か握っている。ゆっくりした足取りで、卓に近付く。チップの山を見て、気分が変わったらしい。

俺はドアの所の芦原さんに会釈をして、ドアを開けてもらい、賭場から出た。

＊

博打でもたついたせいで、〈ケラー〉を出てから二時間近くが経過していた。あまり時間の余裕はない。で、タクシーを拾って、まずは〈フィンランド・センター〉に寄った。フロントは怪訝な顔をした。

「珍しいね。こんなに早い時間に」

「トレンチ・コートをお願いします」

フロントはクシャッとした情けない笑顔になって「またか」と言った。

「これでいろいろとややこしいんだ」

「いい身分だな。親から仕送りもらってるんでしょ？」

「とんでもない。完全に自活してるよ」

「威張ることないよ。そんな暮らしよりは、仕送りで真面目に勉強して、卒業する方がずっと親孝行だ」

そう言い残して、フロントは事務室の奥に消えた。すぐに、クリーニング屋のビニール袋をかけたトレンチ・コートを、片手にぶら提げて戻って来る。

「こいつも、よく働くね。コートの分際で」

俺は頷いてコートを受け取り、タクシーに戻った。

「で？」

「南六条、西屯田通りお願いします。で、すぐ戻りますから、待っててください」

「最終的に、どこ？」

「さっき乗ったところに、戻る予定です」

「ＯＫ」

西屯田通りで降りて、〈サンボア〉に入った。ママは、俺が左手にぶら提げているコートを見るなり「またかい」と言った。この件に関しては、多くの人の意見は一致するらしい。

「そうなんだ」

「あらちょっと、なにさこの人」

カウンターで、サントリー・オールドのハイボールを飲んでいるらしい小太りのオバサンがママに尋ねた。なぜサントリー・オールドのハイボールだとわかるかというと、サントリー・オールドのボトルと、炭酸のボトルが並んでいるからだ。まさかこういう状況で、ジンジャーエールを飲んでいるはずはないだろう。

「ん？　ただのブラブラしてるお兄さんさ」

「穀潰し？」

「そんなようなもんだね」

そのやり取りは無視する。自分の用事の方が大事だ。

「どうだろう。アカスキュータムの最高級品なんだけど」

「知ってるよ。これで何回目だと思ってるのさ」

「何回目になる？」

「忘れたよ。少なくとも、十回は引き受けてるよ」

「だよね。というわけで、できたらよろしくお願いします」

「んとに……いくら？」

「五万くらいどうかな」

「くらいとは？　せめて日本語は正確に喋りな」

「へいへい。五万円。お願いします」

「どら。ちょっと見せて」

カウンターのオバサマが手を伸ばして、俺のコートの裾を手に取った。

「最高級品てのは、フカシだね。いいとこ、中高級品てとこ」

「それでも、五万は固いでしょ」

俺が言うと、オバサマは鼻で笑った。ママが、溜息とともに鼻から延々と紫烟を漂わせつつ、チンと音を立ててレジを開けた。

「ありがとうございます」

「誠意がこもってないよ！」

「ありがとうございます！」

「いつも通り、二十四時間だよ」

「了解です！」

今んとこ、返すアテはないが、必ずなんとかなるはずだ。なんとかならなかったら、なんとかするまでの話だ。

〈ケラー〉に戻った。篠原はまだいた。トロンとした目をしている。その横で、カガがカウンターに突っ伏して寝ていた。

＊

客はまぁまぁの入りで、いかにもクラシックなバーらしい、和やかな談笑が店全体に行き渡っていた。いい雰囲気だ。

高田の横に座った。高田と篠原は話に夢中で、俺に気付かなかった。か、俺を無視した。なにをそんなに熱心に語り合っているのか、と思って耳を傾けたら、「時そば」と「時うどん」はどっちが面白いか、という議論で、もっとほかに何か話題はあるだろう、と思ったが、両者至って真剣で、議論伯仲甲論乙駁、なかなか結論が出ない。というか、関西出身の高田が、「時うどん」を圧倒的に支持するのに対して、札幌生まれの篠原は「時そば」しか知らないので、なぜ高田がこんなに「時そば」の演出を悪し様に貶すのかが理解できず、いい加減に対応しているうちに話がこじれてきて、徐々に議論は感情的になっているところらしかった。もちろん、俺としては、「時うどん」の方がはるかに流れが自然で優れている。だが、それを言うと高田が調子に乗って勝ち誇り、篠原と本格的な喧嘩になりそうだ。だからその話題を踏み潰すことにして、俺は言った。

「おい、戻ったぞ」

高田と篠原は、ふたりともトロンとした目つきになっていて、俺の方を見た。その途端、いままでの議論を忘れたらしい。

「遅かったな」

　高田がムッとした口調で言う。

「ちょっと手間取った。申し訳ない。で、これが十万。ちょっと数えてみてくれ」

「……いいんだよ、どうせ。一度はドブに捨てたと思った金なんだから」

　俺と篠原はついさっき初対面、という間柄ではあるが、同窓同年輩であり、酔ってもいるせいでお互い口調は砕けてきた。

「だからおもしろいんだよ」

「おもしろいったって……」

「数えて十万円あったら、その手形を俺にくれ」

「五万でいいよ」

「ん？」

「……じゃ、五万でいい。手数料半額、ってことで。受け取ってくれよ」

「だから、それじゃダメなんだ。ま、半額ってのは、ヤクザの手数料と同じか。だから、まぁなにがしかの説得力はあるな。でも、俺はヤクザじゃないし」

「……え？」

「いや、とにかく、十万円で、その手形を譲ってくれ。あとはこっちの勝手な遊びだ」

「……いいのか？　なんか、悪いな。……一度は捨てた金だから、なおさら、悪いな、という気になる」

軽い酔いを感じさせる口調で、くどくどと繰り返す。

そこで閃いた。

「あ、そうだ」

俺が言うと、篠原が「なに？」と顔を近付ける。

「篠原さんは、書類仕事は得意か？」

「……そりゃ、……もちろん。面倒だけど、一通りはこなすよ。一応、零細企業の経営者だからな。一応」

「じゃ、引っ越しの手続をしてくれないか？」

「はぁ？」

「役所に、いろいろと書類を取りに行ったりとか、しなきゃならないんだ」

「自分でやれよ」

「俺は、そういう書類仕事が面倒で嫌いなんだ」

「好きな奴はいないと思うけどな」

「空欄をゴチャゴチャ埋めているうちに、俺は、たぶん叫びながら金属バットであたりを滅茶苦茶にすることになると思う。結果として」

「……」

「無給で働いてる、お茶汲みのお姉ちゃんがいる、って言ってたじゃないか」

「五千円くらい小遣いを払うから、その子にでも、作業一式頼んでもらえないか」

「……それが、この十万円のお礼、ってことになるのか」

「そういうことにしてもいい」

「……」

　そこでまた思い出した。

「そうだ、マスター」

「ん？」

「この書類……」

　青泉のオバサマが寄越した紙袋から、契約書を引っ張り出した。

「この連帯保証人の欄に、親父の名前、住所その他、書いて頂けたら、非常に嬉しいんですけど」

「……本人に書いてもらえばいいじゃないの」

「実家に顔出す暇がなくて」

「じゃ、なおさらだよ。たまに顔を見せてあげたほうがいいよ。いい機会だよ」

「なかなかそんな暇がなくて」

「毎晩、暇を持て余してるんじゃないの？」

　あ、それは確かに理屈だ。……まぁ、そりゃそうだけど。

「……いるけど……」

「……はぁ……いや、まぁ、そりゃそうですけど」

マスターは右の頬で一瞬微笑んだ。

「印鑑は？」

「どっかで三文判買って、自分で捺します」

「了解。じゃ、お帰りまでに書いておくよ」

マスターは受け取ってくれた。俺は紙とペンを借りて、実家の住所電話番号と、父親の名前をメモして渡した。

「お忙しいところ、申し訳ありません」

マスターは唇の右端をひきつらせて、ひとつ頷き、俺たちの前から離れて事務室に入った。すぐに戻って来て、カウンターの中ほどに立って、さり気なく店内を見回した。ジン・リッキーか何かを飲んでいた、髪の長い女が、マスターになにか小声で言った。

「畏まりました」

丁寧に頭を下げ、そのままの姿勢で唇の端から、静かな声で呼び掛けた。

「砂金《いさご》君」

「はい」

カウンターの向こう端で、丁寧にグラスを磨いていた見習いバーテンダーの砂金君が、手を止めずにマスターに顔を向ける。マスターが何か小声で指示を出した。砂金君は、「はい」と丁寧に頭を下げて、磨きかけのグラスを脇に置き、目の前に設置されている旧式の大きなスクイーザーで、レモンを搾り始める。

マスターは落ち着いた滑らかな動きで、女の前に、タンカレーとジェットのグリーンペパーミントを並べた。

「シュガーは、なし、でね？」

ちょっと甘い口調で言うマスターを見上げて、髪の長い女がとろん、と頷いた。

＊

高田が突然立ち上がって、「今晩はもう帰る」と言う。むっとした顔で、ちょっとフラフラしながら出て行った。もうちょっと飲まないか、豆腐チゲがうまい店がある、と篠原を誘ってみたが、「もう今日は限界だ」と言い、「それに明日は朝から会議で」などと社会人っぽいセリフを付け加えて、元気なく項垂れているカガを連れて帰ってしまった。

「岡本さん、今何時？」

「……そろそろ三時ですね」

「げ。そんなになってる？」

「そろそろ、夜空は青白くなってるね」

道理で客がほかにいないはずだ。

「じゃ、俺も帰ります。ごちそうさまでした」

岡本さんは、小さく頷いて、足早に事務所に向かう。すぐにマスターが出て来た。なにか書類のような物を持っている。

「では、これを」

そう言うので受け取ったが、なんだかわからない。

「あのう……これ、なんですか？」

「あのね。お父さんの名前と住所、私が……」

思い出した。

「ああ。そうです。ありがとうございました」

「大丈夫？」

「ええ。大丈夫です。いろんな記憶が戻って来ました」

「ならいいけど。念のため、お名前や住所を確認してみて」

そう言われて、書類を見て、驚いた。

マスターは、本当に達筆なのだった。ただの「キレイな字」ではなく、本格的な行書体で、非常に美しい字だった。俺はがっくり来た。俺は非常に字が下手くそで汚いので、達筆の人を見ると、心の底から尊敬してしまうのだ。

「キレイな字ですねぇ……」

心底からの感嘆の声が出た。

「まぁ……請求書を書く関係上ね」

「こんなキレイな字の請求書をもらったら、ちょっと疑問を持っても、耳を揃えてキチンと払っちゃいますね」

マスターはおかしそうにクスクス笑った。俺は金を払って、キィと小さく鳴る扉を押し、階段を上った。そうか。俺は今まで、〈ケラー〉ではツケで飲んだことがない。だから、マスターの字を見たことがなかったのだ。

なるほど。世の中は、あちこちでツジツマが合うんだなぁ、としみじみ感動した。相当酔っているらしい。

9

目が醒めた。軽い二日酔いだ。ソファで寝ていた。ソファで寝ると、尻のところが沈み込むので、腰の調子がちょっともやもやしてしまう。ソファの脇のテーブルの上のようすから、おそらく昨夜は、歩いて帰って来たらしいこと、サッポロ黒生をチェイサーに、ジャック・ダニエルを飲もうとしたらしいこと、だが、飲み始める前に眠ってしまったらしいことなどが推測された。テーブルの上に、ジャック・ダニエルのボトルと、使った形跡のないグラスと、ぼってりと生暖かくなっているサッポロ黒生の缶が並んでいた。

で、その横になにか書類が置いてある。なんだろう、と思ってみてみたら、とてもキレイな字で、俺の実家の住所と父親の名前が書いてあった。住所や名前は正確だが、この字はどう考えても、俺の字ではない。俺はとても字が下手くそで、汚いのだ。はて、これはなんだろう、とじっくり考えたら、ジワジワと記憶が甦ってきた。これは、〈ケラー〉のマスターが書いてくれたのだ。

なんで？

あ、そうだ。引っ越しをするのだ。

なんでだ？

あ、そうだ。このアパートが建て替えになるからだ。

引っ越しか。うんざりするな。だいたい、俺はいろんな事務手続きってのが苦手だ。引っ越しを完了するまでの、書類仕事のことを考えるだけで、叫びたくなってくる。

……なにかがおかしい。

書類仕事からは開放されたのだ、という幸せな感覚が、首のあたりに漂っている。これはなんだ。……いくら考えても、どうも思い出せない。

こういう時は、自分の現状を見つめ直すのが一番だ。俺は、白麻のスーツを、驚くべきことにキチンと畳んでハンガーにかけていた。尊敬すべき男だな、と俺は感心した。ただ惜しいことに、ハンガーは畳の上に落ちていて、結果としてスーツはクシャクシャに丸まってはいるが、とにかく、自分が最善を尽くしたことは、はっきりとわかった。

立ち上がった。Tシャツにボクサーブリーフという格好だ。シャツは洗濯物の袋に突っ込んであった。金はどこにもない。スーツのズボンを探したら、千円札二枚と小銭が出て来た。

いったい、俺はなにを食ったんだろう。……食い過ぎた、という実感はまるでないのだが。

紙幣を突っ込んであるポケットに、なにか横長の紙が入っている。取り出して広げた。〈ルビイ〉という会社……自家焙煎専門店……が振り出した約束手形だ。額面は十万円。期日は
……目を疑った。十年後だ。こんな手形……

そこで、頭の中でなにかがジワッと動いて、いろんなことが次々と頭の中で甦った。

なるほどなるほど。なるほど。総てがわかりました。そういうことですか。

もう大丈夫です。

それにしても、歳を取って呆ける、ってのは、この記憶の甦りがなくなって、いろんなことのツジツマが合わなくなることなんだろうな、などと考えて、ちょっと怖くなった。

……ま、いい。そんな先のことを気にしても、始まらない。どーせ死ぬんだ。

……ところで、今、何時だ？

目覚まし時計を見ると、十一時だった。

さて。なにをどうしようか。と、考えるまでもなく、とにかく「札幌へんてこ通信」の事務所に行かなければならない。俺は引っ越しの書類一式を封筒に入れて、ジーンズTシャツを着て部屋から出た。

薄暗い玄関から出た途端に、頭のてっぺんから直射日光を浴びる。太陽から八分十八秒六かけて地球に届いたエネルギーは、未だに強烈だ。眩暈がするほどに、暑い。

……こんなに暑い日が続いて、雨も降らず、なぜ水不足にもならないのか不思議だ。オジ

サンたちは、「札幌は絶対に水不足にならない」と言うが、その根拠がわからない。冬にたっぷり雪が積もるからなんだろうか。……何年か前、福岡だったか博多だったたか、週刊誌によると、夏には水不足でトルコでも満足にお湯が出ないことがあったらしい。満足にお湯が出ないトルコ。給水制限のホテル。シャワーを満足に浴びることなく、女と寝る街。

そんな街で飲む酒は、どんな味なんだろう。

想像の埒外だな。

＊

近くのコンビニエンス・ストアで、雑誌スタンドに並んでいた「へんてこ通信」九月号の奥付を調べた。事務所は、狸小路五丁目、南三条通りに面した賃貸マンションの二階にあるのだった。俺の部屋から歩いて十五分ほどだ。俺は、ペタシペタシとサンダルを引きずりながら、炎天下を歩いて行った。

ようやく到着した時には、たぶん俺は三キロほど痩せたと思う。

二階の通路中ほどのドアが開け放してある。あそこだろう、と見当を付けて、暗い通路を進むと、開け放ったドアの内側に『へんてこ出版』とプラスチックのプレートが貼ってあった。玄関を覗き込むと、サンダルや靴が雑然と散らばっていた。賃貸マンションの住居用の部屋を、事務所にしているらしい。微かに風が流れている。窓を開けているのだろう。

「あのー」

声をかけてみたが、反応はない。インターフォンを押してみた。反応はない。玄関の真ん中に立って、腕組みをして考え込んだ。さて。どうしたものだろう。

するといきなり、脇のドアが開いて、篠原がズボンのベルトを締めながら出て来た。

「お」

と驚いた顔で俺を見て、すぐに、「ああ、なるほど」と納得した顔になる。

「やぁ」

とりあえず、声を出した。

「あ、昨日はどうも。……あ、そうか。書類な」

俺は頷いた。「ま、上がんない？」と言って、篠原は正面のドアを指差す。

「こっちが、営業部。俺と、営業部長と、部員が三人。俺以外は、全員今は出てる」

俺は靴を脱いで上がり込んだ。

「で、そっちが編集部&デザイン室、その他諸々」

指を差すので、覗き込んだ。ＬＤＫと八畳くらいの和室の、境目の襖を外して一部屋にしてあるようだ。大きなテーブルが真ん中にあり、撮影機器やデザインの道具らしいものが雑然と散らばっている。

「こっちも誰もいないのか」と言いながら、積んであった毛布を足でよけたら、足にいやな感触があり、女の金切り声が鳴り響いたので俺は心底たまげた。

「あ、悪い。最初に言っておこうと思ったんだけど」

「は？」

「そこらで、編集部員やデザイナーが、毛布にくるまって寝てるから」

「もう遅いよ」

「顔蹴られた〜！」

金切り声が大声で喚き、あちこちで毛布のカタマリがムクムクと動き出した。

俺の足許に丸まった毛布を跳ね上げて、痩せた女が、四つん這いになって、闇雲に動いている。半ば眠っているらしい。目を閉じたまま、「顔蹴られた〜！」と喚いて、じたばたしている。

「あ、申し訳ない」

俺は慌てて、目をつぶったままこっちに向かって来る彼女を飛び越えて、向こうの毛布の山の上に降りた。

「グッ！」

男の呻き声がした。慌ててよけた俺の足許、毛布の中から、昨夜〈ケラー〉で会ったカガが出て来た。

「ううう」

腹を押さえて、体を丸めている。

「あ、申し訳ない」

「いや、いいんです。私こそ、こんなところで」

カガは横ざまに倒れ、呻きながら恐縮している。

「締切明けか？」

　俺が尋ねると篠原が、いやいや、と顔の前で右手を振った。

「月刊誌の校了はもうとっくに済んだんだけど、別口の、イベントのパンフレット四色十六ページが切ない時期で」

「顔蹴られた〜！」

　俺は思わずその脇にしゃがみ込んだ。

「大丈夫ですか、申し訳ありません」

「あ、あの。大丈夫。ただ、びっくりしただけ。だって、……顔蹴られた〜！」

「で、あの……」

「おい、あんま騒ぐな、ルミ」

「だって〜！」

「申し訳ない」

「ああ、もう、いいからいいから。ま、どうぞ。こっち、入って」

　篠原は先に立って、「営業部」の六畳間に入って行く。四つん這いで朦朧としているおかっぱ頭の女性に「大丈夫？」と尋ねたら、「どんまい」と言うので、安心した。で、篠原の後に続いて「営業部」に入った。

「ヨーコ！」

デスクの向こうに回り、こっちに向かって座った篠原が大声で怒鳴った。向こうの方、編集部だかデザイン部だかの方で、女の声が「はい！」と答えた。

「麦茶、頼む。それから、仕事の話！」

「はぁい！」

「お茶汲みの女学生。うちの本のファンなんだってさ」

「ああ。昨日聞いたよ」

「ギャラはいらないから、ってな。押し掛けお茶汲みだ。……家は金持ちらしい。仕送りは充分なんで、無給のタダ働きで結構、って。……実際、結構な話だ」

「いい読者だな」

それからしばらく篠原は、最近新しくできたディスコの話をした。札幌にも、そろそろ本格的なディスコができてしかるべきだ、いつまで経っても三五〇〇円で飲み放題食い放題踊り放題でバカ騒ぎをしているんじゃ始まらない、そろそろディスコにもアートが求められる時期だ、そして、それに応える新時代のディスコができたのだ、という話だった。

俺はどうとも思わないが、篠原が熱心に語るので放っておいた。どうやら、その新しいディスコの企画かデザインか何かに「へんてこ」が絡んでいて、利害関係があるらしい。で、来月号にはカラー見開きの広告を出稿してくれる、という話でもあるようだ。そして、それはそれとして、ススキノの新しいディスコとして、カラー見開き三つで特集をするんだ、という話だった。

悪くない話だとは思うが、なぜこんなに熱心に語っているのか、よくわからない。どうやらこの男は、とにかく熱く語る男であるらしい。ただ、自分が言っていることを、よく理解していないようでもあった。どこかで読んだようなことしか言わない。でも、ま、悪い男ではないな、と思った。

「……そういうわけで、いよいよ大人のディスコ……お、御苦労さん！」

それまでの話をいきなりぶん投げて、「美人だろ」と言う。髪の長い若い女が入って来た。スリムのジーンズ、紺色のTシャツの上にあっさりとした木綿の半袖シャツを着ている。確かに「美人」だった。ま、よくある顔だ。

「確かに」

女は、軽く「ふん」とあごを上げて、「麦茶です」と言って、トレイからサッポロの生の缶をふたつ、俺たちの前に置いた。

「オーケイ！　大人の麦茶よろしく！」

ヨーコは、小さく頷いた。篠原は、まだそこにいろ、という雰囲気で右手を広げて、おいおいと振って、言う。

「それでな、ヨーコ」

「はい？」

「ひとつ、仕事だ」

「はい」

「後は、自分で説明してくれ」

俺に言う。頷いて、説明した。俺は、人間がバカなので、書類仕事ができない。引っ越しに際して、契約書に必要事項を書いたり、書類に添付する書類などを揃えなければならないのだが、そんなことができるくらいなら、真面目に学校に通ってサラリーマンになれるわけで、それができないから、いろいろと苦労しているわけだが、そこで、ものは相談だが、この書類を完成させてもらえないだろうか。

「はぁ……」

しげしげと、契約書を眺め、青泉ビルの女社長が書いてくれた必要書類のリストを眺めている。

「この人がな、五千円くらい、小遣いをくれるってさ」

「はぁ……別にお金はいいですけど。……でも、あの、住民票とか、……在学証明とか、……私みたいなアカの他人でも取れるんですか？」

「住民票は、誰でも取れる」篠原がそう言って、それから俺を見た。「……今、学生証、持ってるか？」

「……ある」

学生証とキャッシュ・カードは、常に持っている。二枚を重ねて、二つ折りにした札で挟み、ＪＢＡのマネー・クリップでとめたものと、バラでポケットに入れてある小銭が、とりあえず俺が肌身離さず持ち歩いている荷物だ。

「今、持ってる？」

「持ってる」

「なんでまた」

「本を売る時に必要だからな」

……俺は先月、故あって「マンハント」を十冊、売ってしまった。ミゾオチが、キリキリ痛む切ない経験だった。

「それに、質屋で金を借りる時に必要だし」

「あ、なるほどね」

篠原は大きく頷いた。

「なるほど。その発想はなかった」と言って、「ま、それはそれとして」と続けた。「在学証明は、身分証でなんとかなるだろ」

「ああ、なるほど」

「段取り、呑み込めたか？」

ヨーコに尋ねる。

「はい。なんとか」

「住民票は、請求すれば十分で取れるからな。ま……午後二時を目途に、来てみてくれ。用意しておく」

俺はよろしく頼む、と書類一式を渡した。

10

「で？　〈ルビイ〉の件はどんな感じ？」

「これから段取るつもりだ。……君の顔は、〈ルビイ〉のマスターは知ってるか？」

「……直接会ったことはないけど、……知ってるだろうな、たぶん。何度かテレビに出たし、新聞に写真入りでインタビュー記事が載ったこともあるし。読者や視聴者ってのは、いちいち覚えちゃいないだろう、とこっちは思うんだけど、思いがけないところで声をかけられたりすることもある。どうして？」

「面白いものを見せてやろうと思ったんだけど、じゃ、ちょっと難しいな」

「へぇ……」

篠原は腑に落ちない、という表情でこっちを見る。

「ま、気にするな。こっちの話だ。じゃ、書類、よろしく」

ヨーコに頷いて立ち上がった。ヨーコは、「私、字が汚いですよ」と言う。

「この世の中に、俺よりも字が汚い人間は、たぶんいないんだ」

ヨーコはあっさりとした顔で平らな口調で言った。

「そうですか。それは大変ですね」

電話帳によると〈ルビイ〉は円山の麓、宮の森の住宅街の中にあるらしい。西二十八丁目駅で地下鉄を降りて、その住所に向かってペタシペタシと歩いた。住宅街の中の、山小屋風の凝った造りの建物が〈珈琲自家焙煎専門店　ルビイ〉だった。

入り口のガラス扉に「お客様へ」という貼り紙があった。

「当店では、いわゆるストレートコーヒーをお出ししておりません。いわゆるストレートコーヒーなるものをお飲みになりたいという、高級（高価＝高級という貧しい思い込み）志向、あるいはいわゆるブランド志向などの、舌の貧しい人には、当店は向きません。お引き取り下さい」

なるほど。勝手にやってろ。

ドアを押して中に入った。冷房が効いていた。これは、素敵だった。しんと静まり返った店内に、ロドリーゴの『ある貴紳のための幻想曲』第二楽章が流れていた。カウンターに五席、フロアに十卓ほどの席がある。半分ほどが埋まっていた。人々は皆、真面目な顔をして、さも深刻そうにコーヒーを啜り、うんうん、と頷いたりして、時にはカウンターの向こうに立っている男をチラリと見て微笑んだりしている。男も、穏やかな笑顔で頷き返したりしている。

こいつがマスターだろう、たぶん。カウンターの向こうに穴を掘って立っているみたいに見える。背が異様に低い。男でこんなチビに生まれたら、いろいろと大変だったろうな、と思わせる小男。だが、だからと言って、十年手形なんてのが通用すると思ってたら大間違いだ。

カウンターの右端のストゥールが空いている。俺はまっすぐにそこに座った。俺の足は床にべったりと付いた。マスターの顔は俺の顔のちょっと上にある。卵形の小さな顔で、剃り跡からヒゲがブツブツと伸び始めている。髪は短くて薄い。これで四十にはまだなっていないだろうと思えた。丸い眼鏡の奥の目は、細くてなにか警戒するような、意地の悪そうな、そして狡そうな目付きに見えるが、まぁ、これは俺の先入観のせいだろう。

カウンターに立っている小さなメニューを見ると、コーヒーはストロングとマイルドの二種類だった。その他には、紅茶や冷たい飲み物が少々。食べ物のメニューが豊富で幅広い。これなら、大丈夫だ。

「ストロングをお願いします」

俺が言うと、マスターは気取ったようすで眉を持ち上げて、小さく頷いた。真剣な表情で、豆を計り始める。

俺はあたりを見回した。別に意味はない。ヒゲ剃り跡の濃い、目付きの悪い薄ハゲの小男が、コーヒー豆を計る姿を見ても、面白くもなんともないからだ。だが、不思議なことに、客たちの中には、マスターの動きをじっと目で追っている連中がちらほらいた。賞賛の目付きで、じっと注視している。

気味の悪い世界だ。

見るものがないので、カウンターの上をぼんやり眺めたら、メニューの横に並んで、栞のような物が立っている。

『いつも変わらぬ味』など、ありません。

コーヒーの味わいは、さまざまな要素で、毎日毎分、変化します。それをお楽しみ下さい」

……また能書きかよ。

とにかく、はっきりわかった。人気のある本格的炭火自家焙煎珈琲専門店だかなんだか知らないが、俺はこういう店やこういう男は嫌いだ。

ざまぁ見ろ。

ストロング・ブレンドのコーヒーが来た。飲んでみた。まずくはない。まずくはないので、良心の呵責を感じずに、ウソをつくことができた。

「うん。……素晴らしいですね」

「そうですか」

マスターは、不自然に澄ました顔で、無愛想を装いながら、鼻で笑った。内心、喜んでいるのははっきりわかった。

「いや、評判通りだ。おいしいです。素晴らしい味だ」

「おや、そうですか」

鼻で笑って、それから偉そうな表情で頷く。まるで、「よくわかったね。偉い、偉い」と褒めているような顔付きだ。

しかし、人の神経を逆撫でする奴だ。こいつを泣かしたら、しみじみ楽しいだろうなぁ、と思う。いやいや、君君。イジメはいけないよ。

＊

地下鉄で大通に戻り、なんとなく狸小路二丁目の〈ライオン〉に入った。父親が、俺が幼稚園児だったころから、何度も連れて来てくれたビヤホールだ。子供の頃からほとんど変わっていない。入ると、非常に落ち着く。

串カツでサッポロの黒ビールを三杯飲んだ。いいひと時だ。ひと休みして、外に出た。狸小路は人でごった返していて、そして暑くて、うんざりした。一旦「千秋庵」に避難した。ついでに、水ようかん一ダースの箱を買って、粘つくようなぼってりとした空気を掻き分けて、なんとか五丁目まで歩いた。

「へんてこ通信」の事務所は、朝とは違って活気づいていた。編集・デザインの部屋は、部員たちが黙々と仕事をしている、なにかこう迫力のある気配に満ちていた。篠原が自らのっそりと玄関に出て来た。

「床で寝てる人はいるか？」

「いや。今は全員フル稼働中」そう言って、頭をガシガシ掻いて続けた。「ま、入って。営業部は、今は全員出てる。ヨーコも、銀行に記帳しに行ってる。大人の麦茶でいいか？」

「ありがとう」

営業部脇のキッチンに向かう篠原と入れ替わりに、営業部の部屋に入った。窓が開け放してあって、大きな扇風機が回っていて、街の騒音が全開で流れ込んで来るが、とにかく暑かった。

「しかし、やってられないな。この暑さは」

そう言いながら篠原が戻って来て、俺の前にビールを一缶置いて、デスクの向こう側の椅子に座った。プシッと開けながら、「お代わりしたかったら、自分で取りに行ってくれ」と言う。

「そのつもりだった」

「当然だよなぁ、この暑さじゃなぁ！」

そう言いながら、リングプルを飲み口から缶の中に落とした。

銭函のサーファーか、あんたは。

「一応、手みやげ、というか。夏の御挨拶。ないしは、顔を蹴ったお詫びだ」

水ようかんを渡すと、右手で「サンキュ」と拝んでから、「ルミ！」と怒鳴った。バタバタと足音がして、俺がさっき顔を蹴った女がやって来た。

「はい？」

「これ、顔を蹴ったお詫びだとよ」

「あら。ありがとうございます。みんなで分けます」

ルミはそう言って、箱を持って行った。冷蔵庫にでも入れるんだろう。

「ヨーコはすぐに作ったぞ。区役所に住民票を取りに行く手間も含めて、一時間ちょっとだった」

「そうだ」

「で、書類だな？」


「そういう人も、地球上にはいるだろ。でも、俺はメンド臭くて、ダメなんだ」

「偉くなれないな」

「偉くなりたい奴が、どこかにいるのか」

「俺はね、偉くなりたいんだ」

「……偉いってのは？」

「文字通り。みんなに尊敬される、有名人になりたい」

「……珍しいな、今どき」

「で、その方法がわからなくて、イライラしている青春真っ只中の今日この頃だ」

そう言いながら、封筒を差し出す。

「いいじゃないか。やることがあって」

腰を持ち上げて手を伸ばし、封筒を受け取った。

「俺なんか、酒を飲む以外に、することがほとんどないよ」

「……大丈夫か、それで」

「酒を飲むためには、金が要るからな。うまい酒を飲むためには、いい状況と素敵な知り合いが必要だし。だから、これでなかなか、酒を飲むのにも手間がかかる」

「どうでもいいけど。……あ〜〜あ！　なにか資産が欲しいなぁ！　現金じゃなくてもいいんだ。とにかく、なにか、人がびっくりするような、立派ななにか。で、それをうまく回して偉くなるんだ」

篠原のタワ言を聞きながら、封筒から契約書を出して、広げてみた。

……俺は、唖然とした。

「なんだ、これは」

とたんに、篠原が吹き出した。笑いながら、切れ切れに、苦しそうに言う。

「お。驚いたか、ははは。驚いたか。さ。すがに、お。れも、あ。あんまりだ、とは思った」

笑い続ける。

契約書の俺の名前や住所その他の記入事項は、なんだか見たこともない文字で書かれているのだった。初めは、何語なんだろう、と当惑したが、よく見れば、漢字と平仮名の日本語であるのがじんわりとわかった。

平仮名が、妙に丸っぽくて、なんと言うか、「二頭身の平仮名」という雰囲気だ。漢字も、へんに膨らんだ丸い形をしている。

「最近、そんなような字を書く娘どもが出現したんだよ」

「……」

言葉もない。

「いいじゃないか、別に」

俺は、連帯保証人の欄を見た。マスターが書いてくれた、筆ペンの流麗な行書で書かれた、父の名前と実家の住所。そしてこの文字。

青泉ビルのオバサマは、もしかしたら俺の頭を疑うかもしれない。

「いいさ、別に。ま、五千円には充分価する仕事だと思うよ」

「まぁ……」

「時代の最先端の文字だってことで、さ」

＊

銀行から帰ってきたヨーコに、書類作成の礼を言って、封筒に入れた五千円札を渡した。ちょっと遠慮したが、あっさり受け取った。金を受け取る態度が、なんとなく育ちの良さを感じさせた。

「ところで、来週の日曜日は時間があるかな？」

ヨーコがちょっと眉を顰めて、小首を傾げた。篠原が「お！　大胆だなぁ！」と言った。

「会って二度目の女に、雇用主の前で、いきなりナンパか」

「そうじゃない」

俺は説明した。篠原はすぐに納得した。そしてヨーコに「業務の一環として、付き合ってやってくんないかな」と頼んだ。ヨーコも乗り気で、「そういうことなら、是非」と言った。たいがいの人間は、いたずらが好きなのだ。

＊

その夜、〈ケラー〉で飲んでいたら、電話が鳴った。マスターがすっと事務所から出て来て受話器を取り、俺に向かって「お電話です」と言った。礼を言って受話器を受け取り、名乗ると、「アタシデス」とカタカナが言った。ピンキーの声だった。

やぁ、コーバンの所にいるの？

そうです、コーバンの前の、右から三番目の電話ボックスにいます。

じゃ、これから迎えに行くよ、と言うと、嬉しい、と言い、「マッテマス」とカタカナで言って電話は切れた。

「今、何時？」

岡本さんに尋ねると、ズボンのポケットから懐中時計を取り出して、「七時十二分ですね」と言う。店に出る前に軽く一杯、というところかな。

俺はなんとなく楽しい気分で〈ケラー〉を出た。

ピンキーは言ったとおり、右から三番目のボックスの前に立っていた。暑いから、ボックスの中にいるのは辛かったんだろう。近付く俺に気付くと、嬉しそうな笑顔になって、やって来る。

手足がすんなりと伸びて、ウェストがちょっと信じられないほどに細い。長く背中に垂らしている髪はブルネットで、緩いウェーブがかかっている。身長は、あれで百七十はあるだろう。俺は百七十センチ台半ばなので、俺よりはやや低いが、ヒールの高さによっては、俺よりも高くなるかもしれない。俺は今までの生涯で、自分よりも背の高い女と歩いたことはない。生まれて初めての新鮮な体験ができるかもしれない。どうでもいいか。

「コンバンワ」

とカタカナで言い、それから、あ、そうだ、という表情になり、俺の手を握って電話ボックスに導く。ボックスの壁を指差して、活き活きした目付きで、ほかのボックスの壁には、電話番号を書いた、女性の顔写真のカードがたくさんたくさん貼ってあるけど、このボックスには一枚もない。これはどうして？　と尋ねる。その瞳がハシバミ色で、キレイだった。

俺はやや苦労しつつ、あれは売春組織の宣伝チラシで、あの紙をボックスの壁に貼るのは違法なんだけど、ヤクザの下っ端たちは、警察の目を盗んで、あのチラシを貼る。でも、さすがにコーバンの前のボックスに貼る勇気のあるチンピラはいない、と教えた。ピンキーは、ちょっと暗い表情になった。そして、ススキノで、売春させられているフィリピーナの噂を聞いたことはある？　と尋ねる。俺は、ちょっとミゾオチをこするような心の痛みを踏み潰して、あるよ、と答えた。ヤクザがヒューマン・トラフィックをして、餌食にしている、という話は聞く。非常に残念なことだけど。俺がそう言うと、ピンキーは寂しそうな表情で、俺の左腕に抱きついた。そして不意に「I'm alive」と小声で呟いた。俺はそのまま左腕をピンキーに預けて〈ケラー〉に向かった。

歩行者天国になった駅前通りを、トルコのスタッフが、トルコの店名と「90分2万円〜」などと書いたプラカードを高々と掲げて歩いている。それを見たピンキーが、あれはなにかのストライキ？　デモンストレーション？　と尋ねる。あれはマッサージ・パーラーのアドヴァタイジングだ、と教えた。ピンキーは、「あらやだ」という表情で、唇の両端を押し下げて、笑った。可愛らしかった。

ピンキーはそのプラカードをぼんやり眺めて、俺に顔を向けずに、その店で働いているのは、日本の女の人なの？　と尋ねる。俺は、たいがいそうらしいよ、と答えた。ピンキーは爪先に視線を落とし、俺の左腕にしっかりつかまって、トボトボと歩いた。

〈ケラー〉に戻った。岡本さんが「お帰りなさい」と俺を迎えて、そしてピンキーに「いらっしゃいませ」と言う。ピンキーは、「コンバンワ」とカタカナで答えた。何を飲む？　と尋ねると、「カルピス」と言う。そして、俺に向かって、これからお仕事だから、お酒は飲まないの、と言う。いつか、お仕事が終わったら、一緒に飲みましょう。

俺はそうだね、と頷いて、岡本さんにギムレットとカルピスを頼んだ。ピンキーはあたりを見回して、素敵なお店、と言う。俺はちょっと嬉しかった。

ピンキーは、午後八時十分前になったら、私は行きます、と言う。そして左手首の小さな時計をチラリと見た。まだあと二十分はあるから、大丈夫。で、取り留めのない話をちょっとしたが、不意に、素敵なアイデアが頭に浮かんだ。

で、来週の日曜日、昼間に会えるかな、と尋ねた。ピンキーは笑顔になって頷き、用事はありません、と言う。それじゃ、ちょっと付き合ってもらえたら嬉しいな、と俺は言い、そして俺の英語力で可能な限り、わかりやすく説明した。だが、きっときちんとは伝わらなかったと思う。途中でややこしくなって、で結局、今まで説明したことは全部忘れてください、と言うと、ピンキーは面白がっている表情で、忘れた、と言う。で俺は改めて、昼間に仲間が集まって、パーティをやる、それにピンキーも、来ないか？ と誘った。できたら、友達九人、合計十人くらいで。メンバーを二十人集めたいんだ。俺も友達九人集めるからと言った。ピンキーは、楽しそうね。仲間を集めるわ、と言った。

それから左腕の小さな時計を見て「オゥ」と口の中で言い、時間だわ、おいくら？ と言う。支払いのことは忘れて、と言うと、素直な笑顔になって「ドウモアリガトウ」とカタカナで言う。

ビルの場所は、わかる？

自信がない。

じゃ、ビルの前まで送るよ。

で、ピンキーをミザールビルの前まで送ることにした。一緒に〈ケラー〉を出て、駅前通りに差し掛かると、ピンキーが、あ、ここからはわかります、と言って、あなたは〈ケラー〉まで戻って、と言う。アンドンの英語表記の店名を見て、覚えたらしい。ここまでくればわかるから、あなたは〈ケラー〉に帰って、と言って首をすくめた。人目を憚る、という雰囲気もあった。

で、俺は「気を付けてね」と言って、すたすた歩いて行くピンキーを見送った。彼女は、何度か振り向いて手をヒラヒラと振り、ミザールビルの建つ新宿通りに入って行った。

俺は、〈ケラー〉に戻った。そして、ひとりで、なんとなく味気ない酒を飲んだ。

＊

それから一週間あまり、俺としては珍しいことに、忙しい日々が続いた。引っ越しの準備、その手配、実行などが最大のイベントだった。荷造りは、生協で段ボール箱を二十個もらって、それを高田の運転で部屋に運んだ。高田は不思議なことに運転免許と自動車を持っている。その自動車が、たとえ幕末に作られたのではないか、と思われるボロボロのカローラ一三〇〇であっても、人を運び荷物を運ぶ役には立つんだから、道具ってのは面白い。

で、肝心の荷造りだが、俺は運送屋で長年アルバイトをした経験もあり、荷造りはうまい。ただ、荷造りの卓越した技術よりも、怠慢さ加減がはるかに卓越しているので、高田に何度か襟首を摑まれて壁に押し付けられ、「お前、自分の引っ越しだろ。もっと真面目にやれ。荷造りが終わるまで酒は飲むな！」などの有意義な忠告を受けつつ、本を段ボール箱に詰め込み、スチール本棚をバラし、数少ない家具を外に運んだりした。ソファやボロい机など要らない家具は、部屋にそのまま残しておいていい、と大家が言うので、その通りにした。どうせ解体するんだから、という話で、これは楽だった。で、文明開化の音がする幕末のカローラ一三〇〇で何度か往復して、必要な荷物を青泉ビルの俺の部屋に移した。

そんなこんなの大騒ぎのほかに、通常業務の三件の家庭教師があった。中川君はこっちの部屋まで来てくれるからまだいいが、真駒内の女子中学生と月寒の高校二年生のふたりは、こっちが先方の家に行かなければならない。だがこのふたりは、夏休みになっても週一回のペースは変えていなかったので、さほど負担ではなかった。

そして忘れてはならないのが脇本先生の自主ゼミの予習だ。これは、前回懲りたので真面目に丁寧に行なった。そのせいでエネルギーを使い果たし、ゼミの後はとにかくススキノに直行して飲んだくれることになった。

家庭教師や自主ゼミなどの定期的な用事に加えて、新たなイベントとして土曜の午後に、高田に連れられて武具店に行って空手の道着や白帯を買った。で翌日曜午後には北区体育館の格技室に行って、高田に空手を教わった。この空手同好会は高田がトップらしく、会員たちは冗談混じりに高田のことを「総帥」と呼んでいた。メンバーは十代から六十代まで幅広く、高校生やいわゆる無職青年、ごく普通の社会人などだが、タクシーの運転手が多かった。俺が行った時は三十人ほどだったが、高田によると「会員は全部で六十二人」なんだそうだ。

「熱心な奴はひとりもいないんだ」

そう言って、なぜだか楽しそうにニコニコしていた。格技室を壁沿いに二十周して、騎馬立ちや猫足立ちなどの立ち方を習って、その他に正拳突きだの手刀だの、足刀だの前蹴りだのを習った。サンドバッグを殴る蹴るするのは楽しかった。走ったのも、大声を出すのも久しぶりで、全然知らない男たちと、同じ動作をして大声を出すのは、これはこれで楽しくないこともないな、と思いはしたが、とにかく早くビールが飲みたい、とそのことしか頭になかった。

その他、細々した打ち合わせなどがありいろいろと忙《せわ》しなかった。

ただ、ビニ本に関しては、ああだこうだと下らないいいわけをする飯島を追い回して、とうとう引っ越し当日に、ビニ本入りバッグを飯島の家まで運ぶことに成功した。元のアパートから青泉ビルに運ぶ途中、渋々同乗した飯島に案内させて、飯島の住んでるアパートなのか、それとも女の部屋か、もしかするとアンコ（男性同性愛の受け身のことを、刑務所言葉でこう呼ぶんだそうだ）の部屋かもしれないが、とにかくそこに運んだ。菊水の、古い木造の家が建て込んだ中の、木造二階建て共同玄関のアパートの一室だった。とにかく、ビニ本に関しては、これで一件落着だ。

やれやれ。

あ、そのほかに、もちろんバクチの黒字の中から〈サンボア〉のママにお金を返してトレンチ・コートを取り戻したり、日常雑事を次から次と片付けた俺は、結構立派だ。

そんなこんなのあれこれの合間を縫って、毎日〈フィンランド・センター〉に行き、ススキノで飲み歩くわけで、体がいくつあっても常に眠たいほどの忙しさだった。

11

現地集合でもいいようなもんだが、とりあえず簡単な打ち合わせもあるので、お昼の十二時半に〈サンボア〉に集合、ということにした。とにかく暑い日だったので、俺はシャワーを浴びてTシャツにバミューダパンツ、ビーチサンダルという格好にした。本当に、部屋に浴室があって、シャワーが浴びられる、というのは素晴らしい。銭湯が寂れるわけだ、と思う。これはこれでまた、非常に寂しいもんだが。

で、ちょっと早め、十二時少し過ぎに〈サンボア〉に着いて、ママと雑談しながらメンバーが集まるのを待った。

最初に来たのは「へんてこ」のヨーコで、一応「内輪のパーティ」ということにしてあるので、暑い夏が許す範囲で、ドレッシーな服装をしている。水着のような藍色の……なんというのか、下着じゃない、……ま、見た感じとしては、ワンピースの水着のように見えるらしいものを着て、その上にちょっとエスニックな素材とシルエットの、ルーズなデザインの大きなローブ、胸元は首まで隠れているが、背中が大きく見えていて、だから中に着ているのが水着みたいだ、ということがわかる、という出で立ちで、足許はコルクのサンダルの編み上げ。……俺は本当に、女の服のことがよくわからないな。きっとそれぞれに、流行りの名前が付いてるんだろうけど。

で、一応ヨーコは今回の俺の右腕、ということになっているので、とりあえず手順を詳しく説明して、道具を渡し、五千円札を一枚渡した。

次に来たのは、近所に住んでいるフィリピーナたち九人で、これはこの前コイン・ランドリーの場所を教えた五人と、その仲間四人だ。ピンキーが声をかけて集めてくれた。九人のうち、四人がスペイン系フィリピーナで、のけぞるほどの美貌だ。三人が中国系フィリピーナで、笑顔の可愛い気さくな美少女、という雰囲気。二人がサンボアンガから来たという、どっちかと言うと南方系の面立ちの、小柄な美少女たち。九人とも、気だてはいい。昼間の内輪のパーティに手頃な服を着てきた。ちゃんと状況を理解している。偉い、偉い。挨拶をして、俺の英語が通用する範囲で雑談をして、ひとりひとりに五千円札を一枚ずつ渡した。

そこに、飯島がやってきた。噛んで含めるようにクドクドと説明したので、白いスーツや原色のアロハなどを着てはいない。Tシャツにメッシュの上着、下は短パンにローファー。ま、いいだろう。五千円札を渡すと、一応「いらないよ」と遠慮してみせたが、結局は受け取った。

そこに、高田の一行がやって来た。アルバイトでかつかつ生きている農学部の学生三人と、演劇研究会のメンバー二人、あと三人は、高田の「山仲間」なんだそうだ。演研の三人に、あまり調子に乗って芝居をしないように、と念を押して、全員に五千円札を渡した。

そうこうするうちに、英語が割と話せるヨーコが、ピンキーとアグネスを自分のサブに選び、俺がたどたどしく説明した状況を流麗に再解説した。ピンキーとアグネスは、見た感じ「ああ、そういうことなんだ。今やっとはっきりわかった」という表情で、お互いに顔を見合わせて、うんうん、と頷き、いくつかヨーコに質問した。

高田の友達の方は、高田がキチンと説明しているはずだ。俺としては、あとは飯島を見張っていれば、それでなんとかなるだろう。

「いいか？」

高田に尋ねると、大きく頷いて、「いいぞ」と言う。

「ヨーコ？」

「ＯＫです」

ママにタクシーを六台呼んでもらった。先頭のタクシーに俺と飯島、ヨーコと高田が乗り、それに続いてピンキーとアグネスがまとめ役になってフィリピーナが分乗した車、あとは男たちを適当に乗せて、ドライバーたちに住所を告げ、できたらなるべく離れずについて来てくれ、と頼んで〈ルビイ〉に向かった。

＊

〈ルビイ〉はそれほど広い店じゃない。二十名で貸し切りにすることができた。時間通りに、タクシーが続々と来て、俺たちが次々と降りると、マスターが嬉しそうに出迎えた。

「よろしくお願いします」

と俺が言うと、明るい笑顔で「いらっしゃいませ」と答えた。一瞬、悪いな、という気分になったが、まぁ、気にしても始まらない。

ヨーコはすぐに店内に入り、出入口の近くにテーブルをずらして、そこを自分のデスクにした。俺が渡した十勝日誌の箱を置いて、「関所です」と宣言する。

この十勝日誌ってのは、父親が帯広に出張すると必ず買って来る、和菓子の詰め合わせで、見た目は和綴じの本の体裁だが、その実、紙でできた箱だ。松浦武四郎が十勝日誌という記録を残していて、それに因んで作った製品なんだそうだ。引っ越しの時、本棚の隅にあるのを発見して、役に立つだろう、と持って来たわけだ。〈サンボア〉でこの箱を渡し、中に入っている物についてざっと説明した。ヨーコは、ピンク色の封筒を手に取った。花びらのイラストで縁取りがしてある。ヨーコはしげしげと見て、「やりすぎ」と呟いた。そして、俺が作ったメンバー表を見て、顔をしかめた。

「これ、自分で作ったんですか？」

「ああ」

「こういうことができるのに、契約書は書けないんですか？」

「……だって、それは定規で線を引くだけだし。あとは名前を書くだけだし」

俺が言うと、ヨーコは口の中で「変な人」と言ったようだった。大きなお世話だ。

メンバーの名前など知らないから、適当な名前を並べておいた。名前など、どうでもいいんだ。ただマスが二十人分あって、支払い済みの丸印を付けられればそれでいい。

ヨーコは自分の前に十勝日誌の箱を、蓋を広げて置き、その横にメンバー表を、俺が渡した「林」という三文判、朱肉などを並べて名実ともに「関所」を完成させた。

「じゃ、会費、お一人様五千円です」

ヨーコが言い、みんなは俺が渡した五千円をヨーコに渡した。ヨーコはそれを受け取り、適当なマスに三文判を捺して、受け取った五千円札をピンクの封筒に収めた。

昼間のパーティなので、酒はあまり飲まない。サッポロの生をひとり二本ずつ、そしてテーブルワインクラスのものを赤白それぞれ二本ずつ。物足りないが、このイタズラには、物足りないくらいがちょうどいい。その方が効果的なのだ。

酒の量が少ない分、食い物はたっぷり用意してくれ、と頼んである。どうもキッシュが自慢らしく、そのほかパイ各種など、オーブン料理をメインに、あれこれうまい物をたっぷり出してくれた。

俺のほかには、あまり酒を飲む者もいなくて、みんな楽しそうに語り合いながら、もりもり食った。〈サンボア〉で初めて会った時は、なんとなくカサカサの感じだった農学部の連中が、たっぷり食べて、幸せそうにテラテラ光るようになった。

フィリピーナたちも楽しそうで、和やかな雰囲気で、よかった。チャーハンとかピラフをあれこれ出してくれ、と頼んでおいたので、rice eating people たるフィリピーナたちは喜んでくれた。『エイリアン』における「マザー」について、ミスティという名のスペイン系フィリピーナと、カタコトの英語で語り合っていたら、カウンターの方で歓声が上がった。そっちを見ると、軽く酔ったケイトが、LPを手にして、仲間に呼び掛けている。フィリピーナたちが色めき立って、そっちの方に殺到した。なんだろう、と思って俺も行ってみた。

ケイトが手に持って興奮しているのは『杉田二郎ライブ』で、そう言えば、この中の『ANAK』という曲は、フィリピンの歌だ、ということは聞いたことがある。俺が近寄ると、フィリピーナたちが口々に、「このレコードをかけて、と店の人に頼んで欲しい」と言う。……と言おうか、そう言ってるんだろう、と俺は推測した。

で、マスターに今流れている。『デイヴィッド・マンロウ指揮　ロンドン古楽コンソート』のLPを一旦止めて、この『ANAK』をかけてください、と頼んだ。マスターは「おや。デイヴィッド・マンロウを御存知ですか」と不思議そうな顔で言う。

お前な。自分が知っていることは、他の人もたいがい知ってるってことは、覚えておいた方がいいぞ。嫌われる理由が一つ減るから。などということとは無関係に、すぐに『ANAK』のイントロが始まった。フィリピーナたちは体でリズムを取る。男臭い杉田二郎の声で、日本語の『ANAK』が始まるのと同時に、フィリピーナ全員が歌い出した。タガログ語で。嬉しそうに。何人かは、歌ううちに、目に涙が滲んできた。

歌が終わり、「もう一度」「もう一度」ということになり、ケイトが針を持ち上げようとした。

「あ、触らないで！　私がやります！」

マスターが、明らかに苛ついた口調で言う。この男が、自分でやるから触るな、といっている。と教えてやった。ケイトは首をすくめて、「ゴメンナサイ」とカタカナで言って、マスターと入れ替わった。

フィリピーナたちは、『ANAK』を五回か六回、斉唱した。まぁ、その間一曲終わる度に、根気強く針を戻すことを続けたマスターには、感謝はするが、その度にムスっとした仏頂面でいやいややっているのがはっきり伝わってくる。こいつは本当に損な性分だな、と思った。などとぼんやり考えていたら、また向こうの方、レコードの棚でケイトが今度はシングルを持って歓声を上げている。行ってみた。長谷川きよしの『別れのサンバ』だった。好きなのか、と尋ねたら、大好き、という返事だ。なんで知ってるんだろう、日本語が読めるのか？と尋ねたら、ついこの前別れたけど、ずっと日本人の「カレシィ」と暮らしていたのだ、と言う。

マスターがやって来て、「今度はこれですか」と溜息まじりに、さも面倒臭そうに言う。確かに面倒だろうが、フィリピーナがこんなに喜んでいるのに。つくづくイヤな奴だ、と思った。

マスターは、イヤイヤながら、『別れのサンバ』をかけた。ケイトが、うっとりした表情で、なんとなく日本語っぽく聞こえないでもない、デタラメで、一緒に歌い出した。ゆっくりとリズムを取りながら、「ナーラモー、ターラモー、イーコリー……」ほかのフィリピーナたちもそれに合わせて、デタラメの日本語で歌う。

これは二回聞いた。マスターが迷惑そうな表情を剝き出しにし始めたので、彼女らの方から遠慮した雰囲気だ。

「もう、いいですか？」

と念を押してから、『ロンドン古楽コンソート』のアルバムを流し始めた。

「この歌の歌詞はどういう意味？」

ケイトが尋ねる。いやぁ、これは……と後込みしたが、ちょっと考えてみると、なんとかなりそうだ。

「Without thinking anything,
Without tears……」

出たとこ勝負で闇雲に訳したら、なんとか最後まで辿り着けた。やれやれ。フィリピーナたちは、「そういう意味だったのね！」「ますます好きになった！」と嬉しそうに語り合っている。俺も嬉しかった。

「それじゃ、この歌知ってる？」

というようなことを言って、アグネスと名乗った中国系のフィリピーナがなにかデタラメの日本語を口ずさんだ。フィリピーナたちがすぐに一緒に歌い出す。

「スマラミー、カーデー、トーテー」

……歌詞は聞き取れないが、メロディーは南こうせつの『夢一夜』だ。だから、ああ、わかる、その歌は知っている、と答えた。彼女たちは色めき立った。

口々に、「じゃ、どういう意味なのか、英語に訳して」と言っているらしい。

「OK」と軽い気持ちで引き受けたが、歌詞を思い出してみると、これはとても簡単には訳せないと即座にわかった。「別れのサンバ」は簡単だった。だが、『夢一夜』はとてつもなく難しい、ということに初めて気付いた。

「ごめん、無理だ。俺にはこれは難しくて訳せない」

と謝ったが、彼女らは納得しない。

「どうして無理？」

「わからない」

などとタガログ訛りの英語で責める。これには参った。

「じゃ、せめて歌のタイトルだけでも教えて」

と言うので、あれこれ考えたが、いい訳が思い浮かばず、「ワン・ナイト・ドリーム」と教えてやった。その途端、フィリピーナたちは、「キャー」「キャー」と騒いだ。なんだか浮き足立っている。

そこに、不意に高田がやって来た。

「おい、ちょっと聞いてくれ」

この男が用事があるから、また後で、と言い残して、ホッとして高田の後についた。高田は、赤い顔をして、結構酔っている。言われるままにテーブルに戻ると、フィリピーナたちも全員ついて来て、テーブルを囲む。

「こいつは、俺の山仲間でフセってんだけど、とんでもないバカなんだ」

フィリピーナたちが一斉に俺の方を見る。俺は、英語を話すのに疲れて、ヘトヘトだ。頭が芯から痺れている。

「ヨーコ」

「はい？」

演研の役者となにか話していたヨーコが、こっちを見る。

「あ、悪いな。話し中に」

「いえ。なんですか？」

「ちょっと、通訳してくれ。俺は、疲れた」

ヨーコがやって来て、「なんの通訳ですか？」と言う。

「こいつが、この男のことをバカだ、と言ってるんだ。なにか事情があるらしい。で、面白そうだから、訳してやってくれ」

「バカはひどいな」

フセが苦笑いをする。これも、ちょっと酔っているらしい。

「あれは、高田さんの指示が中途半端だったから……」

「冗談じゃない。俺は、きちんと警告したんだ。その前に、結構あたりを飛び回っているのには気付いてたんだ」

「なにが飛び回ってた？」

「クロスズメバチだ」

「クロスズメバチ？　黒いスズメバチか？」

「クロスズメバチが赤いスズメバチだったら、アメリカ人は全員日本人だ」

高田は、酔うとギャグがややこしくなる。

「わかった。とにかく、黒いんだな？」

「黒くて、小さい。ま、慣れればすぐに見分けられる」

「危ないな」

「クロスズメバチは、それほど獰猛じゃない。そばに寄っただけじゃ刺されない」

「そうなのか」

「そうなんだ。だから、クロスズメバチが飛んでいるから、巣が近いぞ、気を付けろ、と俺が言ったとたん」

「だから、悪かったって。ちょっと焦ったんだ」

「なにを考えたのか、こいつが道の脇の藪の中に飛び込んだんだ」

「いや、自分が刺される、と勘違いしたんだ」

「……なにが問題なんだ？」

「こいつが、クロスズメバチの巣を踏み潰しやがった」

「スズメバチの巣が、下に落ちてたのか？」

「クロスズメバチってのはな、別名ジバチ」

「ジバチ？」

「そうだ。土の中に巣を作る」

「……」

「それを、踏み潰したもんだから、……お前、驚くぞ。地面から、黒い煙、と言うか霧が、もわっと立ち上《のぼ》って、それが実は蜂の大群だった、という経験をしたことがあるか?」

「ない」

一歩遅れて、フィリピーナたちが「キャー!」「キャー!」と騒ぎ始めた。本当に気持ちが悪いらしい。鳥肌が立っている。自分の手で自分の腕を撫でている。

「死人が出なかったのが、不思議なくらいだ」

「悪かったって」

「だいたいこいつは、山屋のくせして、ゴルフが好きってぇとんでもねぇやつだ」

「またその話か。別に、山が好きなのとゴルフが好きなのは、矛盾しないさ」

「お前、飛行機から日本を見下ろしたら、泣けるだろ。山の中、山を削って潰して、至る所に胡瓜やへちまみたいな形の不自然な芝生が一杯で」

「イヤなら、見なきゃいいだろ。……山屋でゴルファーってのは、別に珍しくない。俺だけじゃないよ」

「こいつがゴルフをする理由、わかるか?」

「いや」

「就職したら、出世に必要だから、だとよ」

「いや、半分冗談だけどな。でも、やっぱ道庁に入ると、必要なんじゃないかな。ゴルフは。やっぱ業者との付き合いもあるだろうし」

「な？　この男は、バカだ。バカだからジバチの巣を踏み潰す」

高田はそう言って、ムスッとした顔で小皿にピラフを取り、「これはうまいな」と言いながらむしゃむしゃ食い始めた。

フセは、マルガリータと名乗ったフィリピーナと生まれ故郷の話などをしている。船で川下りをしながらランチを食べる観光地があって、そこが楽しいよ、などと言われて、是非行ってみたいな、一緒にどうだろう、などと語り合っている。フセの英語は、丁寧で折り目正しいものだった。

酒が強くない飯島は、俺のそばに座って、ひたすら食べている。料理がうまくて、よかった。フィリピーナたちももりもり食べているし、高田が連れてきた男たちも食欲旺盛だ。この分では、それほど苦労せずに食い尽くせそうだ。なによりである。

ヨーコが紙を取り出して、ペンで何か書いている。なんだろう、と思って覗いてみた。英文で、どうやら『夢一夜』の歌詞を訳しているらしい。

「歌詞を暗記してるのか」

「カラオケで歌うので」

なるほど。公言する気はないが、実は俺もそうなのだった。

……それにしても不思議だ。英文は、マトモな活字体で書いている。あのマンガみたいな字は、日本語専用なんだろうか。

フィリピーナたちは、争うように、ヨーコが書く英文を一行一行、目で追っては、仲間同士で頷き合い、「切ない歌だったのね」なんてことを語り合っている。

＊

マスターが、もう二時間経った、と知らせに来た。それですぐに宴が収まるわけもなく、それから三十分ほど、俺たちは楽しい気分で、残り少なくなった料理を食った。酒は、とっくに全部なくなった。

「よし。じゃ、また次回。場所が決まったら、連絡する」

俺が宣言して、それでお開きになった。ヨーコが十勝日誌の箱を持って来る。中を開けて、ピンクの封筒を取り出した。五千円札が二十枚。封筒から出して、念のため、二回数えた。間違いない。

「マスター、領収書お願いします」

「宛名は？　上様でいいですか？」

「いえ」

俺は名前を言った。マスターはカウンターの隅で、通常の伝票に金額を書いて持って来た。印紙が貼付されていない。

「マスター、印紙がないですよ」

俺の後ろでは、みんなが三々五々、店から出て行く。

「あ、印紙ね」

「一応、ケジメなんで」

マスターは面倒臭そうな顔をしたが、素直にレジの所に行って、印紙を貼って店判を押し、戻って来た。

「これでどう？」

「あ、お手数おかけしました。じゃ、これ」

ピンクの封筒を渡した。

「ありがとうございました」

マスターはそう言って、そっくり返って顎を上げ、目の下の方から視線を投げて、礼を言う。

「あ、ちょっと確認して下さい」

俺が言うと、「それもそうだな」という表情で封筒を覗き込んだ。

顔色が変わった。封筒から、札の大きさに切った新聞紙を取り出す。何枚あるか俺は知っている。自分で切って入れたからだ。全部で二十枚。そして、マスターが振り出した十年手形が一枚。その手形を見て、マスターは総てを悟った。……まぁ、悟らなきゃ、本物のバカだ。

「どうだ？　自分が垂れたクソの味は」

「あんたは……なんなんだ？」

「ただの穀潰しだ」

そう言って、大声で笑ってやった。

「篠原の差し金か」

「誰の？」

「篠原」

「……そんなやつ、知らねぇよ。あんたが想像も付かないような所から、俺んとこに回ってきたんだ。そのクソは」

「……」

「気を付けた方がいいぞ。いろんな人間がいるからな。これで済んで、運がいい方だぞ。これからは、自分の身の丈に合った遊びで満足してろ」

俺は、優しく頭を撫でてやった。歳のせいなのか、短い髪は見た目よりもずっと柔らかかった。

「料理はうまかったよ。じゃあな。ごちそうさん！」

マスターは、俯いて、十年手形を睨みながら、細かく震え始めた。俺は背中を向けて店から出た。

12

〈ルビイ〉の前で解散てことにして、ケイトに一万円札を一枚渡した。これで、タクシーに分乗しても、西屯田通りまで充分に戻れるはずだ。ケイトはすぐに通りかかったタクシーを停めた。交通量の多い通りだ。すぐにつかまるだろう。高田は友達を連れて、地下鉄で帰るらしい。「お前、今日も〈ケラー〉か？」と尋ねる。そうだ、と答えたら、「俺はもう疲れたから帰る」と言って去って行った。俺はフィリピーナがみんなタクシーに分乗するのを確認してからタクシーを停めて、ヨーコと乗り込んだ。

＊

篠原は「へんてこ」の事務所で待っていた。いちいち喋るのが面倒だったので、ヨーコに報告させた。篠原は愉快そうに聞いて、「お疲れさん」と言った。

「でも、ちょっとあんたは持ち出しになってるんじゃないか？」

「少しね。でも、コストを払わなきゃ、娯楽にならないからな」

「細々したものとか、タクシー代とか、結構かかっただろ」

「だから、それはアミューズメントのコストだ」

「……しかし、つくづくあんたはイヤな奴だな」

「よく言われるよ」

「酒を少なくして、食い物たっぷりってのが、本当にイヤだな」

ヨーコが、「なんでですか？」と尋ねる。

「つまり、酒は、余った場合、口を切ってなかったら、酒屋に引き取らせることができる。

そうやって、ダメージを少しでも軽くすることができるわけだ。でも、食い物は、ダメだ。包丁入れちまったら、もう返すわけにはいかない。余った料理を家庭内消費に回す、という手もあるけど、……食い尽くしてきた、と」

俺は頷いた。

「マスターが今、どんな思いでいるか、それを想像するだけで……」

ヨーコが悲しそうな表情になって、やれやれ、と首を振った。

「可哀想で可哀想で、俺は、大声で笑いたくなるよ。ザマァ見ろ、だ」

そう言って篠原は大声で笑った。それから「カガちゃんは、どこに行ったのかな」と呟いて、どこかに電話をかけた。

「やっぱ、いない。アパートや、行きつけの喫茶店、模型屋、古本屋、その他諸々、電話してるんだけど、なぜかつかまらないんだ。早くこの話をしてやりたいんだけどな」

ま、いい。俺は立ち上がった。

「じゃ、俺はこれで。カガさんによろしく」

「おう。ありがと。面白かった。ただ、一つ残念なのは」

「ん?」

「俺が自分のこの目で見られなかったことだ。次回は、そこんとこ、なんとかしてくれ」

「次回もあるのか?」

「あったら、の話だ」

ヨーコが笑顔で、玄関まで見送ってくれた。

「楽しいパーティでした」

俺はほんのちょっと後悔のような気分が心の中で揺らめいてもいたので、ヨーコの笑顔にほんのちょっと救われた。

「ま、なによりだ」

……これで、いいのだ。

＊

飯島がいつの間にかいなくなっていた。あれこれ思い出してみると、〈ルビイ〉の前では、確かにいた。そこから、いつの間にかいなくなった。ヨーコとタクシーに乗る時は、すでにいなかった。それは間違いない。ちょっと気になったが、気にする必要があるとも思えない。そのまま、青泉ビルの部屋に戻った。シャワーを浴びて、着替えて、出かけるのだ。服も、靴も、全部部屋にある。これはやはり、いろいろと面倒がなくていい。

なんてことを考えながら、八階でエレベーターを降りたら、通路半ばにある俺の部屋のドアが開いていた。

一瞬、なんだ？　と思ったが、すぐにわかった。俺が部屋のドアに鍵をかけない、ということを知っているのは、地球上で高田と飯島だけだ。俺はゆっくりと自分の部屋に近付いた。中から非常に下手くそな「チャコの海岸物語」が聞こえてくる。飯島の声だ。音程はもちろん外れている。そのズレぐあいがいかにも気持ち悪い。開けっ放しのドアの前に立ったら、玄関には誰もいなかった。段ボール箱が二つ、積んである。それがストッパーになって、ドアが開放されていた。

奥の方から本当に下手くそな歌がどんどん近付いて来る。

「心かっら～好きだよ～ルーミー！」

ニュッと姿を現して、俺と目が合って、いきなり真っ赤になった。

「ルミって誰だ。バシタか」

唇を突き出して、ムッとした顔で言う。

「下品な言葉を使うな。ただのガールフレンドだ」

「ま、そりゃそれでもいい。なんだ、これは」

「いやあの。部屋の中の空気が、むっとしててさ。……カーテン、まだだろ？　化粧ガラス越しでも、モワッと空気が蒸し暑くてさ。だから、窓開けて、そして玄関も開けて、空気を入れ換えてた……いやあの」

「もう一度聞くぞ。いいか？」

「……ああ」

「なんだ、これは」

「段ボール箱だ」

「それは、見ればわかる」

「じゃ、聞くな……」

俺は襟首をつかまえて壁に押し付けた。

「もう一度聞くぞ。これは、なんだ？」

「……悪い。ちょっと事情があってさ。置かせてくれや」

「中身はなんだ。またビニ本か」

「いや、……ま、ガラクタだ」

飯島を放して、段ボール箱を持ち上げてみた。それほど重くない。少なくとも、本や液体ではない。ごく普通に売っている段ボール箱で、蓋の表には何も書いていない。シロウトがなにかを手作業で詰めて、ガムテープを貼ったように見える。すくなくとも、工場で荷造りされて出て来たものではない。非常に胡散臭い。

「なんなんだよ、これは」

俺はそう言いながらガムテープの端を剝がした。

「あ、いちおう売り物《もん》なんだけどな」

「笑わせるな」

勢いを付けて、ビッと剝がしたら、上蓋はすぐに開いた。中にはルービック・キューブがぎっしりと詰まっていた。ケースには入っていない。剝き出しで詰め込んである。

「ルービック・キューブ？　今頃？」

「いや、それはルービック・キューブじゃないんだ」

「ふざけるな。どう見ても……」

「ルービック・キューブ、という名前は使えないんだ」

「なぜ」

「登録商標って言葉、知らないかな」

「……ふざけるな。誰でも知ってるさ」

「あ、そうなの？　俺はこの前まで知らなかった。……ええと、要するに、歪事もしてないのに、組の名前を出すとか、そういうことになるんだろ？」

「……言われてみたら、そんな見当かもな」

「だろ？　だから、これはルービック・キューブじゃないんだ」

「じゃ、なんなんだよ」

「これだ」

飯島は、段ボール箱の上蓋をパタンと開けて見せた。裏側に、赤と青のマーカーで、ゴチャゴチャ書いてある。読んでみた。

「新発売！
現代最先端の知的玩具（ガング＝おもちゃ）
九部《キューブ》六面体！
あっと言う間に売り切れ間近！
大評判！　お買い求めは、今すぐに！

お急ぎ下さい！」

　飯島が腕組みをして、唸るように言った。

「考えたもんだよなぁ。箱の蓋の裏側が、看板になるんだもんな。やっぱ、東京は考えることが違うわ」

「……それにしても、今頃になって、なんなんだ？　もう、ブームは終わっただろ」

　飯島はちょっと心配そうな顔になる。

「……終わった？　か？　ホントそう思う？」

「もうそろそろ、終わりだろ」

「……俺もそう思ったんだ」

「これ、引き受けたのか？」

「……」

「あんたが？」

　悲しそうな笑顔で、頷くような首を傾げるような表情だ。

「バカじゃねぇのか」

　そこで、まだ玄関先にいるのに気付いた。

「どけろ。俺の部屋だ」

　靴を脱いで飯島を押し退けて中に入ったら、リビングに段ボール箱が三個あった。

「……おい……」

「いや、申し訳ない。先に断ろう、と思ったんだ。でもあんた、女連れて、さっさといなくなったしさ……いい女だったな」

「ウソつくな」

「いや、ホントにいい女……」

「俺よりも先に帰ったんだろ。俺が戻る前に、運び込もうと考えたんだろ」

「いや、……そこまで俺はズルくない、っちゅか。……イヤな考え方、するなや」

甘えた口調で言う。

「じゃ、改めて頼む。置かせてくれ」

「断る」

「……せめて、条件とか、いつまでだ、とか、そういうことを、まず聞かないか？」

「聞かないね。とっとと持って帰ってくれ」

「だって……タクシーはもう、返しちゃったし……」

「呼んでやるよ。俺が」

「え？　もう電話付いたのか？」

「ああ」

「……俺は、電話代払わないからな」

「なんの？」

「タクシーを呼ぶ電話代だ」

「払わなくてもいいよ」

「……いやあの。ちょっと事情があるんだよ」

「要するに、売れ残ったのを押し付けられたんだろ」

「……そういう、身も蓋もない言い方はやめれや。……それを言っちゃあ、オシマイよ」

車寅次郎の真似をする。全く似てない。

「で、金が払えなくて、誰かから借りたか？」

「……」

「でそれを返すのに、自分で、道ばたで手売りするとか、そのテの話だろ？」

「いや、でも。……一応、人助けの意味もあるんだよな」

「意味なんか、ねぇよ」

「なんで、そやって言い切れる？　なんも知らねぇで」

「確かに、俺は何も知らない。でも、あんたが俺よりももっと知らないってことは知ってる」

「そんなこと、なんでわかる？」

「……あんた、ミッキー・マウスを見たら、ミッキー・マウスだって、わかるか？」

「わかるさ」

「なんでわかる？」

「だって……ミッキーは、ミッキーだべや」

「それと同じだ」

「……なにが？」

「わからなきゃ、いい」

「……」

「さっさと持ってけ」

「……なぁ、頼む。毎晩毎晩、菊水から運んで来て戻して、ってのは大変なんだ。タクシー代が。でも、こんなもん、一箱でも、歩いてススキノまで運んで来るわけにはいかないし。地下鉄で運ぶのも、なんだかまだるっこしいしよ」

「……」

俺は無言でソファに腰を下ろした。ピースの缶から一本つまみ出して、火を点けて、煙を肺の奥深く喫い込んだ。飯島が、俺の手元に視線を落として、言った。

「だっせぇマッチ使ってんなぁ」

地下鉄の売店で売っている、十円のマッチだ。確かにデザイン、というか外箱が垢抜けない。裏表に、ライラックの写真と藻岩山ロープウェイの写真が印刷されているだけだ。何の工夫も意匠もない。

「いつもの、あのマッチはどうしたのよ」

俺は、普通は〈ケラー〉のマッチを使う。これは、シンプルなデザインだが、酒樽をモチーフにした、ちょっとしゃれた箱なんだ。

「なくなったんで、地下鉄売店で買ったんだ」

俺が言うと、飯島は目をまん丸にした。

「え!? お前、まさか……マッチを、金出して買うのか?」

「なくなりゃな」

「へぇ……信じられん」

「なくなりゃ、買うさ。一日一缶、五十本喫うんだからな。すぐになくなる」

「だったらなおさら……百円ライターを買えばいいじゃねぇか。マッチじゃ、せいぜい十円で多くても五十本くらいだろ? 百円ライターなら、百円で何千回も使えるだろ。いや、何万回かもしらんけどよ。詳しくはしらんけどよ」

「お前、そういう単純な頭だから、商売がうまくいかないんだぞ、きっと」

「え? どうして?」

不意に自信のない、おどおどした態度になる。

「百円ライターは、何回か使ったら、どこかで消えてなくなるもんだ」

「そりゃお前、自分の不注意だろ。置き忘れる、自分が悪い」

「この場合、誰が悪いとか言っても意味はない。とにかく、百円ライターは、何回か使えばなくなる」

「でも、そりゃマッチでも同じだろ」

「同じだ。つまり、百円で十回点けるか、十円で十回点けるか、の違いだ」

「マッチを毎日買うとすると、年間マッチ代が三千六百五十円だ。で、ライターの場合も、結局は毎日買うことになるから、年間三万六千五百円だ。この違いはでかい」

「……」

「お前もきちんとあれこれ計算して、まともなシノギを見つけろよ。こんなチャッチいルービック・キューブの偽物を抱えてうろちょろしている暇があったら……」

「お前、そんなくだらねぇ計算してる暇があったら、さっさと学校に戻って、まともに卒業したらどうだ」

「……」

「ま、そんなくっだらない計算はどうでもいいけど、なぁ、……今日一晩だけでも、いいから」

どうも、俺は押しが弱い。

「今日一晩だけだな？」

もちろん、それで済むわけはない、とはわかっているが、つい念を押して、そして飯島が「うん」と言ったので、十分くらいは、それを信じる気持ちになってしまった。

「じゃ、まぁ、さっさと中に入れて、とっとと出てけ。俺はこれからシャワーを浴びて、飲みに行く」

「〈ケラー〉か？」

「……」

「まだちょっと開店まで間があるから、適当に時間を潰してからな」

「ありがたい。助かる」

「あ、それから、盗まれても文句を言うなよ。俺は鍵をかけないからな」

「それなんだよなぁ……なぁ、なんで鍵かけないいんだ？」

「面倒臭いからだ」

＊

シャワーから出たら、飯島はいなかった。リビングの隅に段ボール箱が五個、積み上げてある。封を切った箱の蓋を開けて、キューブを手に取ってみた。オモチャメーカーのロゴマークもオリジナルと同じだが、手に取った感じがなんだか妙にチャチだ。俺は、六面を揃えることができる。一度、適当にバラしてから、六面を揃えようとした。あと一息、というところで、いきなりキシキシと擦れて動かせなくなった。と思った次の瞬間、本体が文字通りバラバラになってペシャンコになってしまった。

なるほどね。

こんなものが売れると思ってるとは、さすがに飯島だ。と考えて、いや、きっとあいつは六面を揃えられないんだろうな、と気付いた。あいつは、自分が扱っている品物のことを、ほとんど何も知らない。考えてみると、いい度胸だ。俺よりもずっと勇気がある。

ま、どうでもいいか。これをどうにか片付けさせる方法をあれこれ考えながら、白麻のスーツを着た。そして、受話器を持ち上げて一一七を回した。時刻は午後五時四分。一時間ちょい、時間が余った。

どうしようか、と考えた時、即座に「あのアパートは、今どうなってるだろう」という想いが頭の中に漂った。先週まで住んでいたあのボロアパート。みんな退去したんだろうか。もしかしたら、すでに取り壊しが始まっているかもしれない。

そう思うと、「見納め」という気分も湧いてきて、今のうちに見つめておこう、という気分になった。タクシーで往復すれば、ちょうどいい時間潰しになる。〈ケラー〉も夜を始めているだろう。

＊

石山通りでタクシーを降りた。そこからは、込み入った小路を行くので、いちいち説明するのが面倒臭いのだ。だが、車外に降りた途端、後悔した。日が照りつけて、信じられないほどに暑い。

面倒くさがらずに、クーラーの効いた車内に座って「そこを右」などと指示していた方がずっとよかった。だが、黙って立っていれば、いつまでも暑い。動いて、アパートを眺めて、さっさと帰ろう。俺は、よろめくような気分で歩き出した。

その時から、どうやら岡林信康の『友よ』が聞こえてはいたようだ。だが、はっきりとは意識しなかった。まだごく小さい音だったからだろう。はっきりと聞こえるようになったのは、三つ目の細い角を曲がった時だ。曲がった途端、『友よ』がはっきりと聞こえてきた。俺がつい先週まで住んでいたアパートの前に、ボロボロの右翼の街宣車が駐まっている。車体の塗装が剝がれかけていて、あちらこちらに凹みがあり、「日教組に天誅！」とか「北方領土奪還」などのスローガンもあちこちに錆が浮いていて、とても現役の街宣車には見えなかった。

ルーフには錆びて傾いたスピーカーが付いているが、『友よ』はこのスピーカーから聞こえているのではないらしい。もしも街宣車のスピーカーから聞こえているのであれば、こんな程度では済まない。……どうやら、開け放したサイド・ウィンドウから、音量マックスにしたカーステレオ、というかカーラジカセから聞こえているらしい。

なんだこいつ、と思って運転席を見てみたら、ミツオがテープに合わせて、どうやら大声で『友よ』を歌っているようなので、ちょっと驚いた。

「ミツオ」

と呼んでみたが、音量マックスの『友よ』とそして気持ちよく目を閉じて歌っているせいで、全然聞こえないらしい。手を伸ばして、左肩を叩いた。すぐに目を開けて、右手で俺の手首を摑み、ものすごい形相で俺を睨み付けて、そして「なんだこいつか」という顔になり、手を伸ばして音量を下げた。

「なんだ。あんたか」

「なにやってんだ、こんなとこで。そんな車で」

「あんたこそ、なんでこんな所にいる」

「なんでって……先週まで、このアパートに住んでたし」

「……あんたもここに住んでたのか」

「そうだ。で？　なにやってる？」

ミツオは、ちょっとバツの悪そうな顔になり、上を見上げた。街宣車のルーフを突き抜けて、夏の雲をぼんやり見上げてるような表情になり、俺の視線を捉えて言った。

「あんたには関係ない」

「あんた、『友よ』が好きなのか」

「……好きだよ。悪いか」

「……ああ、そうか。思い出した」

「なにを」

「あんた俺よりも十上《とう》だったもんな」

「だったら、なんだ」

「学生運動の世代か」

「くだらねぇことを言うな。好きだ、といったのはそういう意味じゃない」

「青春の歌か」

「そんなんじゃねぇよ。先入観を取り除いて、聞いてみろ」

「先入観？」

「ああ。時代だの、運動だの、社会の雰囲気だの。そういうのを取り除いて虚心坦懐に聞けば」

「キョシンタンカイぃ？」

そう言ってから、思い出した。

「ああ、忘れてた。あんた、大学を卒業してるんだもんな」

「学歴と虚心坦懐はなんの関係もない」

「……ま、そうだな。で？　虚心坦懐に聞けば？」

「この歌は、ミュンヘン一揆に敗れた後のナチス党員の気分だと思うね」

「……なるほど」

「あとほら、五・一五事件の時の青年将校どもの歌と考えたっていいさ。……それに……そうだな、もちろん、連赤の連中は、榛名の山ん中で歌ってたんじゃないか？　……うん。あのバカども、絶対に歌ってたな」

「……で？　そういうバカの歌をガンガン流して、なにやってるんだ？」

「……なにも。ふと、『友よ』心が溢れてきてな。で、ここに駐めて、心の赴くままに浸っていた、と。こういうわけだ」

そこで俺から視線を逸らして、アパートに向かって怒鳴った。

「コバヤシ！」

二階の、こっちに面したガラス窓が開いて、ミツオとたいがい一緒にいるチンピラが顔を出した。

「なんすかぁ⁉」

「行くぞ。どっか喫茶店《さてん》で冷たいもん、飲む。喉、渇いた」

「っすか」

そう言って、部屋の中にいるらしい誰かに「休憩だ」みたいなことを言って、引っ込んだ。しばらくして、磨りガラスの玄関から出て来た。磨りガラスを通してぼんやり見えた動きから、コバヤシとモヤシ小僧が土足で出入りしていたのは明らかだった。

「お疲れさんす」

俺に向かって会釈をして、コバヤシが言う。その後ろに、中学生に毛が生えたような、と言おうかまだ毛が生えていない高校生、と言おうか、なんだか頼りないモヤシみたいなコドモが続く。俺を見て、おどおどした表情で顔を伏せ、「さんす」と呟いて、コバヤシの後に続き、後ろに下がった俺をよけて、後部座席に乗り込んだ。助手席に腰を落ち着けたコバヤシが「失礼します」と俺に会釈し、廃車同然の街宣車は走り去った。

13

俺はついこの前まで俺の住処だった、まだちょっと愛着の残っているアパートの玄関を開けた。不要品や壊れた道具などが雑然と散乱していて、見る限りでは、すでに捨てられた無人のアパートだった。だが、ネギを入れてインスタントラーメンを煮ているニオイが漂っている。どこかで誰かが独り言を言っている。

玄関の上がり框《かまち》には靴の跡がいくつもついていた。何人もが土足で出入りしているらしい。俺は、靴を脱いで中に入った。まず、一階を見て回った。以前は薄暗かった廊下が、今は両側の部屋のドアが開いていて、そこから外の光が差し込むせいで、明るかった。光の筋の中に埃が漂っている。通路の中ほどに一つ、開いていないドアがあった。そのほかの部屋は全部破棄されたらしく、元の住人が置いて行った不要品が散乱していた。開いていないドアに耳を付けてみた。しゃがれた、甲高い声が、なにか呟いている。何を言っているのかまではわからない。だが、とにかく憤慨しているのはわかる。

ノックしてみた。

一瞬、呟きは止まった。そして、すぐに甦り、今度は俺に向かって悪罵を投げ付けているらしい。ノブを回してみた。鍵が掛かっていて、開かない。俺は静かにその場を離れ、玄関に戻り、そのわきの幅広い階段を二階に上がった。

二階の通路も、以前よりもずっと明るくて、そして光の筋の中に埃が舞っていた。俺の部屋のドアも、その隣の「ハクション、チクショー」の婆さんのドアも開いていた。その隣のドアだけが閉まっていた。そのドアの前に立つと、ネギを入れて煮たインスタントラーメンのニオイが漂ってくる。

どうしようか。

ちょっと考えたが、すぐに結論は出た。

俺は静かにドアをノックした。

一瞬間があって、そしてかすれた弱々しい声が「帰れ！」と怒鳴った（つもりだと思う）。それから弱々しい咳払いをして、幾分大きく強くなった声で「帰れぇ！」と怒鳴り、ゴホゲホと咳をして、それがなかなか止まない。

「大丈夫ですか、私は、隣の隣に住んでいた……」

そこまで言うと、声でわかったんだろう。弱々しいかすれ声が「あー、あー、ちょっと待って」と追いすがるように言った。それから約三十秒後、「ああー」という力無い悲鳴のような声が聞こえた。それからしばらくガタガタとなにかを動かすような音が聞こえて、約二分後、何かが落ちる音がして、「ああー」とまた力無い悲鳴。それから約二分後ガチャンという、なにかが壊れた、というよりは積んであった物が崩れたような音がして、その約三十秒後に、薄いベニヤのドアになにかがもたれかかったような感じがあって、ドアが微かに歪んだ。それからガチャガチャと音がしてこれはおそらくは鍵を鍵穴に差し込もうとしているのだろう。うまく入らないのだったら、替わってやろう、手伝おう、などとも思ったが、それはどうしても不可能なことなのだった。俺が、鍵を鍵穴に入れる手伝いをするためには、その前にまず、鍵を鍵穴に入れなければならないのだった。

ようやく鍵が鍵穴に入り、そして、オレの勝手な空想だが、震える弱々しい手でやっとのことで回したのだろう、うまく鍵が外れたらしい。ノブが回転して、ドアがこっちに開いた。

俺は一歩下がった。背中の曲がった老人の顔が、俺のミゾオチのあたりにあった。曲がった背中をそのまま、ミゾオチの高さから俺を見上げて、「やぁ」と震える声で言って、歯のない口でニヤリと笑った。

「元気でやってるかい」

「はぁ。なんとか」

ネギを入れて煮たインスタントラーメンのニオイが、やや強烈だ。空気はムッとしている。この暑さなのに、窓を閉めきっている。そして入ったとたんに汗が流れ落ちるほどに暑いのに、老人はちゃんちゃんこを着て、格別暑そうでもない。部屋の奥の方を見ると、小型の片手鍋が転がっている。

「ラーメン、こぼしちゃったんですか？」

老人は残念そうな顔で、ハハハ、カサカサと笑った。

「畳さ置いて、立ち上がろうとしたら、柄ば踏まらさった。そこらへん、まかれた」

さすが歳だけあって、昔懐かしい北海道弁を使う。「まかす」ってのは、北海道弁で「こぼす」という意味だ。茶碗などをひっくり返して液体をこぼすと、あたり一面に「まかれる」わけだ。よそ見をしながら酒を注いだりすると、年寄りは「よそ見してると、まかすぞ」と叱るわけだ。

「ああ、そうですか。……なんか、済みませんでした」

「なんも。もう、たいがい、ラーメンは……麵は、食ったんだ。なんも、いつも、残すんだ。ラーメン全部は、とても食べ切れんのさ。したから、大したことない。……あんた、学生さんだべ」

「はい。ずっとお隣にいた……」

「ああ、ああ。知ってる。あんた、イビキ、すごいな。部屋一つ置いても、聞こえるもな」

知らなかった。自分に関する最新情報だ。

「あ、そうですか。失礼しました」

「いい、いい。……して？　なにか用か？」

「はい。……あのう、まだお引っ越しなさらないんですか？」

「引っ越すったって、どこ行けばいいの」

「はぁ……」

「行くとこ、どっこもないも」

「はぁ……」

「まぁ、引っ越せる人はいいわな。どっか引っ越せばいいさ。俺がた、行くとこなんか、どっこもないも」

「……」

「みんな、さっさと出てった。はい～はい、ってなもんだ。あんたみたいな若いのは、どこでも行けるしな。あと、何人かは、息子や娘の所に入ったのもいるさ。ずっとはいられないんだと、たいがい。半年とかの約束で入れてもらって、その後どうするか、相談するとか言ってたさ。生まれ故郷に帰った、ってのもいたよ。ほら、オサシマの爺さんだ」

誰のことかはわからなかった。

「弟が、畑継いだんだってよ。弟が、俺に畑ば押し付けて、自分は札幌で好きなように暮らして、その挙げ句に面倒見れってか、って、相当文句言ったらしいけどな。そこはあんた、やっぱり、血の繋がった兄弟だからな。最後は、来てくれっちゅことになったと」

「なるほど……」

「いや、あれだ。前々から、父さん、母さん、一緒に住むべっちゅわれてたのも、多いんだ。半分以上がそうだったんでないかな。娘息子に、一緒に住むべ、っちゅわれても、いや、独り暮らしの方が気楽だから、ちゅって、ひとりで頑張ってたのがほとんどだったんだ、このアパートは。だからまぁ、たいがいは、そんな引っ越し先には困らなかったんだ。取り壊します、っちゅわれたら、は～いはい、ってなもんで、みんな、さっさと出て行ったさ」

「今、残ってるのは……」

「ん？　たったふたりだ。……早かったねぇ……みんな、いなくなるの。俺と、あのキムラの婆さんだ」

「はぁ……」

「俺がたは、ないの。行くとこ。不動産屋にちょっと聞いてみたりしたんだ。でもあんた、俺もう八十四だからな。引っ越し先で死ぬのは、はっきりしてる。そんな爺さんを、入れてくれるアパートなんて、どこにもないって」

「御家族は……」

「ん？　ないも同然だ。……いろいろあるんだぞ、人生ってのは」

「……さっき、右翼の街宣車が、でっかいボリュームで……」

「ああ、あれな。先週の水曜日に、なんかチンピラみたいのが来て、早く出てけっちゅうわけよ。でも、行くとこないんだ、っちゅうしかないべや。したらあんた、とにかく出てけ、あんたらが出たらすぐに解体するんだ、っちゅわけよ。俺らがどかないと、一日五十万円の損が出るっちゅんだけど、そう言われてもなぁ……無理なものは、無理だべさ」

「大家さんがどこか紹介してくれるって……」

「ああ、言ってたな。でもあれも、要するにあんたみたいな若い人相手の話だ。俺も一応相談してみたんだけど、ちょっと考えるふりして、難しいですねぇ、って。それで終わりだも、あんた」

「大家さん一家はどこにいるんですか？」

「礼文島だとよ」

「は？」

「礼文島。一家で避暑なんだとよ。簞笥だ布団だ、家財道具一切合切荷造りして、豊平だかどこだかの倉庫に預けて、自分らは礼文島の民宿三間借りて、一カ月、のんびりして来る、っちゅてたな。なんか？　次男だけは、彼女連れてハワイに行ったらしいけどな。次男、知ってるべ？　いい歳して、新聞配達しかやってない奴」

俺は頷いた。

「売り家と唐様で書く三代目、って奴だ、あいつは」

老人が口をひん曲げて言う。俺は思わず笑った。俺が笑ったのが嬉しかったらしい。老人も、口を開けてカサカサカサッと笑った。

「で、じゃ、そのチンピラが、嫌がらせをしているってわけですか？」

老人は頷いた。

「ほかには、どんな嫌がらせをされました？」

「サンダル盗まれたな。あと、ドアの前に」

「このドアですか？」

「そうだ。このドアの前に、油がべっとりとこぼしてあった。朝にな」

「油？」

「そうだ。サラダ油か、なんかだな。……石油やガソリンを撒くこともできるぞ、っちゅ意味だべ。脅しのつもりだべ」

そのほか、いくつか言葉を交わしたが、そのうちに老人が疲れてきたのを感じた。それで、ラーメンをこぼした後始末をお手伝いしましょうか、と言ってみて、「いや、いい、気にすんな」と言われたので、気にしないことにして、「じゃ、お元気で」とドアを閉めた。その自分の手が細かくブルブル震えているので、俺は、自分が激怒しているのを知った。俺は、こういう話が、本当に嫌いなのだ。

＊

西屯田通りに出て、とりあえず〈サンボア〉に入った。情報収集のつもりだった。だが、俺が何かを言う前に、ママが「あら、ちょっと、ちょうどよかった！」と言って、レジの所の壁に画鋲で留めてあったメモ用紙を持って来る。

「ほれ、これ。電話してやって」

薄緑色のメモ用紙で、数字が書いてある。電話番号であるようだ。

「なに？」

「ほれ、フィリピンの女の子いたしょ。あの中のひとり。ピンキーとか言ったっけ？　なんだか知らないけど、あんたと話がしたいんだとさ。電話くれって」

「どこの電話だろ」

「店らしいよ。午後九時過ぎだったら、うまくいったら呼び出してもらえるんだと。ステージに出てたら無理だから、その場合は何度かかけてくれって」

よく話が通じたね、と言おうとしたら、ママが先に言った。

「と、いうようなことだと思うんだよ。手真似と、身振りと、カタコトの日本語なんだけど、その日本語がてんでわかんないから、参ったよ」

「へぇ」

「どんな日本語、知ってる？　って聞いてみたのさ。そしたら、こうやって」

両方の手を頬に添えて言った。

「ほほ」

それから、右手の人差し指で唇を指差して、「くちびる」、それから、目を指差して「ひとみ」と言った。

「これは、知ってるってさ。あ、あとはカルピス」

「大変だったね」

「大変だったよ。そのほかには、おはよう、ありがとう、いただきます」

「お疲れ様」

「いや、ホント。冗談じゃなく」そう言って、ケラケラ笑った。そして「じゃ、とにかく伝えたからね。電話してやってよ」と続ける。俺は頷いた。

「で、それとは全然別な話なんだけどさ」

「なに？」

「俺がこの前まで住んでたアパートが、取り壊しになるんで、引っ越したんだ」

「あ、南五条荘だろ？」

「そう。そこ。で、大概もう引っ越したらしいんだけど、まだふたり残ってるんだよね」

「あ、アキバの爺さんとサエさんだろ？」

「いや、名前は知らないんだけど。お婆さんは、キムラさん、という名字かな？」

老人は確かにそう呼んでいた。

「だから、それがサエさんさ」

自分が今まで、あの人たちの名前を知らなかった、という事実に、なんだか俺はしみじみしてしまった。俺はあのアパートに住んで、四年目に入ったんだ。それなのに、隣の住人の名前すら知らなかった。なんだか、自分にがっかりしてしまった。

「アキバの爺さんは、……もうあそこに住んで二十年近いんじゃないかな？　最近、めっきり弱って来たね。サエさんは、相変わらずの金棒引きだけどね」

「で、そのふたりを追い出すために、チンピラが嫌がらせをしてるみたいなんだけど」

ママが眉を持ち上げて足許に視線を落とし、小さく頷いた。

「みたいだね」

「あれ、大家一家が雇ったチンピラなの？」

「どうかね。土建屋かもしれないよ。前捌きは、全部ウチで無料でやりますから、なんてエサ投げて、受注したってことも考えられるし」

なるほど。そういうこともあるか。総てを土建屋に任せて、自分たちは礼文島でのんびり避暑生活を楽しんで、全部のカタが付いてから、帰って来る。なるほどね。

「こういう時、普通はどうなるの？」

「普通は……ま、結局追い出されて終わりでしょ。あんたはどんな条件で出たの」

「家賃二ヵ月分タダ、という条件だった。だから、来月末まではいられるんだけど、ま、面倒だから、さっさと出た」

「あらま。言い値でＯＫしたのかい。ちょっとグズグズ言ったら、十万までは出たって話だよ。キイさんが言ってた。あの大家にしては、ちょっと太っ腹だったね、ってみんなで話してたとこさ」

「十万か……」

不思議とそんなに悔しくない。それくらい、オールで粘ればだいたい一晩で作れる金だ。まぁ、それはそれでいいとして。

「残っているふたりは、どこにも行き場がないらしいんだ。そういう時は、どうなるんだろ」

「市に言えばいいさ。そういう人の面倒をみるために、市があるんだから。そのためにこっちは税金を払ってるんだし。あのふたりだって、今までいろいろと税金を払ってるだろうし。うちらが収めた税金を、無駄遣いするだけが能じゃないだろ」

ママは一気に捲し立てた。なんだか鬱憤が溜まっているようだ。

「でも、ああやってあそこに残ってる、ってことは、市の世話になるのがイヤだから、ということじゃないのかな。いや、本人じゃないから、わかるわけないけどさ」

「それはどうかわかんないけどさ。……ケチ大家もねぇ……ちゃんとどっかに引き継げばいいものを、もう、新しく建てるマンションのことで、頭がいっぱいらしくてさ」

なるほど。とにかく状況はわかった。俺はママに礼を言って〈サンボア〉を出た。

「電話、忘れんでないよ」

ママの声が追いかけてきた。

＊

外はまだ真っ昼間だった。これから夜になる、ということが冗談としか思えないほどに、日差しは強烈だ。

〈荒磯〉の前に行ってみた。この店の客は、近所の住人が多い。それも、多くはススキノ帰りの客で、従って、どうしても終業が遅くなる。午前五時に閉店ということも珍しくない。そのせいもあって、開店はちょっと遅い。だいたい八時頃だろうか。だが、マスターは仕込みをしていて、六時を過ぎるとだいたい店には出ている。思った通りで、ノレンは出ていないが、磨りガラスを通して、白いシャツを着た男がカウンターで動いているのが見えた。引き戸を開けた。

「毎度！　悪いな、今支度中なんだ」

そういうきびきびした口調は、とても男らしい。元〈河瀏〉の花板だったと自称する爺さんとの関係は、実際のところどんなもんなんだろう。というのはまた、別な話だ。

「ちょっとお願いがあるんですけど」

「どうした？　トレンチ・コートで貸してくれってか？」

「あれ？　俺、ここでも頼んだことがあるの？」

「なに言ってるんだ。去年の暮れ、吹雪が続いた時、二日連続で一回三万計六万、貸しただろ」

「そうだったか……」

「これだもな。金ってな、借りた方は有難味をすぐ忘れるんだ。でも、貸した方は、しつこく覚えてるからな。気を付けろ」

「そうだね。ありがとう……で、俺、そのお金は返しましたか？」

「お！　そうだ、忘れてた！　まだ返してもらってないぞ！」

「あ、それは本当に、申し訳ない。今すぐに……」

「なんてな。冗談だ。ちゃんと返してもらってるから、安心しろ」

「あ、そうですか」

「それにしても、大丈夫か？」

「だとは思うんですけど」

そう言って、店から出ようとして、自分の用事を思い出した。

「でも、そっちのお願いじゃなくて」

「なんなの？」

俺は〈ケラー〉のマッチを差し出した。

「ミツオが来たら、ここに電話して俺を呼び出してくれないかな」

「ミツオに用事か」

「ちょっとね」

「ふ〜ん……」

マスターはちょっと考え込んだが、なにをどう考えたのかはもちろんわからない。

「その場合、これからあんたが来るぞ、ってのは、ミツオには教えない方がいいんだな？」

「え？　どうして？　どっちでもいいけど」

「わかった。とにかく、話はわかった。じゃ、もしも今夜、ミツオが来たら、ここに電話する。……ケラー……オオハタ……」

「じゃ、よろしくお願いします」

〈荒磯〉から出て、西屯田通りを南に向かって歩いた。このあたりの街並みは、わりと好きなのだ。〈荒磯〉がオープンするのはだいたい午後八時。ミツオがやって来るのは、それ以降、ということになるな。ま、そんなに急ぐことはないか。通常だと、ミツオが〈荒磯〉に姿を見せるのはたいがい日付が変わってからだ。

とりあえず俺は〈ケラー〉に向かった。

14

客は数人いて、みな物静かに語り合っている。岡本さんがいつものように俺の前に水の入ったグラスとサクロンSの緑の箱、ピースの缶を置いてくれた。

「今日も、暑かったですねぇ」

「ホントに」

「なにしてました、日中」

「冷房の効いた店で、パーティ」

「よかったですね」

「覚えてるかな。この前の十年手形」

「ああ、ありましたね」

「あの手形を、振り出し人に食わせてやった」

「え？　それ、どういうことですか？」

「まず、マティーニ・ベルモットリンスをお願いします」

マティーニを三杯飲みながら、ルビイ・パーティの顚末を話した。岡本さんはすっかり喜んで、「あとでマスターに話します」と笑顔で言った。

それからだらだら飲んで、時折ほかの店に顔を出してすぐに戻ったりして、時間を潰した。ススキノの路上には、あまり人がいなかったが、冷房のある店の中は賑わっていた。実際、暑い。夜になってもこんなに暑いなんて、ちょっとどうかしていやしないか、と思う。

八時を過ぎたが、〈荒磯〉のマスターからの電話はなかった。まぁ、ミツオはもっともっと遅くなってから来るだろう。……来る、と決まっているわけでもないが。

九時を過ぎたので、電話を借りた。〈サンボア〉のママがメモしてくれた番号を回すと、六回目で、落ち着いた男の声が言った。

「お電話ありがとうございます。〈ジャスミン〉でございます」

「ミス・ピンキー、お願いします」

「タレントの？」

「ええ」

「失礼ですが？」

ピンキーは俺の名前を知らない。

「アナク、と言えばわかると思う」

「アナク……」

「それでわからなかったら、コイン・ランドリー。それでわからなかったら、多分人違いだ」

相手の男は、二十秒ほど黙り込んだが、渋々、という口調で「少々お待ち下さい」と言った。電子音の「禁じられた遊び」が流れる。ついこの前見たブリジット・フォッセーのあどけない表情を思い出しながら、聞いた。結構待たされた。音楽が唐突に止んで、警戒心丸出しの声が「ハロー？」と言った。

俺は、昼間、喫茶店の女主人から電話番号を書いた紙を受け取って、電話するように、と言われたんだ、と言った。あやふやな英語で、間違いも多かっただろうが、意味は通じたらしい。

「ああ、アナタ」

と日本語で言い、それから、とても会いたかった、とこれはわかりやすい英語で言った。

「えーと……」

俺が戸惑っていると、店は零時に終わるから、その後どこかで会えない？　というようなことを言い出した。教えてもらいたいことがある、とも言う。で、じゃどこか待ち合わせができる場所を知ってるか、と尋ねたら、ほとんどわからない、と言う。コーバンは分かるけど、ちょっと遠い。〈ケラー〉の場所は自信がない。それじゃ、ビルの一階で待つよ、と言ったら、それはちょっと……と口ごもり、向かいのビルの出入口で待っててください、と言う。

〈ジャスミン〉は確か新宿通りの入り口近く、ミザールビルの七階か八階だ。で、ミザールビルの向かいのビルというと、千代松会館か？

二階建ての小さなビルか、と尋ねたら、そうだ、と言う。千代松会館に間違いない。場所はわかるよ、そこで待つよ、と言うと、それでは零時半はどうですか、と言うのでそれでいいよ、と答えた。

「アリガトウ。アイシテマス」

ピンキーは日本語でそう言って、電話を切った。……なんの暗号だろう。俺は首を捻りながらストゥールに戻った。

〈荒磯〉からの電話がなかなか来ない。〈ケラー〉から動けなくなってしまった。ピンキーとの待ち合わせまで、ずっとここで飲んでいると、酔っ払ってしまうかもしれない。それは避けたい。なにしろ、彼女の用事がどういうものなのか、全く見当がつかない。どうしようかな、と考えつつジャック・ダニエルのストレートを飲んでいたら、電話が鳴ってマスターが俺を呼んだ。

「お電話です」

＊

話してみたら、〈楡〉というスナックのママだった。だいたい、俺の母親レベルの歳のオバサマだ。なんでこの店で飲むようになったのか、きっかけは思い出せない。どこかの店に行ったら、そこが満員とか、閉まっていたとかで、近くにあった〈楡〉に入ってみた、というような事情だったんだろうが、元々覚えていない。

「元気でやってるの？　すっかり御無沙汰だけど」

「ああ、ええ。なんとかやってます。ヤヨちゃんは元気？」

ヤヨちゃんは、〈楡〉の「カウンター女性」で、わりと可愛らしい女の子だ。二回くらい、一緒に映画を見に行ったことがあるが、それだけの間柄で、特に発展することもなく、最近は彼女のことをほとんど忘れていた。

「元気でやってるよ。カレシができたってさ。それはまぁそれとして。あのさ。ちょっと悪いんだけどね」

早口でまくし立てる。

「ちょっとこっちに顔出してくれない？」

「は？」

「ほら、今日、日曜でしょ？　こういう時、ちょっと変な客が来たりするのよね。それでさ、初めての客なの。それが、なにも言わないで、しんねりむっつりして、ビール飲んでるのさ。そしてさ、段々目つきが座って来たのさ。そして、こっちをじっと見るわけ。……気持ち悪くてさ、それで、ヤヨちゃんは、今日はいないの、日曜だから、それもあって、怖くてさ。それでね、幸い今、トイレに行ったから、電話してるわけ。よかった、そこにいてくれて。ね、お願い。あ、帰って来た」

慌ただしい口調で一気に言って、突然電話は切れた。

俺はマスターに会釈した。やって来る。

「どっか行く？」

「ええ。ちょっと」

「今夜はこれで三度目だね」

「はぁ」

「忙しいね」

「なんか、変な夜です」

「お気を付けて」

階段に出た。閉まるドアが背中でキィと鳴った。

＊

十人ほどで一杯になる、カウンターだけの小さなスナックで、ママは和服を着て濃い化粧をしてカウンターの中にいる。小太りの、背の高い男がカウンターの左端に座っている。カウンターの中のママは、その男の脇を通らないと、外に出られないのだった。

「あら、いらっしゃい！」

ドアを開けると、ママが明るい顔で言う。

「ヤヨちゃん、休みなのよ。ほら、今日は日曜だから」

「わかってる」

俺は頷きながらカウンターの真ん中に座った。ママがおしぼりを差し出す。冷たいおしぼりが、とても気持ちよかった。

ママは、俺の前にスーパーニッカのボトルを置く。記憶では、もうボトルは流れているはずなのだが、出て来たのは口を切っていない、満タンのボトルだった。とりあえずは出張の謝礼、ということか。

「ストレートね？」

どうもママの態度がそわそわしていて不自然だ。

左端に座っている男は、俺やママの方をチラチラと見ながら、黙々とビールを飲んでいる。ビヤタンブラー脇の小皿は、空になっていた。柿ピーを全部食べ尽くしたんだろう。それっきり、ツマミは注文していないらしい。ママが何度か男を見て、一度視線が合って、にっこり笑った。何か言うかと思ったが、どちらもなにも言わない。

これは、客商売としてはママが情けない、と思ったが、きっと俺に電話する前に、あれこれ話しかけたんだろう。でも、無言かそれに近い反応しかなくて、怖くなった、というあたりか。

男は、妙に印象の薄い顔だ。ごく平凡な造りで、特徴といえば背が高くて額が、禿げているのではなく、自然と広い、ということくらいか。眉が濃い。ヒゲはあまり濃くないようだ。年齢は五十前後。小太りで、がっしりした体格に、なんだか安物っぽい、合成繊維のゴワゴワした白い半袖シャツと、灰色の半ズボンを着ている。臑毛が薄い。サンダルでもよさそうなのに、きちんと靴下・スニーカーを履いている。

……それにしても、ちらちらこっちを見るだけで、なにも言わずに黙々と飲み続ける、というのはやはり不気味だ。俺を呼んだ気持ちはよくわかる。……だが、どうにも手の付けようがない。なにかアヤを付けて、外に連れ出すか？　それでただの無口な客だったら、どうする？　単刀直入に聞いてみるか。……なんて？　何を、どう尋ねる？

とにかくここは、無難にママとなにか語り合うか。

「あのさ」

「ん？」

「あのさ」

話題を用意せずに、話しかけてしまった。

「どしたの？」

「ブレードランナー、観た？」

ヘンな顔になる。

「なにそれ」

知らなくて当然だ。

「いやあの。……リー・リトナーが来るんだな、そう言えば。秋に」

「秋が来るの、楽しみだねぇ。もう、こんなに暑いのは、たくさん」

「そうだね」

「今度〈エンペラー〉に村田英雄が来るんだよ」

「へぇ〜、村田英雄が」

一体、俺たちは何を語り合っているのか。あまりにも空々しい。

「今年の夏は、どこかに行くのかい？」

ママが言う。

「今年の夏かぁ……」

俺が言う。

「あのう」

男が突然言った。額に汗を浮かべている。暑さのせいばかりではないようだ。俺は、緊張した。男はこっちをぼんやりと見て、なんとなく我を忘れている、という風だ。一度首を振って、「あのう」と繰り返した。

「なんですか？」

俺が言うと、俺の目を真正面から見て、半ズボンの右ポケットに右腕を差し込んだ。そして、ポケットから鞘付きの小ぶりなナイフを取り出した。刃渡り八センチほど。俺は思わずストゥールから立ち上がり、ママに「こっち！」と言った。ママは蒼白な顔で頷き、カウンターの中をあたふたとよろめき、男から離れ、俺の右側に来てしゃがみ込んだ。

「ごめんなさい」

男が言った。

「警察を呼んでください」

「は？」

「すみません、お金を盗るつもりでした」

「は？」

「どうしてもできない。ごめんなさい。警察を呼んでください」

＊

十分もかからずに、すすきの交番から制服警官が到着した。息を切らせて、夜の熱気を体の周りに漂わせた警官が三人、緊張感とともに入って来た。

「どの人？　この人？」

年輩の警官が言うと、ママはちょっと顔をしかめて、「そう言うんだけどね」と頷いた。男は、首を項垂れたまま、「申し訳ありません」と言って、カウンターに突っ伏した。

「したら、まず、ちょっと立ってくれるかな」

年輩の警官が言い、男はおとなしく立ち上がった。

「ちょっと、手錠かけるよ」

警官が言うと、男は素直に両手を差し出した。警官たちは手錠・腰縄をかけたが、ちょっともたついた。それでも男は抵抗せずに、目を閉じて、顔を天井に向け、黙ってされるがままになっていた。

人間が、手錠・腰縄をかけられた姿は、なかなかにインパクトがある。俺は、こういう状況にある人間は、暇潰しに裁判を傍聴する時に何度か見たことはある。だが、法廷外の日常社会の中で見るのは初めてだったので、結構な衝撃を感じた。映画でもテレビのニュースでもない、目の前にいる人間が、手錠・腰縄で自由を拘束されている、しかも合法的に、という光景は、なかなかの圧迫感とともに見る者に迫って来るのだった。

そこに、また制服警官が二人、やって来た。今度のふたりは若い。年輩の警官と小声でなにか語り合い、ひとりが無線で状況を報告した。やり取りがあって、結局交番に連行することになったらしい。

男はうなだれて、素直に警官たちの言葉に従い、連れて行かれた。三人の警官がいっしょに出て行って、ふたりが後に残った。

年輩の警官が、俺の顔を真正面から眺めながら、ちょっと下世話な口調で言った。

「んで、あの。……お宅さんは？」

「客です」

「何やってる人？　お仕事は？」

「あのう……無職です」

「無職？」

「というか、学生です」

「学生？」

そう言いながら、俺の白麻のスーツを上から下まで、ジロジロと見回した。

「どこの学生さん？」

「北大です」

「北大ねぇ……学生証とか、ある？　いや、別にいやなら、いやでいいんだけど」

俺はＪＢＡのマネー・クリップでまとめてある札を取り出した。学生証を芯にしてある。それを差し出すと、しげしげと眺めてから、「御苦労さん」と戻して寄越す。

そして、居合わせた事情などを聞かれ、二言三言答えたら、それで俺の役目は終わった。

俺は、帰っていいですと言われたが、ママはやや長引きそうだった。警官に、悪いけど交番に来てくれるかな、と言われて、「いいよ。どうせ日曜は暇だし」とママは頷いた。

「これでいいですか」

と尋ねると、警官ふたりが声を揃えて「御苦労さんでした」と言うので、俺は立ち上がり、「じゃ」と言って店から出た。

「ありがとうね！」

ママの声が追って来た。俺は右手を上げて、そのまま出た。

15

〈ケラー〉に戻る途中、公衆電話で一一七の時報を聞いた。十時四十八分だった。ピンキーとの待ち合わせまで、まだあと二時間近くある。〈ケラー〉に電話して、俺宛の電話があったかどうか尋ねた。なにもない、と言う。

あと二時間。飲むと、酔っ払ってしまうだろう。てなわけで〈フィンランド・センター〉に行った。熱気の中でウトウトしたり、ジャグジーで体をほぐしたり、文字どおりの穀潰しライフを満喫して、さっぱりした清々しい気分で千代松会館に向かった。

新宿通りは、昔は「三等横丁」などと呼ばれて、物騒な界隈だったらしい。少なくとも古老たちはそのように話す。その頃は、夜中にどこからともなく「助けてくれー！」という悲鳴が聞こえたもんだ、などと昔話をしてくれる老人もいる。そんな「三等横丁」が今のような明るくて賑やかな通りに変身したのは、札幌オリンピックがきっかけだ、という話だ。つまり、俺が中学校三年生だった頃、ということになる。ついこの前、という感じもあるが、改めて計算してみると、結構な昔だ。昔の「暗く、臭かった」という通りはどんな感じだったんだろう、などとぼんやり考えながら、ミザールビルの正面入り口から新宿通りを横切った真正面、千代松会館の入り口脇に立った。

そんなに待たなかった。ミザールビルの自動ドアが開いて、ピンキーが姿を現した。ピンキーは俺に気付くと、左足に体重を乗せて、左手を腰に当て、コントラポストのポーズを取った。俺は道を横切って、ピンキーに近寄ろうとした。すると彼女は左手を広げて「そこにいて」というような仕種をした。それから、右手の人差し指で東の方をちょいちょい、と差した。そして、東に向かって歩き出す。

よくわからないが、通りのそっち側にいろ、そして、東の方に歩いてちょうだい、ということだろう。俺たちは、新宿通りを挟んで、並行に東に向かって進んだ。

そのまま駅前通りを突っ切り、三番街に出たところで、ピンキーが「ストップ」というように右手で合図し、そしていきなり駆け出した。こっちに向かって来る。飛びつくように俺に抱きついて、ぶら下がる感じで全体重を俺に預け、抱き締める。耳元で会いたかった、と囁いた。俺は別にそれほどでもなかったが、不意を打たれて、俺もだ、と答えてしまった。

ピンキーの囁きは、ミントの香りがした。

それにしても、この成り行きはなんなんだろう。俺とピンキーは、こんな間柄だったろうか。あるいは、こんなことになる、なにかきっかけのようなものがあっただろうか。やや狼《うろ》狽《た》えつつ記憶を探ったが、どうも思い当たる節はない。彼女と会ったのは今までに三回だ。〈サンボア〉と〈ケラー〉、そして〈ルビイ〉。そのうち、〈サンボア〉では完全に素面だったし、〈ケラー〉と〈ルビイ〉でもほとんど素面の状態だった。つまり、記憶に綻びはない。で、ピンキーがこんな態度になるような出来事やきっかけには、全く心当たりがない。なんで彼女は、こんなにひとりで燃え上がっているんだろうか。……燃え上がってるんじゃないのかな？　フィリピンでは、これが普通、ということか。……いや、それはおかしい。フィリピーナには何人か知り合いがいるけれど、こんなにも突然、距離が一気に縮まったことなど一度もない。……すると、この態度はなんなんだろう。

なにか相談したいことがある、と聞いたんだけど、と俺が言うと、ピンキーは至近距離から俺を見つめて、是非聞いてちょうだい、と言う。ハシバミ色の瞳が細かく揺れて、そして突然、あなたはどこに住んでいるの、と尋ねる。俺は、すぐそこだ、と答えた。彼女はにっこりして、じゃ、これからあなたの部屋に行きましょう、と言う。

は？

なんだ、この流れは。

「We, two, alone.……In your room」

は？

どういうこと？

……ルービック・キューブが六面揃う時、こんなような感覚を味わうことがある。きちんと考え、セオリーに則って揃えるのではなく、なんとなく漫然と動かしている時などに、なんの偶然か、意図せずして揃うことがある。実際には、デタラメに動かしているのではなく、無意識のうちに正しい動かし方をしているのだろうが、本人はそのことをほとんど意識していない。デタラメに漫然と動かしているつもりなのに、キューブが自分から揃ってくるような感じがして、あれあれ？　と思っているうちに、六面が揃う。そんなことがたまにある。トランプのソリティアをしている時にも、似たような感覚を味わうこともある。……そういうような、コレはアレか？

いや、当然何か裏があると考えるべきだろう。ピンキーは悪い女には見えない。だが、それを言えばきっと、大久保清だって、悪い男には見えなかったんだろう。人は見かけによらない。たとえピンキーが、のけぞるほどの美貌であるとしても、そのことと、善良か邪悪かということは、なんの関係もない。

ということは頭ではわかっちゃいるが、わかっていることがわかっているとおりに行えたなら、失敗する人間の数は激減するわけで、人類の歴史は失敗の歴史でもあるわけで、わかっちゃいるけどつい、というのが人間であるわけではありませんか。

俺は、俺の部屋に来てもいいけれど、どっかでおいしいものでも食べないか、と尋ねた。

ピンキーは俺の首の後ろに巻き付けた左腕をちょっと伸ばして、左手首の小さな腕時計を見たらしい。時間があまりない、と言う。午前二時までに自分たちの部屋に戻らなければならない、昼間だったらもっと時間に余裕があるが、夜は時間がない。だから、ゆっくり会うのは昼間、ということにして、今はあなたの部屋に行きましょう、と言う。

ええと、と俺は言った。ええと、……わかった。じゃあ、行こうか。こっちだよ。ピンキーが俺から離れたので、今までずっと、彼女の胸が俺の胸に押し付けられていたことを認識した。ピンキーは明るい笑顔を浮かべて、俺の左腕にしがみついて、歩き出す。

駅前通りを南に進みながら、俺は部屋を出る前に掃除をしておけばよかった、と後悔した。そして、新しく買ったベッドが、一昨日届いたのはなによりだった、と思い、そして部屋に風呂があるってのは本当に便利である、と思った。

ピンキーは俺の左腕を両手で抱いて、大きくて弾力のある胸を押し付ける。そして私、今夜のことは、死ぬまで忘れないわ、と言った。俺はちょっと言葉に詰まった。だが、俺の逡巡には気付かずに、あるいは気付かぬふりをして、私、本当に幸せ、とピンキーは言う。それはなによりだ、と俺は言った。

部屋の中は、思ったよりも片付いていた。まだこの部屋でほとんど暮らしていないので、散らかる暇がなかったのだ。本は本棚に並べ終えた。その他には家具などは余りない。ベッドとミニコンポとソファがある程度だ。食器類はまだ買っていない。部屋の中はガランとしているが、散らかってもいなかった。

ついこの前引っ越して来たんだ、ついこの前まで、君と会ったあの喫茶店の近くに住んでいたんだ、と俺は言った。ピンキーはいい部屋、と言い、そして本がいっぱい、と感心したように言った。本当は、もっと本をたくさん持っているんだけど、大部分は親の家に置いてあるんだ、と俺は言った。

俺は、そこで気になっていたことを尋ねた。君の名前はなんて言うの？　ピンキーは、ピンキーよ。知ってるでしょ、という。それは知ってるけど、ピンキーというのは、ダンサーとしての名前でしょ？　俺が尋ねると、ピンキーは眉間にしわを寄せた笑顔になって、そう、それはそう、と言った。そして、親が付けてくれた名前は、フェ・マリーン、と教えてくれた。どういう意味なの？　と尋ねると、よくわからないけど、マリア様の顔、という意味らしいの、と言う。マリア様みたいに美人になるように、って。でも、それが文法的に正しいのかどうかはわからない。私の両親が話す言葉は、タガログ、片言の英語、そしてwrong grammar Spanishだから。フェ・マリーンはそう言って、また眉間にクシャクシャッとしわを寄せて笑顔になった。

それから、俺の部屋の本棚に目をやって、私は本を読むのが好き、一番好きなのはエドガー・アラン・ポーなの、と言った。俺も、ポーは好きだと言った。フェ・マリーンは、私は高校の頃、英文学が得意で、メダルをもらったことがあるの、と言い、それからちょっと得意そうな顔で、学校のお祭りの時、ポーの「大鴉」の暗誦をしたことがある、と言った。学校の中で、一番うまかったから、ステージの上で暗誦したの。ステージに一人で上がって、スポットライトを浴びて、PTAや、来賓の地域の名士たちの前で、もちろん、全学学生たちの前で、タキシードとシルクハットという姿で、暗誦したの。

そこまで言って、フェ・マリーンはベッドに腰を下ろして足を前に投げ出した。そして、活き活きした目を俺に向けて、ちょっと得意そうに、ちょっと照れ臭そうに言った。ね？ こんな姿勢で、ソファに腰掛けて、足を前に投げ出して暗誦したの。そういう姿勢がいい、と英文学の先生が言ったから。あの時、ステージに立つってことがこんなに楽しいんだな、って思って、好きになったんだと思う。それで、今、こんな仕事をしてるのかな。

そう言って、フェ・マリーンは流れるような仕種でベッドから立ち上がり、リズムに乗って体を動かし、優雅に舞って見せた。俺は、綺麗だ、と言った。フェ・マリーンは嬉しそうに微笑んで、俺に抱きついた。そして耳元でこのドアがお風呂？ と尋ねる。俺が、そうだよ、と言うと、いっしょに入りましょ、と彼女は言って、微笑んだ。そして、日本人はそういうのが好きなんでしょ、と言う。日本人がどうなのかはよく知らないけど、俺は好きだ、と答えた。

＊

お互いに、素手で相手の体を洗った。石けんを泡立て、相手の体をマッサージのように優しく撫でた。不意にフェ・マリーンが思いついたように言った。

「あなたはいくつ？」

俺は、二十四だ、と答えた。フェ・マリーンは肩をすくめてクスッと笑い、私の方がお姉さんだ、と言った。そして両手の人差し指を立てて、それですんなり伸びた鼻を挟むようにして、「Secret!」と言って、いたずらっぽい笑顔になった。

＊

フェ・マリーンは仰向けになって、陶然とした表情で俺を見上げている。その両足の間に身を置いて、一瞬、俺は逡巡した。病気のことが頭をかすめたのだ。だが、そんなことを心配するのは、彼女に対する侮辱だ、と俺は自分に憤った。そのまま、俺はゆっくりとフェ・マリーンの中に入って行った。

「Put your hands on me.」

フェ・マリーンが、切なそうに呻いた。それから可愛らしい笑顔になって、照れ臭そうに言った。

「Can't believe we just met that day」

この点は、俺も全く同感だった。

＊

時間は慌ただしく過ぎた。フェ・マリーンは左手首の時計を見て、「オゥ」と言った。もう時間だ、部屋に戻らなければならない、と言う。部屋はどこだ、と尋ねたら、あなたと初めて会ったあの喫茶店のすぐそばだ、と言う。タクシーで送るよ、と言うと、嬉しい、と喜んだ。青泉ビルの前でタクシーを拾い、〈サンボア〉の住所を告げた。

　タクシーが走り出すと、フェ・マリーンが俺にしがみついて、唇を寄せてきた。俺も彼女を抱き締めて、口づけをした。右目の隅で見ると、ルームミラーの中でドライバーと目が合った。ドライバーは、やれやれ、という顔になって、正面に視線を向け、それからまたこっちをチラッと見た。

〈サンボア〉の前でタクシーを降りた。フェ・マリーンは強くしがみついてきて、俺の肩に顎を載せ、明日、この喫茶店でお昼を食べましょう、と言う。俺はわかった、と答えた。それから俺たちは、どちらからともなく歩き出した。ここを、右、そして突き当たりを左、とフェ・マリーンが言う。そこを左に曲がると、二階建ての古ぼけたアパートがあった。夜のせいか、このあたりの街並みには見覚えがなかった。

　ここの部屋で、仲間のフィリピーナたちと一緒に住んでいるの、とフェ・マリーンが言う。見張られているのか、と尋ねたら、そんなことはないわ、と笑った。私たちは自由に暮らしてる。いやなことを強制されたりもしない。自分の意志で日本に来た、私たちは芸術家《アーティスト》なのよ。そうだね、と俺は言った。それじゃ。今夜は楽しかった。明日、午後一時にあの喫茶店で待ってます。フェ・マリーンはそう言って、またしがみついた。俺は強く抱き、彼女の唇を味わった。

　数分間、そのままだった。フェ・マリーンが心の中で背中を伸ばすのが俺にはわかった。

体を離し、明日ね、と言ってフェ・マリーンは外階段を駆け上って、右端のドアの前に立ち、鍵を出してドアを開けた。それから、俺を見下ろして右手をひらひらと振り、家の中に消えた。

＊

いったい、これはなんなんだろう。

俺はぼんやりとあれこれ考えながら、未だに暑い夏の夜の熱気を泳ぐような、溺れるような気分で前に進み、〈荒磯〉の前まで来た。例によって長っ尻の客が粘っているんだろう、ノレンはもう店の中に引っ込んでいるが、明かりは灯っている。カウンターに何人か座っているのが磨りガラス越しに見える。

俺は引き戸を引いた。

「おう、お帰り！」

マスターが言って、左手で受話器を耳に当てる仕種をする。

「電話、したんだけどね。いなかったね」

「あ、ちょっと用事があって」

「あっそ」

マスターはそう言って軽く頷き、カウンターの一点にちらりと視線を向けた。そこにミツオが座っていた。なんとなく荒んだ表情で酒のコップを前にイカの塩辛を食っている。俺はその肩を軽く叩いた。

「おい」

ミツオは無視した。というか、顔を背けて食い物の名前と値段が並んでいる黒板を見上げた。

「マスター、枝豆、くれ」

「おい」

俺はもう一度ミツオの肩を叩いた。

「なんだ。うるせぇな」

「ちょっと、付き合え」

「どこまで」

「ほぼ五歩だ。店の前まで付き合え」

「なによ。『表へ出ろ』って話か」

「とにかく、ちょっと話がしたい」

「俺は別に、話なんかしたくないね」

「あんたの希望や都合は、俺には関係ない。とにかく、付き合え」

「いい度胸だ。誉めてやる」

ミツオはそう言って、立ち上がった。向き直って、俺を真正面から見る。右の眉を持ち上げて、左目を細め、わざと首を突き出して下の方から俺の目を見る。

さすがにそういう顔をすると、迫力がある。非常に物騒な気配が漂った。俺はそれを無視して〈荒磯〉から出た。後ろで引き戸を閉める音がした。ミツオが閉めたんだろう。俺は脇に三歩進んで、〈荒磯〉の灯りの外に出た。

「で、なんなんだ?」

「土建屋の手先になって、行き場のない爺さん婆さんをいじめてるのか」

「……ひとつ教えてやるがな、シロウトが、ワケもわからねぇで利いた風な口、きくな」

「シロウトだろうがそうじゃなかろうが、関係ない。爺さん婆さんをいじめるのはやめろ」

不覚にも、俺は震えていた。恐怖からではなく、怒りと興奮からだ。手が震え、そして声も震えそうだ。言葉が、切れ切れにしか出て来ない。センテンスが短くなるのを自覚する。

(バカ、しっかりしろ、バカ)

俺は自分を叱った。

「世の中には、いろんな事情があって、そしていろんな仕事があるんだ。あれは、今の俺の仕事だ。人の仕事に口を挟むな、バァカ」

「コドモか、あんたは」

ミツオは両手で俺の襟首をつかまえた。ここで額を叩き付けたら、こいつの鼻を潰すことができるな、と思った。その思いは、ミツオに伝わったらしい。即座にミツオは右足を俺の左足の踵にひっかけて、俺を突き飛ばした。俺は仰向けに転がった。後頭部が地面にぶつかるところだった。きわどく受け身をして、それを防いだ。高校の時、柔道の教員は、「仰向けに倒れる時は、自分のチンポを見ろ」と教えてくれた。貴重な教えだった。

ミツオは右足で俺の胸を強く踏んだ。

「知り合いだからって手加減すると思うなよ。これは、仕事なんだ。わかるだろ」

そう言って、右足で俺の腕を強く蹴った。だが、さほど効きはしなかった。俺は急いで立ち上がった。腰を蹴られた。手加減しているのがはっきりわかった。

「わかったか？　余計なことに首ぃ突っ込むな。いいな」

そう言って、右手を後ろに回し、黒い長い革財布を取り出した。中を開いて札を一枚取り出し、クシャクシャにして放り投げた。

「払っておいてくれ。おれはもう帰る。釣りは、やる」

そう言って、街灯の明かりの中をトボトボと進む。

「おい、ちょっと待て」

そう言う俺の声は迫力がなかった。俺は見送った。ミツオは、一度も振り返らなかった。

腰を屈めて、ミツオの残した丸めた札を拾った。五千円だった。俺はそれを広げて畳んで尻ポケットに収めた。

＊

「ミツオは、帰ったよ。これが勘定だって。釣りはとっとけ、ってさ」

俺はカウンターに五千円札を置いて、手近なところに座った。

かった。

「あ、どうも」

マスターは気軽な口調で言って、レジに収めた。何があった、というようなことは尋ねなかった。

「今日も、ウチの人、いないよ」

ミカさんが、色っぽい目つきで言う。

「あんただったら、まった、今日も誰彼見境なしかい」

みんなにママと呼ばれている六十年輩のオバサンが言う。月に何度か、この時間に一緒になる。ススキノで小さなクラブをやっている、という話だ。

「人聞きの悪いこと言わないで。私は、身持ちが固いことで知られている女ですからね」

「よく言うよ」

「私は、今はサスちゃん一途なの」

俺は、サスペンダーをしている。だもんで、一部の酔っ払いの世界では、「サスちゃん」と呼ばれている。

「なにさ。それであんたは、さされちゃんになりたいってわけかい」

「あ、面白い。マスター、座布団二枚やっておくれ」

ミカさんが言い、ママが天井を見上げて大口開けて大声で笑った。それからマスターを見て、「くだらない。そんなに面白くないよ。私、何笑ってるんだろ」と言った。俺とマスターは、顔を見合わせて、笑った。

16

目が覚めた。ってことはつまり、眠っていた、ということだ。

昨夜、〈荒磯〉に行ったのは覚えている。店を出た記憶はない。だが、俺はベッドの上で寝ていた。真新しいベッド。青泉ビルの自分の部屋だ。ベッドはいい匂いがする。白檀系の残り香。……なんだっけ、とぼんやり記憶を手探りしたら、不意にフェ・マリーンの顔が目に浮かんだ。

一晩経っても、どうしてあんなことになったのか、よくわからない。彼女のあの昂りようはなんだったんだろう。旅先で、ずっと寂しかったとか？　あんな美女が？　ちょっと信じられないよなぁ。

ベッドの下に手を伸ばして、時計を探した。手に取ると、時刻は十一時ちょっと過ぎ。そうだ、フェ・マリーンとランチを食べる約束をしたのだった。確か午後一時に〈サンボア〉。そうそうのんびりもしていられない。

ふと、彼女の印象が、あたりに漂った。明るい笑顔。ハシバミ色の瞳。陽気に抱きついてくる時の動き。切なそうな溜息。

やれやれ。

俺はベッドから出て、シャワーを浴びた。そして白麻のスーツを着て、昨日着たスーツを持って部屋から出た。ススキノ市場のクリーニング屋にスーツを出してタクシーを拾い、西屯田通りの〈サンボア〉に向かった。

＊

昼前の〈サンボア〉には誰もいなかった。最近、ここでほかの客を見ることが本当に少なくなった。ついこの前までは、界隈の人がちらほらとやって来て、暇潰しのお喋りをしていたのだが、最近はめっきり人が少なくなったような気がする。

「こんにちは」

「あ、助かった。今日初めてのお客さんだよ、あんた」

「へぇ」

「ハラハラしたよ。もしかしたら、午前中のお客さんは、ゼロ？　なんてね。……ほら、商売人は、縁起担ぐもんだからさ。縁起でもない、ってね。……このまま、誰も来なかったらどうしよう、って、ホントにハラハラしたさ」

「ここらの人口、最近減ったのかな」

「人口はそんなに変わらないにしても、外を出歩く元気のある人は減ったんだろうね。あと、買物や食事をするのでも、ちょっと足を伸ばして……車が普通にあるしさ、で、ススキノやデパートに行くんじゃないの？」

「つまらないね」

「あんただってさ。結局、出て行っちまったじゃないか」

「まぁ、こんな風にちょいちょい戻って来ますから」

「それにしてもさ。……昼間歩いても、人通りが少ないしねぇ。……きっとそのうちに、街はなくなっちゃうよ。日本中で。残るのは、静まり返った住宅街。それと、BGMのうるさいショッピングセンターだけになるさ」

「かもね」

「で？　ウィスキーのストレート？」

俺は頷いた。

「外で飲むんなら、まぁ、いいさ。昼酒もね。自分の部屋で昼間から飲むようになったら、そろそろ人間も終わりに近いよ。気を付けな」

「肝に銘じますともさ」

＊

フェ・マリーンが来たのは、店の時計で一時八分前だった。不安そうな表情で、ガラス越しに店の中を覗き、俺に気付いて笑顔になった。スキップするような足取りでガラスのドアを押して入って来る。俺の前に座った。

とても細いスリムのジーンズ、白いシャツ、金色のネックレス。シンプルだが、線がシャープで、非常に垢抜けて見えた。襟を立てたシャツの白さと、褐色の喉と胸のコントラストが目に鮮やかだった。

私の方が先に来るつもりだったのに、そう言ってちょっと舌を出した。不意に、彼女の舌の感触が俺の舌に甦って、ちょっと血が燃えた。元気そうで何より、と俺が言うと、私は幸せ、と首をすくめるようにして小声で言う。そして、実は明日から二週間、会えなくなってしまう、と言う。南の方の大きな街で踊るのだ、と言う。なんていう街？　俺が尋ねると、フェ・マリーンは口ごもりながら、言った。

「シンダイ」

聞き取れなかった。

「pardon?」

「シンダイ。……シンダイ。コップチョ？」

そう言って、フェ・マリーンは両手で口を覆い、淡い褐色の目尻と頬がちょっと赤くなった。

なんだか、恥ずかしい。一所懸命覚えたのに。そう言って、照れ臭そうな顔をする。

俺はあれこれ考えた。ひとつ思い付いた。

「仙台、国分町？」

フェ・マリーンの目が輝いた。そう、そこ。シンダイ、コーブチョ。そこにある、〈ジャスミン〉と同じグループのお店で、ダンサーが足りないので、四人が札幌から応援に行くの。

明日が出発。だから、明日から二週間、会えなくなるの。でも、私は我慢する。だから、あなたも我慢してください。お願いします。

と真剣な顔で切々と訴える。

なるほど。話はわかった。しばらく会えないのは残念だけど、二週間くらい、アッという間だよ。俺はそう言ったのだが、彼女は俺の右手を両手で包み込んで、悲しそうにテーブルの上に視線を落としている。

「そっちの彼女はなににするの？」

ママが言った。今まで、オーダーを取るチャンスがなかったらしい。

何を飲む？　と尋ねたら、「カルピスをお願いします」と言った。

「あいよ。……そうかい。そういうことなのかい」

ママがそう言って、「お幸せに」と付け加えて去って行く。

今の女性はなんと言ったの？　と尋ねる。君がとても綺麗だ、ってさ。フェ・マリーンは素直な笑顔になり、照れ臭そうに下唇を噛んだ。そして、あなたがシンダイに行くことは難しいの、と尋ねる。そして俺が答えるよりも早く、無理よね、こんなに突然、と自分で言った。私も昨日、突然言われたの。ＯＫしたけど、もうしばらくあなたに会えないと思うと、とても寂しくなって。それで、ここに来て、あの女性に頼んだの。そう言って、悲しそうな顔になる。

俺はあれこれ考えた。そこにママがカルピスを持って来た。

「はい。どうぞ」

「アリガトウゴザイマス」

ママはフェ・マリーンの目を覗き込み、自分の目を指差して言った。

「ユー、ひとみ、ビューティフル」

フェ・マリーンは本当に素直に喜んで、「アリガトウゴザイマス」と言った。その笑顔は、とても可愛らしかった。

俺はママにメモ用紙とサインペンを借りて、自分の部屋の電話番号を書いた。フェ・マリーンがそれを見て、あなたの部屋の電話？　と尋ねる。そうだよ、と答えて、メモ用紙を渡し、俺は立ち上がった。

どこへ行くの？

すぐ戻るから、ちょっと待ってて。

そう言い置いて、俺は〈サンボア〉を出た。

＊

いろいろと揃えるのに、思ったよりも時間がかかった。三十分ほどして、ようやく戻ると、不安そうな表情だったフェ・マリーンが大きな笑顔になった。

「やっぱりね。戻って来ただろ？」

ママが日本語で言うと、フェ・マリーンは嬉しそうに頷き、タガログ語でなにか言った。

「あんまり心配するからさ、心配しなくていいよ、って言い聞かせてたのさ。日本語で。なんとか通じたみたいだね」

「ありがとう」

俺はフェ・マリーンの前に座った。ウィスキーを飲んだ。氷はまだ残っていた。冷たくて、気持ちがよかった。

俺は文房具屋の紙袋から、封筒を取り出した。二十枚入りで、その一枚一枚に、文房具屋でサインペンを借りて青泉ビルの俺の部屋の住所と俺の名前を書いた。そして六十円切手を一枚ずつ貼っておいた。

これが、俺の住所と俺の名前だよ、と言って渡すと、嬉しそうに俺の顔を真正面から見つめた。これに手紙を入れて、この封をして、郵便ポストに入れれば、俺の部屋に届く。もしも君が、君が踊る店のマッチなどを同封して送れば、店の住所がわかるから、俺からも手紙を出せる。わかった？

フェ・マリーンは、わかった、と頷き、とても嬉しい、と潤んだ目で俺を見つめる。俺は照れ臭くなって、じゃあ、どこかでランチを食べよう、と言った。フェ・マリーンも笑顔になって、結構お腹は空いている、と言う。何を食べる、と尋ねたら、チャイニーズはどこの国でもおいしい、と言う。俺は外国に行ったことがない、と言うと、是非フィリピンに来て、と言い、パサイシティにはおいしいチャイニーズの店がある、と言う。是非行きたいな、と俺は言った。

それはそれとして。……すぐ近くに「中華飯店」と銘打った店はある。だが、俺は入ったことはない。でも、見ると大概賑わっているので、そんなにまずくはないだろう。で、そこにしようか、と言ったら、あなたのお部屋で、ゆっくりしながら食べましょう、と言い出した。

それならそれでもいい。青泉ビルの近くにも、「中華飯店」と銘打つ店はある。そこは出前もする。メニュー構成はいいかげんで、実は長崎チャンポンがけっこうおいしい。その他に、水餃子やチャーハンもいける。そうしよう、ということになって、俺たちは〈サンボア〉を出た。タクシーはすぐにつかまった。部屋に向かう途中、酒屋に寄ってアンジュー・ドミ・セック・ロゼを二本買った。

＊

フェ・マリーンはアンジューを「シャンパンだ」と喜んだ。そして高いでしょ、と心配した。だから、シャンパンよりはずっと安い、ヴァン・ムスーという種類の酒だよ、と教えた。

それにしても、いやぁ、ワイン会ってのは、出ておくと思いがけないところで役に立つもんだ。「仰向けに倒れる時にはチンポを見る」「ヴァン・ムスーは安くてうまいシャンパンっぽい酒」など、この世には役に立つ豆知識がいっぱいだ。

俺の部屋で、アンジューをゆっくり味わった。程なく、電話で注文した長崎チャンポンや水餃子、海鮮チャーハンなども届いた。フェ・マリーンは料理を喜び、シャンパンを喜び、俺と一緒にいることを何度も何度も喜んだ。そして、自分は幸せだ、と言い、明日から会えなくなるのが悲しい、と二度泣いた。二人で風呂に入った。その後はふたりとも服を着なかった。

俺たちは午後七時過ぎまで一緒にいた。昨日のように、店が終わってからもまた会いたいけれど、シンダイに行く支度があるから、今夜はお店が終わった後は会えない、と残念そうに言う。そして時計を見て、もう、そろそろ店に出る支度をしなくちゃ、と言った。残念だけど、もう、行きます。「オゥ」と言い、この次会えるのは二週間後になるけど、絶対待っていてね。俺は、絶対待っているよ、と答え、そして彼女をタクシーでアパートまで送った。タクシーを降りる時、フェ・マリーンは俺の目を見つめた。彼女のハシバミ色の瞳が、裏街の電柱の明かりに光った。フェ・マリーンは「Bye!」と言った。俺は頷いて、「Saying Bye is dying a little」と言った。つい出来心で、フィリップ・マーロウのセリフを頂いてしまったわけだ。後ろめたかったから、名詞用法の不定詞を動名詞に替えたが、同じ意味になるんだろうか？　というようなことが頭をよぎった。俺はやっぱりどこか醒めていた。

フェ・マリーンは、俺の目を見つめると、頬を俺の頬に押し付けて、しっかりとしがみついた。俺の頬を、彼女の涙が濡らした。フェ・マリーンが俺から離れた。ちょっと顔を遠ざけて、俺の全身を見回した。そして、口許を引き締めて、運転手が開けたドアから降りた。俺も降りようか、と思ったが、車内から見送ることにした。タクシーから降りたフェ・マリーンは腰を屈めて、俺の顔を覗き込み、右手をヒラヒラさせて、「I'm dying a little」と言って、寂しそうに微笑んだ。俺は流れで「Me, too」と答えた。フェ・マリーンは、一瞬車内に戻りそうな動きをしたが、そのまま車から離れ、もう一度手を振って、背中を向けてアパートの階段を駆け上り、後ろを見ずにドアを開けて、中に飛び込んだ。

これで、今日の一日は終わった。まだあと数時間、「今日」は残っているけれど、俺の「今日」はフェ・マリーンと一緒に、消えてしまった。

俺はぶらぶら歩いて青泉ビルに戻った。ジーンズTシャツにビーチサンダルという格好だった。部屋に戻ってシャワーを浴び、フェ・マリーンの名残を洗い流して、白麻のスーツを着た。

＊

〈ケラー〉はひっそりとしていた。岡本さんが寂しそうにグラスを磨いている。

「いらっしゃいませ」

俺は一枚板のカウンターの右端に座った。

「静かでしょ」

俺は頷いた。

「静かなのもいいもんだけど」

「そりゃ、趣味でやってるんならね。でも、ウチは商売でやってるから」

「それは知らなかった」

「九時を過ぎたら、込むんですけど」

「ん？　それまで、なにがあるの？」

「大通りビヤガーデン、この暑さでしょ。連日連夜、満員盛況ですって」

なるほど。大通公園は、札幌の中心に伸びる公園で、真夏には野外ビヤガーデンになる。空席を見つけるのに苦労するほどに、人気がある。

「なるほどね。……ところで、ブラウン・レディ、なんてカクテルは、ある？」

「ブラウン・レディ？」

「うん」

俺は、フェ・マリーンの面影、その淡い褐色の肌をぼんやり思い浮かべながら頷いた。

「……なんか、……聞いたことはありますね。少々お待ちください」

岡本さんは俺に背を向けた。棚にある本をあれこれ調べているらしい。

「ありました」

そう言って、すぐに一杯作ってくれた。

「どうぞ」

飲んだ。

「……俺には、甘すぎるな」

「でしょうね」

グラスを空けた。

「ホワイト・レディの仲間かなんかで、ブラウンの酒、なにかないかな。……ジンをラムに代える、とかさ」

「そのレシピで、XYZというカクテルはありますね。でも、色はブラウンじゃないですよ。ギムレットと同じ色です」

「そうなの？」

「ブラウンの酒を造るには、ベースをブラウンにしても無理ですね。不透明なブラウンのリキュールを混ぜないと」

「……そうか……」

「じゃ、ホワイト・レディのホワイト・キュラソーを、ブラウン・カカオに替えてみましょうか」

「それ、お願いします」

すぐに作ってくれた。バースプーンで一口舐めて、「悪くないですよ」と独り言のように言い、俺の前にすっと置いてくれた。飲んでみた。ブラウン・レディほどではないが、やはり甘味が舌に残った。

「やっぱ、ちょっと甘いかな」

「でしょうね。でも、悪くない酒ですよ」

「……ああ。確かに」

「名前、付けましょうよ」

「……じゃ、……フェ・マリーン」

「へぇ。フェ・マリーン。……どういう意味ですか？」

「マリアの顔って意味なんだってさ。聖母マリアみたいな、美人。……聖母マリアかな。マグダラのマリアかもね」

「へぇ……マリアの顔ね。……そんな美人なんですか、その人」

「その人って、誰だ」

「フェ・マリーンですよ。あ、あの女性ですか」

「……」

「寂しいんですか？」

「再来週には、札幌に戻って来る」

「へぇ。……つまりその、フェ・マリーンさんがね？」

なんだか物知り顔で、うんうん、と頷いている。ま、そんな反応を気にしても、始まらない。フェ・マリーンはあっさりと俺の中に消えた。後味は甘いが、悪い酒じゃない。

「じゃ、ギムレットをお願いします」

「畏まりました」

岡本さんがシェイカーを振り始めた時、事務所のドアが開いて、マスターが出てきた。

「いらっしゃい」

俺に会釈して、シェイクする岡本さんを眺めている。岡本さんはグラスに注いで、俺の前にすっと出してくれた。

「岡本君」

俺がグラスに口をつけると、マスターが声をかけた。

「はい」

「宝文堂で、ボールペンの芯を買って来て。黒と青、二本ずつ」

そう言って、ちょっと大きめの硬貨を手渡した。

「へぇ。五百円玉ですか」

「あ、これ？　そうなんだ。今日、銀行で両替して来たんだ。お釣りに混ぜると、お客さんが『ほぉ』って顔になるから」

岡本さんが長いサロンをさっと外して、足早に出て行った。ドアが小さくキィと鳴って、閉まった。

「ところで」

とマスターが改まった口調で言って、俺の名前を呼んだ。

「はぁ」

「岡本君から聞いたよ。〈ルビイ〉の一件」

あ、これから叱られるんだな、とはわかった。だが、その理由がわからない。

「あ、はい」

「確かに、痛快な話だとは思うよ。篠原さんは、いいお客さんだしね。あんなとんでもない手形を摑ませるなんて、商売人の風上にも置けない、とは思う。私は完全に篠原さんの味方だし、〈ルビイ〉のマスターは人間とは認めない」

「はぁ……」

「ただ、ああいう話は微妙なもんでね。そんなにそんなに、こっちで思うように受け止める人ばかりでもない。商売をやってる人間じゃないと、あんな手形のとんでもなさとか、卑劣さとかは、なかなかわからないかもしれない」

「……はぁ」

「あの店のマスターに、同情するような人もいるかもしれない」

「……」

「それとも一つ」

「は」

「ああいう話は、話し方がなかなか難しい。得意になって楽しそうに話していると、時にはとんでもなく鼻につく、あるいは、ただの自慢話にしか聞こえなくて、話している人がバカに見える場合もある」

「……岡本さんが、そう言ったんですか」

マスターはニヤリと笑った。

「まさか。わかるでしょ。岡本君は、そんなことはしない。あの男は、なにも隠さないし、陰口も言わない。それくらい、わかってるでしょ」

「ええ」

「その逆でね。岡本君も喜んじゃってね。楽しそうに報告してくれたよ」

「そうですか」

「だから、それを見て思ったのさ。こりゃ、二人で相当楽しんだんだろうな、ってね」

「……」

「そして、思った。これが、この店の中で、そして相手が岡本君なら、それで全く問題はないけど、もしも別な人に、別な場所で、そんなような調子でこの話をすると、……結構、……何というかな、威厳、みたいなものを損なうだろうな、ってね」

「俺には、威厳なんてないですよ。ただの穀潰しで」

「たとえそうであってもさ。人間は、威厳が皆無になったら、生きていても意味がないもんだよ」

俺は頷いた。

「わかりました。おっしゃることは、わかりました」

マスターはにっこり笑った。ドアが小さくキィと鳴って、岡本さんが足早に姿を現した。

マスターにボールペンの芯とおつりを渡して、素早くサロンを身につけた。

「ごゆっくり」

マスターは言い残して、事務所のドアに向かった。

「あ、マスター？」

「はい？」

「どうして、俺が来たのがわかったんですか」

「岡本君のシェイクの音が、立て続けに聞こえたからね」

「はぁ……」

「ショート・ドリンクスをこんなに短い間隔で三杯飲む人は、ウチのお客さんには、ほかにはいないから」

「三人連れの客だ、とは？」

「それくらい、事務所にいれば、気配で分かります。お一人様か、三人様か。……それに、三人連れに一杯ずつ作ったにしては、やや間隔が開きすぎていた。岡本君は、三人連れのお客様には、ほとんど同時に三つ、お酒をお出しするから」

なるほど。俺は頷いた。

「どうぞ、ごゆっくり」

俺は会釈して見送った。

「お説教、されました？」

「うん」

「私もばっさりやられましたよ。他人をバカにする時には、威厳を持ってやれ、って」

「肝に銘じた」

「私もです」

17

早めに切り上げて、外に出た。これから、どうしようか考えた。驚くべきことに、部屋に帰ってもう寝よう、という気分になっていた。フェ・マリーンが懐かしかった。二週間後に会える、と思ってみたが、寂しい気分は消えなかった。仙台に行ってみようかとも思った。国分町に行って、フィリピンダンサーのいる店、と探せば見つかるだろう。それにしても俺は、なんでこんなに気分が盛り上がっているのだろう。

落ち着け、と自分に言い聞かせた。

じゃ、これから部屋に戻って寝るか？

冗談じゃない。落ち着け。

二番街に列を作っているタクシーに乗り込んで、〈荒磯〉の住所を告げた。

「そろそろススキノに人が出るね」

ドライバーが言う。

「そうなんですか」

「ああ、そうだよ。ビヤガーデンが九時に終わるからね」

なるほど。俺はさっき岡本さんから初めて聞いたわけだが、ススキノでは結構流行している一行豆知識らしい。

＊

時間が早いせいか、なじみのない顔が並んでいた。三人連れと二人連れで、カウンターに並んでいる。みんな会社員であるようだ。三人連れは、勤めている会社の仕事上のチームで、その仕事がうまくいったので明るい酒を飲んでいた。どんな仕事なのかは、彼らの話からはわからなかった。二人連れはやや年齢が離れている男同士で、だが親子ほどではない。話の口ぶりでは、年の若い方が、どうやら偉いらしい。上司と部下か、とも思ったが、部下の方が年を取っているのがいささか怪訝だ。そういうケースもあろうかとは思うが、それにしては離れ過ぎている。

しばらく話を聞いていて、若い方が大手流通業者の課長で、年長の方が、その大手流通業者になにか食品を納入している小さな会社の社長らしい、ということがわかってきた。

勤め人たちの話を聞きながら飲む酒は、ちょっと変わっていておもしろい。全然違う世界の話に、あれこれ想像を巡らしながら耳を傾けるのはいい暇つぶしになる。とにかく、人に使われる人生は、これでなかなか大変なんだな、と思う。そして、俺の親父も彼なりに、いろいろと苦労してるんだろうな、と思った。

だからと言って、親父に申し訳ないから、学校に戻って真面目に勉強して卒業して、どこかに就職しよう、という気にはならないのが、人の心の計り難さってやつだ。

申し訳ありません。

「あれ？　もう酔った？　目、トロンとしてるよ」

「そう？　え～と……」

自分がどれだけ飲んでいるのか、考えようと思ったが、見当も付かない。今日の最初の一杯は、……昼に〈サンボア〉で飲んだスーパーニッカか。あれからどれくらい飲んだろう。

「結構飲んでるかもしれない」

「無茶飲みはダメだよ」

俺は頷いて、尋ねた。

「ミツオは、今夜は？」

「まだ、来ないよ。こんなに遅い時間には来ないさ。来るのはいつも、午前中だ」

「あれじゃないの？　最近、昼間、ここらにいるんじゃないの？」

マスターはちょっと視線を逸らした。

「なんか、知ってる？」

「……まぁ、あんまり余計なことに首ぃ突っ込まない方がいいよ」

「あんな奴だとは思わなかった」

「いやぁ、所詮は……」

そこで言葉を切って、俺の湯飲み茶碗を覗き込んで、「注ぐかい？」と言う。

「お願いします」

マスターは国士無双の一升瓶を片手で持って、茶碗に注いでくれた。お約束通り、サービスにちょっとこぼしてくれる。

「胡瓜でも食べる?」

マスターが言う。〈荒磯〉の夏の胡瓜は、冷やした胡瓜をスティック切りして、ごま油の風味のする塩味のタレをあっさりとまぶしたもので、ちょっと信じられないほどにおいしい料理だ。

「あ、お願いします」

想像しただけで、うまい酒が二口飲めた。

*

十一時までだらだらと飲んだが、顔馴染みは誰も来なかった。ママも来ない。ミカさんも来ない。まだ時間が早すぎる。ふたりとも、今は勤労中だろう。俺は金を払って立ち上がった。

「ごちそうさま!」

「午前中に、またおいで。きっとみんないるから」

マスターがそう言って、金をレジに納めた。

俺はぶらぶら歩いて、元いたアパートの前に立った。老人は夜が早い。アキバさんの窓もサエさんの窓も暗かった。黒いガラスが街灯の白い光を映していた。……もしかしたら、もう出てしまったのだろうか。いい引っ越し先が見付かって。だとしたらなによりだけど。

そんなことを考えながら暗い窓を見上げていたら、人気《ひとけ》のない静かな裏街に、エンジン音が近付いて来た。やや珍しい。俺はなんとなく予感がして、アパート脇の暗がりに隠れた。エンジン音は石山通りの方から近付いて来て、一度音が小さくなり、また大きくなった。どうやら減速して角を曲がり、また加速したようだ。安っぽい音で、もしかしたら原チャリかもな、と思った時、街灯の白い光の中にモンキーに乗ったチンピラが現れた。ミツオがオンボロ街宣車で「友よ」をガンガン流していた時、コバヤシと一緒にアパートから出て来た、中学生に毛の生えたような、あるいはまだ毛の生えていない高校生のような、ショボいガキだ。

モンキーを停めて、エンジンはかけたまま、降りた。スタンドを立ててあたりを見回し、握り拳ほどの石を拾い上げて、アキバさんの窓の下に立ち、石を投げる態勢に入る。

「おい」

俺が声をかけると、そいつはビクッと飛び上がった。慌ててあたりを見回す。俺は、アパートの陰から街灯の光の中に出た。

「なんだ、あんた」

「ここの年寄りの友達だ」

「何言ってんのよ。消えれ」

「お前……」

「友達なら、引き取ってやれや。一緒に暮らせばいいべや」

俺は言葉に詰まった。

ガキはそう言って、石を投げる態勢に入った。俺を舐めている。

「消えれ」

「やめろ」

「あんたになんの関係があるのよ」

「今、ミツオはどこにいる？」

「あんたになんの関係があるのよ」

ガキは石を投げようとした。

俺は二歩進んだ。ガキは「なによてめぇ」と俺を睨んだ。俺は、高田に習った足刀を、ガキのミゾオチに叩き込んだ。ガキは吹っ飛んだ。小柄で痩せているせいもあっただろう。しかし、高田に言われたとおり、腰をできるだけ回したのが決まったのだろう、とも思う。

ガキは尻餅を突き、苦しそうに左手でミゾオチを撫でた。そして「なんすんのよてめぇ」と怒鳴り、俺に石を投げ付けた。俺は咄嗟によけた。俺の感じでは、石は鼻先すれすれをかすめて行ったように思ったが、まぁ、酒のせいもあるかもしれない、実際にはそんなに近くはなかったとは思う。だがとにかく、俺は激怒した。ガキに飛びかかろうとした時、ガキは機敏に立ち上がり、口をひん曲げて斜めに突っかかってきた。右の拳が飛んで来た。それをよけて、右腕を背中にねじ上げた。

「てめ、この、放せや」

シロウトの悲しさで、この後どうすればいいのか、わからない。

「帰ってミツオに、情けないことはやめろ、と言え」

「言えるわけねぇべや、そんなこと」

「俺がそう言ってた、と言え」

「自分で言えや」

そりゃそうだな、と思った。俺はガキを放してやった。

「行け。そして、このアパートには近付くな」

そう言った時、ガキはいきなり振り向いて、俺の目を狙って指を突き立てようとした。咄嗟に右手で目のあたりを払ったら、偶然、ガキの左手の小指を俺は握っていた。俺はそれを強く握り、思いっ切り下に捻った。

なんだか鈍いパシッという音が俺の拳の中で響いた。ガキが「ギャッ」と唸った。俺は思わず「あ、悪い」と言っちまった。言ってから、やっちまったものはしかたがないから、開き直ろう、と決めた。

「これに懲りて、ここに近付くな」

言い捨てて、左手を右手で包み込むようにして、上体を折って呻いているガキの腰に、思い切り足刀を叩き込んだ。

自分でもあんまりだ、と思ったが、やっちまったもんは、しゃーない。前のめりにすっ飛んで庭に倒れたガキを放っておいて、俺はそのまま歩み去った。アドレナリンのせいか、俺は小刻みに震えていた。だらしない。

（落ち着け）

＊

入り組んだ路地に踏み込み、木造の長屋のような小さな家と家の間を抜け、目当ての空き地に入り込んだ。暑い夏のおかげで、すくすくと伸びた、俺よりもはるかに丈の高い大麻草が五本、頼もしく立っている。目の高さほどの部分の茎を強く握り、上から下に一気に刮《こそ》げるようにして、そのあたりの葉の大半を拳の中に収めた。その手を握り込んだまま、青泉ビル目指して歩いた。所要時間約十五分。その間に、警察官の職務質問に引っかかったら、俺の人生は、大きく変わるはずだ。それは、なんとしても避けたい。警察官の注意を引かないように、そしてこそこそしないように、俺はとにかく目を下に向けて、キョロキョロしないように気を付けて歩いた。結構俺も気が小さい。タクシーに乗ればいいようなもんだが、生の大麻の香りは強烈で独特で、経験のあるドライバーなら、すぐに事情を察するだろう。いや、経験はなくても、「お客さん、なんのニオイだろ、これ」くらいのことは言うだろう。それは避けたい。

＊

部屋に戻った。酒屋の紙袋にボールペンで穴をいくつも開け、それに新鮮な大麻の葉っぱを入れて、ヘア・ドライヤーで急速乾燥させた。それから、引き出しの中をかき回した。思った通り、去年の今頃買ったセブンスターが一箱、あった。中には十八本残っていた。記憶通りだ。急速乾燥させた葉っぱとセブンスター一本で、大麻タバコを一本作ろうとした。指先が震えて、いつもよりも時間がかかったが、それでも難なく一本できた。

それをゆっくり吸った。

徐々に時間が間延びして、外界の認識や考えの筋道が、妙に丁寧になってくる。興奮はだんだんに収まり、前のめりにすっ飛んでいったガキの姿が、子供の頃に見た相撲中継の分解写真のように、何度も頭の中に甦る。

俺はステレオにサード・イヤー・バンドの『錬金術』をセットして、部屋の明かりを消した。化粧ガラスを通して、ススキノの夜の明かりが差し込んでくる。カサカサとノイズが聞こえ、曲が始まった。俺はススキノの明かりをぼんやり眺めながら、静かに聞いた。フェ・マリーンが何度も何度も泣いた。

そのうちに、A面が終わった。終わったのはわかったが、立ち上がって裏返すのが面倒だった。……面倒だったというと、ちょっと違う。立ち上がって、ステレオに近寄り、蓋を開け、ターンテーブルからレコードを手にとってひっくり返して元に戻し、針を載せる、という一連の行為の価値が見あたらない、というか、ススキノの明かりを、化粧ガラス越しに見ていれば、それで世界は十分充実しているのだった。

そのうちに、しかし世界はそれだけではない、という思いが少しずつ育ってきた。何百回目かにフェ・マリーンが泣いた時、今夜はもうこれで十分、という気分になった。目覚まし時計を眺めたら、午前二時を過ぎていた。俺は立ち上がり、部屋から出た。

＊

とにかく延々と歩いた。という認識なのだ。一晩中歩いても歩いても、〈荒磯〉に着かない。三日間、不眠不休で歩き続けているみたいだ。だが、ようやく〈荒磯〉に辿り着いて店の時計を見たら、部屋を出てから二十分しか経っていなかった。

「よぉ。お帰り」

マスターが明るい口調で言ったが、表情はさっと曇った。カウンターの方をちらりと見る。その視線の先に、ミツオがいた。相当酔っている。陰惨な気配が漂っている。カウンターに肘を突いたまま手首だけを動かして茶碗を持ち上げ、あごを突き出して酒を一口ずずっと啜った。そして俺を見て、鼻先でせせら笑った。

「なんか臭ぇな。ヤバい煙が匂わねぇか？」

迂闊だった。無視することにした。相手にならずに、また国士無双を頼んだ。酒が、一升瓶から流れ出て茶碗を満たすまで、二時間近くかかったような気がするが、これも間違いだとわかっている。徐々に葉っぱの効き目が薄くなっているのがわかる。ミツオがすっと手を伸ばして、俺の右手を摑み、手のひらを上に向けた。緑色の植物の染みが、薄黒くなって広がっている。一目瞭然だ。ミツオはまた鼻で笑った。

「そこらでやめとけ」

そう言って立ち上がり、マスターに金を払って出て行った。

俺は黙って壁の時計を眺めていた。秒針のある時計で、一秒一秒の長さは、ごく普通に認識できるのだが、一周する一分の長さが一時間ほどに感じられる。そのギャップが面白くて、俺はクスクス笑い出し、そして笑いが止まらなくなった。ヤバいと思って、俯いたら、なおさらおかしい。

「サスちゃん、なんか変だよ」

ミカさんが不思議そうな顔で言う。顔を見たことのない男女の客が、俺を見て眉をひそめている。これは絶対、ヤバいな。

鯨刺しで茶碗酒を二杯飲んで、立ち上がった。じっくり腰を落ち着けて二時間近く飲んだ気分だが、実際には二十分も経っていなかった。

「行くかい？」

「ごちそうさまでした」

「今夜は、その方がいいな。……気を付けてな」

釣りを受け取って、店から出た。

18

〈荒磯〉の引き戸を閉じた時には、もう尾行に気付いていた。そもそも相手は、隠れようとか気付かれまいとか、そういう努力を全くしていない。〈荒磯〉から出たら、ちょっと離れた電柱に寄りかかっていた男が、すっと自分の両足で立った。そして俺の後を、堂々と尾《つ》いて来る。間合いを詰めては来ないが、離れもしない。俺のペースに合わせて、ひたひたと歩いている。

まだ葉っぱの影響は残っていて、一丁を歩くのに十分くらいかかっているように感じる。だが、頭ではちゃんと、それは錯覚であって、実際には普通のスピードで進んでいるのだ、ということはわかっている。

人通りの多い方に行こうと思った。西屯田通りを見渡したが、人気《ひとけ》はない。七条通りを石山通りに抜けることにした。で、俺はちょっと足を速めたのだろう。後ろの男が小走りになった。

ここでやる気だな、ということはわかった。だが、恐怖は感じなかった。まだ葉っぱの影響が残っていた。なんとなく、「いよー」と明るく声をかけて、「どっかで一杯やらないか」と誘えば、「それもそうだな」ということになって、どっかの店で一緒に飲んで意気投合、仲良くなれる、なんてことを考えていた。人間、根っこではわかり合えるもんさ。

俺は立ち止まり、振り向いた。

「いよー、どこの誰か知らないけど、ミツオは……」

　相手の右の拳が俺のみぞおちにめり込んだ。ある程度警戒して、腹筋を固めてはいたが、そんな抵抗などあっさり吹っ飛ぶほどのものすごいパンチだった。膝から崩れるところに、膝がみぞおちにめり込んだ。俺は、仰向けに倒れた。「チンポを見る」余裕などなく、倒れると同時に後頭部が地面に激突して、視界に細かな火花が散った。うつぶせになって何とか立ち上がろうとしたが、左肩を蹴られて腕がしびれた。肘を突いて、それでも立ち上がろうとしたが、肋を何度も蹴られた。三発ほど、蹴られた時にひりひりと芯から痛むキックがあった。もしかしたら折れたかもしれない、と覚悟を決めた。

　痛みは、それほど感じない。というか、攻撃と痛みと俺の体が、まだ一体になっていない。

　ふと、攻撃が熄《や》んだ。俺はとにかく必死になって体を動かし、電柱にもたれ、なんとか立ち上がろうとしたが、体がふわふわしていて、よく動かない。

俺は何とか立ち上がろうとした。その時、道の向こうからタッタッタと駆けてくる足跡が聞こえた。必死になって腹筋を固めたが、とんでもない痛みがみぞおちのあたりを焦がした。さっき食った〈荒磯〉の料理あれこれが口から飛び出した。ぼんやりした視界の中で、そいつが右足を持ち上げるのが見えた。鼻をつぶしに来るな、とわかった。のろのろと顔をかばったら、ミツオの声が「顔はやめとけ」と言った。俺は辺りを見回したが、なにしろ世界がぐるんぐるんと回っているので、どこにいるのかわからなかった。

「へぇ」

男は言って、持ち上げた右足を、俺の左肩に叩き込んだ。俺は呻きながら、右側にばったりと伸びた。

「覚えとけ。あんまり人ぉ舐めた真似すんな」

ミツオはそう言って、ぺっと唾を吐いた。俺の鼻の周りが濡れた。ミツオの唾は、臭かった。

「いくぞ」

ミツオが言って、足音が去っていく。男は俺をもう一度、思い切り蹴って、ミツオの後を追って行く。

19

立つのに苦労した。痛くて、なかなか体が動かない。無様に倒れているのがおかしくて、俺はクスクス笑った。笑った勢いで、電柱に右手を伸ばし、手のひらをべったりつけて、それを橋頭堡として、左手をそっちに近づけて、ちょっと体を浮かし、右膝を地面について、左足で体を支え、そろそろと立とうとした。だが、立てなかった。腰と背骨が痛くて、そして腹のあたりが気持ち悪い。とりあえず、電柱に背中を預けて、両足を伸ばし座り込んだ。当面することがなくなったので、『別れのサンバ』の一番を歌った。

一番を歌い終わった時には、ちょっとエネルギーが溜まったような気がしたので、焦らず、ゆっくり、立ち上がろうとした。

どれくらい時間がかかったのかはわからない。まだ葉っぱの影響が残っているようだ。とにかく、なんとか立ち上がることができた。

立てば、こっちのもんだ。建物の壁伝いに、徐々に移動することができる。

なんとか石山通りに出た。電柱に寄りかかって、通りかかったタクシーに手を挙げたが、無視された。酔っ払いと思われたんだろう。

……無理もないな。正真正銘、酔っ払いだもんな。

石山通りは幅が広い。このあたりが一番広くて、片側六車線だ。今の俺には、青信号ひとつで渡り切るのは到底無理だ。だが、石山通りを渡らなければ、ススキノには戻れない。……もしも石山通りを渡り切れたとしても、その後ススキノまで、というか俺の部屋まで七丁、歩かなくてはならない。……とても無理だ。だが、タクシーは止まってくれない。……選択肢は、ひとつしかない。

俺はあたりを見回した。石山通りのこっち側、西十一丁目の南五あたりに、酒屋があって、今はシャッターが降りているが、その前に電話ボックスがある。俺はゆっくりゆっくり歩き出した。だが、腰が辛くて、しゃがみ込んでしまった。で、手を付いて、四つん這いになって、痛む体をなんとか宥めながら、じりじりと電話ボックスに近付いた。

そんなに時間はかからなかったと思う。せいぜい五分だ。ようやく電話ボックスに辿り着いた。俺はガラスの壁に両方の手のひらをべったりつけて、足を踏ん張って、体を引きずり上げた。そして、なんとか中に入り、壁により掛かった。小銭はズボンの右のポケットに入っているから、大丈夫だ。右手はそんなにダメージを受けていない。コインを掴み出し、緑電話の上にバラ撒いた。十円玉が五枚あった。

ＯＫ。

電話の中に落とし、ダイヤルした。

呼び出し音が続いた。無意識に数えていた。十八回目で、男が出た。なんだか年寄りめいた声で言った。

「はい、北大恵迪《ほくだいけいてき》です」

「あの」

「はい？　もしもし？」

声を出したが、充分ではなかった。

俺は一度咳払いをして、できるだけはっきりと大きな声で言った。

「あの」

「はい？　もしもし？」

「夜分遅く申し訳ありません」

「はいはい」

「お手数ですが、農学部農業経済の、高田君をお願いします」

「はいはい。ちょっと待ってね」

「お願いします」

なにか、機械が唸るブーンという音が聞こえる。壁に寄りかかって目をつぶっていると、ガシャンという音が聞こえた。十円玉が一枚、コインボックスに入ったんだろう。足音が近付いて来るのが、小さく聞こえた。

「もしもし。高田です」

寝起きの不機嫌な声だ。

「俺だ」

「誰?」

名乗った。

「どうした?」

「部屋まで送ってくれ」

「今、どこだ?」

「南五西十一」

「歩いて帰れよ」

「ちょっと歩けない」

「タクシーは?」

「俺を見ると、逃げる」

「……石山通り沿いか？」

「ああ」

俺はボックスのガラス越しに酒屋の看板を見上げた。左顎が痛み、後頭部が揺れるような感じで、眩暈がした。

「南五西十一、東向きで、『八幡酒店』という店の前の電話ボックスだ。八幡は、八幡製鉄の八幡。電話ボックスの近くに街灯が立ってる。街娼じゃないぞ」

「つまらん。待ってろ」

電話は切れた。

＊

肩をつかれて目が醒めた。俺は、電話ボックスにもたれて、歩道に座り込んでいた。見上げると、高田が不機嫌な顔で俺を見下ろしている。

「さっさと乗れ」

俺は四つん這いで高田のカローラ一三〇〇に近付いた。俺がじりじり動いている間に、高田がどこかに行った。ようやくカローラに辿り着いて助手席に潜り込んだ時、高田が運転席にどさっと座った。

「なにしてた？」

「立ちション」

「納得」

「青泉ビルでいいのか？」

俺は頷いた。

「わかった」

カローラは動き出した。

しばらく沈黙が続いた。高田が「あのよ」と言った。

「ん？」

「どうでもいいけど、お前、ふざけてると碌なこと、ないぞ」

「ふざけちゃいないさ」

「……わざとやってんのか」

「わざとじゃねーよ。……自然とこうなっちゃうんだ」

「バカなのか」

「多分な」

「……バカなら、しゃーねーな」

教わった足刀が鮮やかに決まった、ということを報告しようかと思ったが、イヤな顔をするに決まっているので、やめた。

それっきり、言葉は途切れた。

青泉ビルの前で、カローラからなんとか降りた。

「助かった。ありがとう」

高田は鼻でフンと笑い、「ぐっすり寝ろ」と言い捨てて、走り去った。

＊

エレベーターの扉が開いた。俺はゆっくりと通路に出て、自分の部屋のドア目指して歩いた。面倒なので、鍵はかけていない。鍵をかけずにいて、本当によかった、と思った。右手が痛くて、鍵をしっかり持つことができないほどだったのだ。左手でノブを回し、体重をかけてドアに寄りかかると、自然にドアが開く。便利にできているもんだな、と感心した。

上着を脱ぐのは簡単だった。だが、ズボンを脱ぐのに苦労した。もちろん、立ってズボンを脱ぐのは不可能だった。ベッドに腰掛けてなんとか脱いだが、足の付け根というか腰の周りが痛くて、足を持ち上げるのにも苦労した。

ネクタイを解いて、シャツを脱いで、ベッドに横たわった。フェ・マリーンの匂いが俺を包んだ。

次は、いつになるだろう。

ミツオは、次はいつ、あのアパートを攻撃するのか。……今日は、もうないだろう。あったとしたら、俺はいくらなんでも応戦できない。今は、動くのもイヤだ。いや、動くことは不可能だ。

今日一日で、どれくらい回復できるだろうか。予想もつかない。これほどのダメージを受けたのは、俺史上初だ。

部屋の明かりを消さなければ、とは思った。だが、体を動かすのが辛かった。なにか一杯飲もうと思ったが、体を動かすのが辛かった。俺はベッドに伸びたまま、フェ・マリーンの残り香に包まれて、逃げるように眠った。

20

目が覚めたら目覚まし時計は八時少し過ぎだった。部屋は暗い。だがおそらく午前中だろう。立ってカーテンを開けたかったが、その元気はなかった。すぐに眠りに逃げ込んだ。

その次に目覚めたのは十時半だった。これも、たぶん午前だろう。カーテンを開ける元気は、まだ出なかったが、膀胱が満タンで、いかんともしがたい。それでも動きたくなくてベッドの中でグズグズしていた。そのうちに、いよいよヤバい、というくらい溜まってきたので、ベッドから降りようとしたら、体がうまく動かないので、なかなか降りられない。右腕に力を入れることができない。ベッドから体を起こすこともできないし、床に右手を突いて体を支えることもできない。なんとか床に転げ落ちたが、そこからバスルームに移動するのがまた一苦労で、相当時間がかかりそうだった。

（ヤベェな、マジで）

下手すると、便器まで保《も》たないかもしれない。途中で漏らしたりしたら、精神的なダメージがどれほどのものになるか、ちょっと想像もつかない。二十代半ばでオムツが必要、ってか？

俺は大声で笑った。体の節々が痛かった。尿が漏れそうになった。

冗談じゃねぇぞ。

俺は決死の覚悟で、必死になって手足を動かした。徐々にバスルームのドアが近付いて来る。なんとか間に合いそうだ。ドアに辿り着いた時は、今にももう漏れる、という瀬戸際だった。ドアにもたれて体を引きずり上げようとしたが、右手を突けないので、なかなか難しい。ようやく膝立ちをしたが、右手でノブを回すことができない。

（もうダメだ）

（諦めるな）

左手でなんとかノブを回し、ドアを開けた。便所は狭い。これはありがたいことだった。両手を、左右の壁に突っ張って、体を支え、引きずり上げることができるのだった。焦って立ち上がりながら、下着を下ろして、際どいところで便器の蓋を開け、座った。

世界の隅々に解放感が広がった。

膀胱の中のものをすっかり放出した。幸せだった。もう少し座っていたいと思った。そのうちに、ウトウトと眠ったらしい。

尻を出した状態で便器に座り、両肘を膝について上体をがっくりと前に倒して項垂れた姿勢で、目覚めた。結構長い間寝ていたらしい。念のため、尻をちょっと洗って立ち上がり、下着をずり上げた。

気分は、なんだかそれほど悪くない。たっぷり休んだ、という気分が意識の底にある。もちろん、腰や右足の付け根や、肩や、首筋や、肋のあたりはしつこく痛んでいるが、なんとなく、そういうのに慣れた。慣れれば、結構無視できる。俺はどうやら、着実に回復しているようだ。

＊

その証拠に腹が減ってきた。俺はジーンズとTシャツで、サンダルを突っかけて一階に降りた。〈モンデ〉という喫茶店がある。中に入ってみた。席は半分ほど空いている。見た感じは、ごくありふれた、普通の街中の喫茶店だ。ただちょっと珍しいのは、壁際の席でスポーツ新聞を読んでいる客の小指がちょっと短い。

ま、それは気にしないことにして、マガジンラックから北海道日報《きたにち》の朝刊を取って、四人掛けのテーブルに就いた。冷房が効いているのがありがたい。

「いらっしゃいませ」

中肉中背のオバサンが、愛想のいい笑顔で俺の前にコップを置いた。水の中に浮かんでいる氷が、涼しそうだった。

「メニューはありますか」

「あるけど、ナポリタン・スパゲティがお薦めよ」

「はぁ。じゃ、それを。……アルコール類はなにかありますか？」

「ビール、ウィスキー、ブランデー」

「ウィスキーは何が？」

「ブラックニッカ、スーパーニッカ、バランタイン、ジョニ黒」

「じゃ、スーパーニッカをストレートで」

オバサンはにっこり笑ってカウンターに向かった。

しばらくして出て来たナポリタン・スパゲティは、昔の味で、おいしかった。スーパーニッカがうまかったのは言うまでもない。

飲み食いしながら、つらつら考えた。不思議なことが一つある。

あまり悔しくないのだ。

体のダメージは相当のものだが、そしてそれを実感するたびに腹立たしいが、悔しくて眠れないとか、絶対仕返ししてやるとかいう気分にはなっていない。

なぜだろう、と不思議だが、きっとこういうことだ。つまり、あの男、そしてミツオにとって、あれは仕事なんだ、ということだ。仕事を選べよ低脳ども、とは思うものの、きっとあいつらにとっては、メシの種のいわゆる「仕事」なんだろう。哀れな連中だ、と鼻先で笑って軽蔑すれば、まぁそれでたいがい気分は晴れる。

ではあるけれども、それと老人たちをいじめるのを容認するのとは、話が別だ。スーパーニッカのストレートで、腹がだんだん温まってきた。体の隅々に元気が行き渡ったような気がする。

……いずれにせよ、勝負は明日になってからだ。

〈モンデ〉の壁に掛かっている時計を眺めた。午後三時八分。

「ごちそうさま」

スーパーニッカとナポリタン・スパゲティの金を払い、部屋に戻った。ジーンズを脱いでベッドに潜り込み、眠った。

＊

目が覚めた。目覚まし時計を見ると、午後八時を過ぎていた。痛む節々をなだめながら何とか立ち上がる。立ち上がれば、歩くのはそれほどつらくない。ただ、ベッドから体を引きはがすのにちょっと苦労した。ちょうど、長くプールに入っていて、出るのにちょっと似ている。プールサイドに上がってしまえば体は普通に動くが、水から上がる時に、ちょっと力が要る、あの感じ。

カーテンを開いてみた。空は真っ暗だ。街の明かりはピカピカきれいだ。いつもの夜がやってきた。俺は昨日着た白麻のスーツとシャツ、ネクタイなどを洗い物の袋に入れて、ススキノ市場のクリーニング屋に持って行った。スーツやシャツ、ネクタイなどが戻って来た。

部屋に戻って、苦労してシャワーを浴びた。ほんのちょっとの痛みが、人間の日常を非常に不便にする、という当たり前のことを、つくづく身に沁みて自覚した。この体じゃ、しばらく無理はできないと思い、それであるのに無理をしなければならない状況であることをやや憂鬱な気分で受け入れた。

とにかく、やらなければならないことは、やらなければならないのだ。

体をバスタオルで拭うのも、下着を身に着けるのにもいささか苦労した。ワイシャツを着るのも大変だった。ネクタイを結ぶ時は、両手を喉の高さに保っておくのが辛かった。上着を着る時、右手を袖に通すのがなかなかハードだった。

あまりの不様さに、俺は何度か笑ってしまった。とにかくなんとか身支度を整えて、俺は夜のススキノに出た。

＊

ギャラクシービルの〈ギャラクシー〉は、金を汚く掻き集めて喜ぶ田舎者たちに、無駄遣いをさせるために存在しているナイトクラブだ。中に入るのは気が進まないのだが、知り合いの中には、こういう店を好む奴もいる。

九階でエレベーターを降りるとすでに店内で、開いた扉の真ん前に、タキシードを着た男が立っている。笑顔になって深々と頭を下げ、「いらっしゃいませ」と言う。頭を下げる前、ほんの一瞬だけ、ムッとした表情を見せた。気持ちはわかる。俺みたいな若造に頭を下げるのがおもしろくないんだろう。ま、そんな顔すんなって。俺だって、これでもう結構ちぢいなんだぞ。

「森は来てる？」

一瞬、表情が動いた。

「来てるんだな」

「はぁ……カウンターにいらっしゃいます」

そう言って、一歩下がって左に寄った。俺はその横をすり抜けて、店の奥に進んだ。

わりと大きな半円形のステージがあり、それを取り囲むように、ブースがゆったりと配置されている。シャンデリアがきらきら光り、ミラーボールの光がゆっくりと動いている。トルコの待合室とストリップ劇場が結婚してできた子供みたいな店だ。どっちが母親なのかはわからないけど。

西側の壁は大きなガラス張りで、駅前通りを見下ろすことができる。そのガラスの前、カウンターの向こうに、ハイカラーと黒いベストを身に着けた女が二人いて、バーテンダーみたいなことをしている。そしてカウンターの真ん中に、ずんぐりした若ハゲの後ろ姿があった。森という名字で、名前は英《ひで》なんとか。小学校三年の時に同級生だった男だ。俺と同じ歳で、こんなに禿げるなんて、とても可哀想だ。しかも後頭部から禿げてきているので、なんだかとても滑稽だ。……もしかしたら森は、自分がこんなハゲだということを、知らないで生きているのかもしれない。だとしたら、とても幸せなことだ。

右側に並んで座った。

森はこっちに顔を向けて、眠たそうな顔で「よぉ」と言う。

「マティーニ、お願いします」

俺が言うと、バーテンダーみたいな仕事をしている女が「畏まりました」と言った。

「生きてたか」

「そうみたいだな」

俺が答えると、「いいことだ」と言って、偉そうに頷く。

「また、面積が増えたな」

「お前だけだぞ。俺の髪の話をするのは。幼馴染みってのは、いいもんだ」

「別に、馴染んじゃいなかったさ」

「いいべや。俺が、馴染んでた、と思ってんだからよ」

こいつは、同級生になる前から、というか小学校に入る前から有名人だった。「森のヒデ」という名前で呼ばれる不良で、野宮というデブとツルんで、荒っぽいことをやっていた。小学校・中学校と、俺と同じ学校に進んだが、野宮は中学の時、校舎に火を付けて補導され、少年院に送られた。相棒がいなくなったわけだが、森のヒデはそんなことは意に介さないようで、次々と事件を起こした。

高校に進んだ時、森や野宮との縁は切れたと思っていた。家は近くだったんだろうが、遊びに行ったことはない。進路が別々になって以来、あまり噂も聞かなくなった。

ところが、俺が大学に入学した年、森の名前が新聞に載った。その当時、森はディスコの店員をやっていたらしい。で、酔った客を袋叩きにして、暴行傷害で逮捕されたのだ。実はその時、一緒に客を殴った男が野宮なのだそうだが、その時は野宮は満十九歳で、森のヒデは満二十歳だった。そんなわけで新聞には、森英なんとか（20）と少年（19）、という記事になってしまったわけだ。

この時に、どんな刑を受けたのか、それとも起訴猶予とかだったのか、詳しいことは知らない。俺たちも、昔のワルのことなど、ほとんど気にしなかった。あっさり忘れたのだと思う。

ところが去年の春、ススキノを歩いていたら、「社長、おまんこ一発どうですか」と客引《ポー》き《ター》に声をかけられた。無視して歩み去ろうとしたら、その態度がそいつを悪く刺激したらしい。

「おい、待てや、こら」

ということになって、ちょっと揉めそうになった。その時脇から出て来たのが久しぶりに見た森のヒデだったのだ。

森は、そのポーターに、「昔の友達だ」と言って、「他を当たれ」と偉そうに命令した。そして俺に向かって、ちょっと得意そうに脇のアンドンを指差して、「俺の店なんだ」と言った。店名は、〈レイプ白石神社〉。

「……なんの店だ」

「本番サロンよ。ボッタクリじゃねぇぞ。料金は非常に良心的にしてあるんだ。……まぁ、実際には、俺の店じゃないけどな。任されてるんだ。すごいべ」

「なんなんだ、この店名は」

森はその時、「へへへ」と嬉しそうに笑った。

「白石神社でさ、俺、初めてレイプしたんだ。だから、その記念だ」

頭の芯に、燃えるような怒りを感じた。思わず左足で森の右足の踵を払い、突き飛ばした。森はうまく尻から落ちて、頭を護った。俺は思わず顔を背け、森の太股に蹴りを入れて、そのまま立ち去ろうとした。森は素早く立って、俺に追いすがり、俺の左手首を握った。「おい、ちょっと待てって。そんな怒んなって。バカだな。マジで。いいか、それが、今のカミサンなんだって。そういう関係もあるんだ。わかるべ。わかんねぇかな」と真面目な顔つきで言った。俺はその腕を振り切って、立ち去った。

その場はそれで終わったんだが、それがきっかけになった。ススキノですれ違えば時折は立ち話をするようになり、どこかの飲み屋でばったり会ったりした時は、一杯おごったりおごられたりするようにもなった。

「一杯飲むか?」

俺が尋ねると、「おや」という顔になり、「じゃ、同じの」と言う。俺はマティーニをもう一杯頼んで、ちょっと声を落として言った。

「西屯田通りで飲んでいる、ミツオってのを知ってるか?」

「西屯田通り……」

考え込んでいる。

「午前三時とか四時あたりには、〈荒磯〉って店で飲んでることが多い」

俺はカウンターに指で字を書きながら、「荒っぽい磯辺巻だ」と説明した。

森は唇を歪めて、片目を細くする。そして用心深く尋ねる。

「業界人か？」

「稼業人だと思う」

「……勘違いすんなよ。俺は、面倒事には手ぇ出さねぇからな。わかるべ」

「わかってる。ただ、そいつがどんな奴か知りたいだけだ」

「……いくつくらいだ、そいつ」

「俺らよりも、十くらい上かな。学生運動の経験があるみたいだ。大学は、東京のどこかだろう、と思う。学生時代に見た映画の話をする時、東京の映画館の名前が出てくる」

「だからって……」

「確か、『フォロー・ミー』は、日比谷のみゆき座で観た、とか言ってた」

「あ？　ふぉろー何？」

そうだ。こいつはバカだから、映画を映画館で観たことがないんだろう。話しても無駄だった。家も貧乏で、親は無教養で、住んでいたのは市営住宅だった。バカにしているわけじゃない。軽蔑もしていない。ただ、人生ってのは、そういうものだ。腰が痛いとか体が怠いとか振動病だとか、そういう仮病を申し立てて生活保護を受けて、毎日パチンコ、毎週末には競馬で遊んで、市営住宅で暮らしている夫婦。そんな親の子供として生まれたら、まぁたいがいは〈東映まんが祭り〉も『メリー・ポピンズ』も『サンダ対ガイラ』も観たことなく子供時代を終わるのだ。そして、その後映画を観なくても生きていけるようになっているのだ。俺には想像もつかない人生だ。

「なんでもない」

「そいつ、シノギは？」

「よくわからない。……ただ、今はアパートに残ってる、行き場のない爺さん婆さんを追い出す仕事をやってるみたいだ」

森は唇を歪めて、「ふ〜ん」と鼻から空気を抜き、眉毛を持ち上げて、すぐに下げた。

「なんかわかったら、どうする？」

「明日も来るよ」

「ここにか？」

「ああ」

「わかった。ま、なんとかなるべ。本当に業界人ならな」

「やり手なんだな。まだ若いのにな」

俺が言うと、気持ちよさそうな得意顔になる。

「おめ、それ、お世辞のつもりか？」

「ボリショイサーカスで見たんだ」

「なにを」

「熊に芸をさせる時、角砂糖をやってた」

「ああ、俺も見たことあるよ。テレビでな」

＊

身辺がバタバタしそうな時は、懐にある程度の余裕が欲しい。てなわけで、俺は〈ヴァンタージュ〉に電話して鐘升のおじさんの居場所を尋ねたら、昨夜《きのう》酔っ払って階段から落ちて、入院している、ということがわかった。でも、オールの賭場はいつも通りに開いているんだそうだ。場所はススキノの真ん中にある慧生寺という大きな禅寺の地下ホールだそうだ。この場所は初めてだ。きっと、鐘升のおじさんに次ぐナンバー2のおじさんの旦那寺なんだろう。そう言えば、今までも何度か、博打場でスキンヘッドのオヤジや爺さんを見たことがある。冗談に坊さんか、などと思っていたが、どうも冗談じゃないようだな。

慧生寺は高い壁に囲まれた、とてもでっかい寺だ。門から中に入ると、いきなり暗くなる。だが、ネオンの明かりは届かないが街の音は聞こえていて、自分がススキノにいることがはっきりとわかる。寺の正面に向かって右側に、小さな鉄の扉があって、地下に降りるようになっている、と言われた。そのとおりだった。地下の通路を進んで、突き当たりのドアを押して開けたら、明るい照明の博打場だった。……普通は、通夜や葬儀の時の遺族休憩室のような部屋らしい。

「よぉ。聞いたか、鐘升が」

などという声があちこちで聞こえた。だが、みんなそんなウワサ話は上の空で、金をオモチャにして遊んでいる。俺も中に混じって、こそこそ遊んだ。

線香臭い空気の中、地味に立ち回って二十七万儲けた。俺が出る時に一番儲けていたのはきちんと三つ揃いを着た、どうやら道庁の幹部らしい初老の男で、五百万を軽く超える札束を積み上げていた。一番負けていたのは、安い居酒屋チェーンの社長で、「三百万、溶けた」と騒いでいた。ま、どちらも大した金額ではないらしい。……不思議な時代だな。実はそこそこ食えているのに「いやぁ、ウチなんか一家心中一歩手前ですよ」なんてことを言うやつがいるが、ススキノも、いつも「不景気だ不景気だ」と嘆いている。にもかかわらず、国の景気がどんどん派手になっているのは、俺みたいなチンピラ学生にもはっきりとわかる。日本全体が、浮き足立って調子に乗っているみたいだ。

俺は鐘升のおじさんがどこに入院しているのか、尋ねた。ススキノのちょっと外れの病院だった。ここでは、戦後の混乱期からずっと、何人ものヤクザが死んでいる。そういう意味では、ススキノの伝統の一翼を担う病院なんだ。病室の番号を教えてもらって、「んじゃ、俺は今夜はこれで」と地味にフケた。

外は相変わらず暑かった。夜の底、歩道や車道の一枚下に、熱のカタマリが潜んでいるような、分厚い暑さだ。

俺は、結構頻繁に世話になる花屋に行って、鐘升のおじさんの病室に花を届けるように手配した。午前零時までやっている花屋というのは、本当に重宝する。

それから、南五条通りをてくてくと歩き、元いたアパートに向かった。途中、思い付いて、落ちていた釘を拾った。

21

アパートの前に、ミツオのボロい街宣車が駐まっている。エンジンはかかっていない。中には誰も乗っていない。取りあえず俺は、持って来た釘でボディーに「山へ帰れ」とガリガリ書いた。元々がボロボロで疵だらけの車体なので、なんの変化もないように見えた。残念だった。

で、反対側にも同じく「山へ帰れ」と大きく書き、あまりパッとしないのでフロントに回って、横に筋を何本もガリガリと引いてみた。同じく、あまり変化はない。どうしようか、ウィンドウのガラスでも割ろうか、と思案していたら、アパートの戸が開いてミツオが出て来た。俺に気付いて、こっちを見た。目が合った。

「なにやってんだ、お前」

俺は答えず、ミツオの目を見ながら釘でフロントに横筋をガリガリ引いて見せた。ミツオの血相が変わった。

「てめぇ、子供か」

確かに、子供っぽいな、とは思っていたんだ。だが、ほかにどうすればいいか、思いつかなかったわけだ。俺は無視してボロ車のボディーを釘でガリガリやり続けた。

「やめろ、バカ!」

ミツオが怒鳴って、俺に飛びかかった。さすがに喧嘩慣れしている。襟首をつかまえたりはせずに、右サイドから体を密着させる。俺のアゴの下に、いとも簡単にミツオの太い腕が食い込んだ。

その時、玄関の方で「あ、なしたんすか」というガキの声が聞こえた。首を決められているので、目だけでそっちを見た。この前、小指を折ってやったガキがこっちを見て慌てている。左手にギプスをしているらしい。街灯の鈍い光の中で白く浮かび上がった。

「てめ、よくも!」

子供っぽい金切り声で叫んで、飛びかかってきた。左腕を振り上げて、堅いギプスを俺の頭の天辺に叩き付けた。目から火花が飛び散る、というのはこのことか、と新鮮な経験に驚いた。その直後、激痛が頭頂部から尾骨まで突っ走った。

「大丈夫か?」

ミツオが尋ねた。もちろん、俺にではない。ガキの方を見て、心配そうな顔をしている。

それを視界の隅で眺めながら、俺は為す術もなく地面に崩れ落ちた。

「やっぱ、大丈夫っす。ギプス、すげぇ。ギプス無敵っすよ。思った通りっす。全っ然痛くねぇ」

俺は、頭があまり痛いので、両手で押さえてごろごろ左右に転がってみた。少しも楽にならなかった。

「全然痛くないってか」

ミツオが不思議そうに尋ねる。

「テンす」

「ふ〜ん」と唸ってから、「ま、あんまり無理すんな」と付け加えた。その間、俺はひたすら左右に自分を揺すっていた。そのうちに徐々に痛みが収まってきた。それで街宣車のところに転がって行って、左腕で体を支えて、右手を伸ばして街宣車のドアの下あたりをガリガリ疵付けてやった。

「この！」

ガキが怒鳴って、俺の右脇を蹴った。肋骨に当たって、なんだかひり付くような厳しい痛みが走った。

「おい」

ミツオが言って、今度は俺の襟首を摑み、引きずり上げるようにして俺を立たせ、街宣車に押しつけた。

「いいか。よく聞け。これは、俺の仕事なんだ。だから、邪魔すんな。邪魔しても無駄だ。

仕事は、やらなきゃならねぇんだ。わかるか？　無駄なこと、すんな」

俺は顔を背けて笑った。ミツオは俺の左頬を平手で張り飛ばした。

「なにがおかしい！　俺は、真剣なんだぞ！」

「あんたの仕事か」

「そうだ」

「こっちは、仕事じゃない」

「あ？」

「これは、俺の道楽だ」

「……」

「道楽ってのはな、仕事よりも、ずっとしつこいぞ」

「なんだってぇのよ」

「あの……」

ふたりの老人の名前が出て来なかった。忘れてしまったらしい。

「ふたりの爺さん婆さんをいじめるな」

「なによ。正義の味方気取りか」

「ちがう。ただの道楽だ。趣味だ」

今になって、世界がじわりと回り始めた。

「てめ！　この！」

ガキが抑えた鋭い口調で言って、俺の左脇腹を蹴上げた。

「道楽で、人の小指、折るのか！」

わざとやったんじゃない、と言おうかとも思ったが、そんな弁解をするくらいなら舌嚙んで死んだ方がまだましだ。

「おめぇ、そんな下らない道楽やってる暇があったら、まともに勉強して卒業したらどうだ」

「関係ないだろ」

「親は悲しんでるぞ、きっと」

「なおさら、あんたに関係ないだろ」

「俺の道楽なんでな。バカを真人間にするってのがよ」

「何言ってやがる、バァカ」

そう言ったら、ガキがまた左手のギプスを振り上げた。両腕で頭を庇おうとしたが、ミツオに押さえつけられて、不可能だった。ガキは、俺の無防備の頭頂部に、ギプスの左腕を叩き付けた。これは効いた。俺は膝から崩れ落ちて、地面に両手を突いた。世界は普通、ひとつにまとまっているものだが、まとめている接着剤が剝がれて、バラバラになってしまったようだ。時間も空間もあやふやで、しっかり把握できない。

「遊びじゃねぇんだ！」

ミツオはそう怒鳴って、俺の左脇腹を蹴上げた。左の肋が悲鳴を上げた。俺は肘で肋を庇いながら左肩から地面にへたばった。

「だから、道楽だと、何度、も」

ガキがしゃがみ込む勢いを乗せて、左手のギプスを右の頬骨に叩き付けた。これも効いた。

俺は、ほんの一瞬、気を失ったらしい。物音に気付いて目を開けたら、ボロ街宣車が走り去るところだった。

とりあえず、終わった。今のところは。俺はちょっと一息の気分で、長々と寝そべった。

だがすぐに、あまりにだらしない、と思い直して、軋む両手両足、肋や腰をなだめすかしてなんとか立ち上がった。立ち上がってみたら、俺が倒れていたすぐ脇に、歪んだ自転車が落ちていた。俺がだいぶ前に、近所の自転車屋で買ったものだ。その自転車屋では、放置自転車なんかを引き取って、整備して五千円で売っていた。それを買って来て、しばらくは乗ったのだ。非常に重宝したが、そのうちに酔っ払って酒を買いに行ったり、ススキノに飲みに行くのに使うようになり、電柱にぶつかったり、人やアンドンにぶつかりそうになったり、という事故を起こすようになった。やはり、自転車でも飲酒運転はよくない。それを自覚したので、去年の秋から自転車を使わなくなって、その存在すら忘れていて、引っ越しの時も青泉ビルには持って行かずに、もうすぐ更地になるはずの庭に放り出しておいたのだった。それを、どうやらミツオは、街宣車にキズを付けた報復として、壊して行ったんだろう。

……んっとに、もう。ガキの喧嘩だ。なにやってんだ、俺は。

俺は、〈荒磯〉に向かって、ぶらぶら歩き出した。

*

〈荒磯〉にミツオはいなかった。当然だな。時間が早過ぎる。まだ十一時にもなっていない。客は、銭湯で会った、自称〈河溜〉の元花板のお爺さんがひとり。なにか、カウンターの向こうとこっちでマスターとふたり、しんみりした話をしていた気配だ。席を外そうかな、とも思ったが、俺には俺なりに大事な用がある。

「いらっしゃい！」

　威勢よく言ってから、マスターは俺の顔をしげしげと見て、「なんか、右側が腫れてるな」とボソッと言った。爺さんがこっちを見て、「なんかあったか？」と言う。相手にせずに、カウンターに座った。

「スーパーニッカ、オンザロックでお願いします」

「飲んでいいのかな」

　マスターがちょっと心配そうな顔で言う。

「顔が、どんどん腫れてきたぞ」

「……」

「見てる前で、どんどん腫れてるぞ」

「なにがあったんだ？」

　爺さんはしつこい。

「さっき、歩き方もちょっと変だったしな」

そう言って、興味津々という表情でこっちを見る。

「ちょっと転んだだけですよ」

マスターが核心を衝いてきた。

「ミツオと何か、揉めたか？」

俺は眉を持ち上げて、首を傾げて見せた。

「オンザロックと、それから……」

「今日の突き出しは焼きソラマメだ。札幌じゃちょっと珍しいだろ」

「じゃ、それをお願いします」

「いいよ。じゃ、スーパーニッカ一杯飲んで、ソラマメ一粒食って、それでさっさと帰んな」

俺は黙って頷いた。段々具合が悪くなってきている。それに、元々長居をするつもりはなかった。

「で、タクシーを呼んでくれたら、ありがたいんですが」

「石山通りまで行けば、いくらでも走ってるだろ」

「そうなんだけど、もしかしたら、乗せてもらえないかもしれなくて」

「ああ、そうか。そんな歪んだ顔してたらな。嫌がるドライバーも多いだろうな。……んっとにもう……じゃ、知り合いの運転手呼んでやるから、それに乗って、おとなしく帰んなよ」

マスターはそう言って、オンザロックのグラスをカウンターに置いた。俺はひとつ頷いて、グラスに手を伸ばした。

ソラマメを俺の前に置いてから、マスターはよく使うタクシー会社に電話してくれた。俺は大急ぎで一杯飲んで、もう一杯頼んだ。二杯目を飲んだところで、店の引き戸が開いて、

「毎度ありがとうございます！　白樺タクシーでございます！」とドライバーが入って来た。

「ああ、いつもどうも。そちらのお客さんなんだけど」

マスターが俺の方に顎をしゃくる。ドライバーは俺を見て、一瞬絶句し、「……どうしたんですか？」と頼りない声で逃げ腰になった。

「いや、さっき、そこで転んだの。そんなに飲んでもいないのにね。すぐ近くなんだけど、送ってやってよ」

マスターが軽い口調で言う。

「転んだんですか」

ドライバーは不審そうな口調で言った。

「そう」

マスターが事も無げに言い捨てて、「じゃ、よろしく」と心のシャッターを降ろしてしまった。ドライバーは溜息まじりに「承知しました。どうぞ」と言った。

俺は、タクシーに乗り込んで住所を告げて、それからすぐに眠ったらしい。眠ったのか、

それとも脳震盪か何かで意識を失ったのか、どっちなのかは自分じゃわからない。肩をトントン叩かれて、目が醒めた。ドライバーが手を伸ばして、俺の右肩を叩いていた。

「お客さん、お客さん」

あたりを見回した。タクシーは、青泉ビルの前に停まっている。俺は金を払い、タクシーから出た。

その後のことは、覚えていない。

＊

目が醒めた。自分のベッドにいた。フェ・マリーンの移り香でそれがわかった。感心なことに、スーツ上下はハンガーにかけてあった。が、ハンガーごと床に落ちていた。ワイシャツとTシャツを脱ぎ、靴下を脱ぎ、俺はパンツ一丁で寝ていた。

暑い。枕元に置いてあったピースの缶から一本取り出して、煙を深々と喫い込んだ。それにしても、暑い。何時だ？

目覚ましを見たら、午前十一時。

俺は飛び上がった。

今日は真駒内に行って、中学生二年女子であるところの馨ちゃんの、家庭教師をやらなくてはいけない。約束の時刻は、通常は午後七時だが、今は夏休み期間なので午後一時になっている。馨ちゃんの家までは、地下鉄とバスを乗り継いで行くから、それを計算に入れると、十二時には地下鉄ススキノ駅に行かなくてはならない。そのためには、そろそろシャワーを浴びなくてはならないわけだが、問題は。

浴室に行って、鏡を見た。俺の顔は著しく左右対称性を欠いていた。まるで、冗談に右頬に含み綿を極限まで詰め込んでいる変人か、さもなきゃ喧嘩して一方的に殴られたチンピラだ。家庭教師を休もうか、とも思ったが、俺はあまりそれは好きではない。それに、この腫れが一日や二日で引くとも思えない。……熟慮の末、ここでも「転んだ」と言い張ることにした。となると時間の猶予はない。

俺は急いでシャワーを浴びて、教材を揃え、ちょっと予習をして、Tシャツにジーンズという大学生っぽい格好で、地下鉄駅に急いだ。ちょっと酒臭いかもしれない。すすきの駅の売店でグリーンガムを買った。割と頭のいい、可愛らしい中学生二年女子を相手にするのは、なにかと気を遣う。

＊

馨ちゃんの母親が、「どうしたの?」と心配してくれた。階段から落ちた、と教えたら、「酔っぱらってたの?」と言う。酔っぱらった姿を見せたことはないはずだが、今年の正月、生徒の父親に「飲もう」と言われて、一緒に飲んだことがある。その時、別にそれほど酔いはしなかったが、日本酒を一升、ほぼひとりで空けたのは事実だ。とりあえずへへ、と好青年っぽく照れ臭そうに笑って、「足下がちょっとふらついて」と答えたら「気をつけなきや、ダメよ～！」と苦笑した。

馨ちゃんはなかなか納得しなかった。「彼女に叩かれたんじゃないの？」とワクワクした表情で言う。彼女なんかいない、と毎回言うのだが、年頃なのか、「先生の彼女は、どんな人？」と毎回気にする。……ま、アンネ・フランクと同じ年頃だからな。小学校の時に『アンネの日記』を読んで、お姉さんたちは、こんなことを考えているのか、と驚愕したことがあったが、馨ちゃんは今、そんなお年頃の真っ只中にいるわけで、男の子とか、男女の話題でホカホカしているのがはっきりと伝わってくる。いくらそうじゃないと否定しても、俺は「彼女に叩かれた」ということになるのだった。

ま、それはそれでいい。

そんな感じで、ちょっと朗らかに興奮している馨ちゃんを宥めすかして、なんとか三時間ほど英語と数学の勉強を終えた。馨ちゃんは、タオルで鉢巻きをして、頑張った。気合いを入れているわけではなくて、そうしないと額から汗がノートや教科書にしたたり落ちるからだ。まったく、暑い夏の昼間に勉強するなんて、中学生も大変だ。

感心なことに、馨ちゃんは出しておいた宿題は全部片付けていた。一年の英語教科書の本文暗記も、全体の半分まで進んだ。夏休み中は、学校の授業がストップするので、苦手科目の挽回には適している。英語がやや苦手なので、この機会に、教科書の本文を全部暗記しよう、と言ったら、素直に「うん」と言ったのだ。こういう子は、伸びる。教え甲斐もある。

一応、一回二時間の約束なのだが、どうしても一時間ほど延びてしまう。で、三時間弱一緒に勉強をして、その後、母親の焼いたクッキーとアイス・コーヒーをご馳走になって、ススキノに戻った。五時を少し過ぎていた。冬なら、すでに真っ暗になっている時刻だが、夏の空は青く高く雲は白く、こっちの額をジリジリ焼くような強烈な日差しがススキノに降り注いでいた。

部屋に入って、とりあえずサッポロの生を二缶飲んで、クッキーの甘い後味を洗い流した。窓を開けて空気を入れ換え、ちょっと考えたが結局もう一度シャワーを浴びることにした。

体の節々が痛むが、だいぶ慣れてきた。左の肋骨は、きっと折れていると思う。だが、整形外科に行っても、湿布を貼る以外には特になにもしないのを知っている。だから、放っておけばいい。少し苦労しながら服を脱いで浴室に入ったら、突然フェ・マリーンのことを思い出した。なんとなく、甘酸っぱい感傷を味わった。

＊

シャワーを浴びて腰にバスタオルを巻いたまま、南側の窓から外を眺めた。この部屋の西側の窓からは、駅前通りが見下ろせる。そして南側の窓からは、豊平川の河岸が見渡せる。この眺めは、なかなかいい。花火大会が楽しみだ。窓からの風を感じながら、豊平川を眺めるのは素敵だった。フェ・マリーンとこの景色を眺めたいな、と思った。そして、今年の花火大会は、ここでフェ・マリーンと見物するのだろうか、とぼんやり考えた。もしもそういうことになったら、花火を見て、彼女はとてもあどけなく喜ぶだろうな、と思った。

ミッドナイトブルーのシャツに白いニットのサマーネクタイを結んだ。で、白麻のスーツを着て、昨日着たスーツとワイシャツをひとかたまりにして脇に抱えて、部屋から出た。スーツにはいたるところに土がついていて、ミツオかガキの靴の痕もついていて、いささか憂鬱な気分になった。

ドアの鍵をかけてエレベーターの前に立って、下向きのボタンを押した時、ふと気付いた。そうだよ。フェ・マリーンだ。彼女は、再来週、帰って来る。それまでに、この顔の腫れは引くだろうが、これ以上怪我をしたくない。そろそろ片を付けなくてはならないんじゃないか？

じゃ、どうする？

無抵抗で殴られていれば、そのうちに相手はイヤになって、迫害をやめる。なんてガンジーみたいな方法でうまく行くはずがない。ガンジーは最終的に、暴力に敗北したのだ。じゃ、どうする？

俺には、具体的にどうすればいいかがさっぱりわからない。だが、今の方法を続ければ、間違いなく俺はボロボロになって、フェ・マリーンを驚かしてしまうだろう。それはなんとかして、避けたい。

じゃ、どうする？

……だめだ。なにも方法が思い浮かばない。

じゃ、しばらくこれを続けるか。

仕事と道楽と、どっちがしぶといかの勝負だ。……なんだか、バカみたいか？

だが、どうしようもない。

ススキノ市場のクリーニング屋に洗濯物を出して、一昨日出したものを受け取り、部屋に戻ってクロゼットにしまった。それから一階に降りて、〈モンデ〉に入った。冷房が効いている。いいことだ。ナポリタン・スパゲティを注文して、スーパーニッカのストレート二杯で流し込んだ。それからピンク電話から〈レイプ白石神社〉に電話した。誰も出なかった。テーブルに戻る途中で、〈モンデ〉のオバサンが「顔、なんだか腫れてるね」と言う。「転んだんです」と答えると、「だろうと思ったよ」と言って、うんうん、と頷いた。

この店は雑誌類の備蓄が充実している。ほとんどは実話雑誌や競馬競輪雑誌の類だが、中には『ブルータス』や伊丹十三の『モノンクル』、『噂の真相』なんてのが混じっている。あれこれ拾い読みして時間を潰し、七時になったので外に出た。

22

街にはまだ昼間の明るさが残っている。そんな中でネオンの灯りが点り、独特の雰囲気だ。五条通り界隈を仕事場にしている客引き《ポーター》のアキラさんが、「よぉ」と片手を上げて、すぐに訝しげな表情になった。

「どうした？　顔、腫れてないか？」

「ああ、これね。転んだんだ」

「そりゃまた、派手に転んだもんだなぁ。気ぃ付けな」

「どうも」

と頷いてすれ違ったが、ちょっと心配になった。こんな顔で〈ケラー〉に行ったら、マスターに叱られるのではないか。もう少し腫れが引くまで、あと一日くらい、ようすを見た方がいいかもしれない。

ようやく黄昏れかけてきた街を東に曲がって、六条三丁目の路地に入る。東宝映画の『居酒屋兆治』のロケの時、高倉健が歩いた路だ。中程に建つ小さな木造会館の壁に、ミラーガラスの横長の窓がある。店内は見えない。だが窓の脇で〈ピート〉という文字が浮かぶ小さな軒灯が、まだ明るい夕方の中でぼんやりと光っているので、もう営業が始まっているのがわかる。

これはカウンターだけの店で、客はせいぜい入って十人。無口なマスターが静かに立って、客に酒を飲ませる店だ。スコッチのモルトの種類が充実しているのが嬉しい。

「いらっしゃい。今夜は、早いですね」

マスターはそう言って、俺の顔を見てちょっと微妙な表情になった。俺はつい自分から言ってしまった。

「あ、腫れてるでしょ？　結構目立つ？」

そう言いながらカウンターの右端に座った。

「いえ。それほどでも」

「転んでね。顔から落ちて」

「酔ってらっしゃったんですか」

マスターは、五十年配だと思う。なのに俺みたいな若造に敬語で話す。

「お恥ずかしいです」

マスターは自分のつま先を見つめて、唇の右端だけで微笑んだ。それから顔を上げて、俺を見る。

「ボウモアをお願いします」

マスターは眉毛をつり上げて小さく頷いた。

マスターの向こう側、路地を行き来する人々がガラス越しに見える。それらいくつもの横顔を眺めながら、マスターに尋ねた。

「マスターは、御両親は御健在ですか?」

「母は、四年前に亡くなりました。父は存命で、……八十四です。今年で」

「ご一緒にお暮らしなんですか。あ、失礼、立ち入ったことを」

「いえ、構いませんよ。母が亡くなった時、これからは一緒に暮らさないか、と言ったんですけどね。まだ一人で何とかできるから、当分は一人で暮らす、と。老人は、わがままなもんだから、その方がお互いに楽だから、と言いまして。幸い、体も頭もごく普通なんで、家

すけどね」

事も何とか自分でこなしているようです。でも、そろそろ引き取る時期かな、と考えています」

「お父上のお住まいは……」

「この近く……中島公園の脇のアパートで暮らしてます。元は、ま、ごく平凡なサラリーマンで。退職金を前借りする形で、なんとか家を建てたんですけどね。札幌と石狩町の境目あたりでした。静かないい街ですけど、いかんせん、札幌から遠くて。酒飲みで、ススキノが好きでしたからね。……ちょっと不便だ、と思っていたんだと思います。定年退職して、住宅ローンを……どうしたのか、とにかく精算したら、もう、さっさと売ってしまいました」

マスターはボウモアのトゥワイス・アップを俺の前に置いた。

「私はもう、その頃はこの近くに部屋を借りて、自立してましたんでね。何の相談もなしでした。驚きましたけど、ま、父の甲斐性で建てた家ですからね。どうしようと、父の勝手ですしね。事後報告を受けて、はぁ、そうですか、で終わりです」

「大胆なお父さんですね」

マスターは頷いて笑顔になった。

「母とどんな話をしたのか、母をどう説得したのか、わかりませんが。……母は、庭いじりが好きでしたから」

「……」

「で、結構いい値段で売れたらしいです。あのあたりは、今もどんどん家が建っていますしね。行ってみたら、驚きますよ。元はただの原野と森だったのが、今は区画整理された住宅街が延々と広がってます。教育大学の札幌分校が、あそこら辺に移転する、なんて話もあるらしくて」

それは知らなかった。

「そういう話が進んでるそうです。ま、そんなこんなで、結構いい値段で売れたらしいですね。その販売代金を貯金して、老後の生活資金にして、今のアパートで暮らし始めたわけです。ま、街の近くで生活できて、嬉しいようですね。父は元々、このあたりの育ちですから。……やっぱり、田舎は合わなかったんですね」

「もしも、その、今お住まいのアパートが、建て替えか何かで取り壊されることになったら、お父さんは、どうなさるんでしょうね」

「さぁ……そうならないことを願うしかないですが……まぁ、結局は、私が引き取ることになるでしょうね。うん、と言ってくれればいいんですが」

「じゃ、もしもマスターがいなくて……つまり、お子さんがいない場合、こういうお年寄りは、どうすればいいんでしょうか」

「う〜ん……現実問題、どうなるんでしょうねぇ」

マスターは腕を組んで自分のつま先を見つめた。

「そういう時は、……やっぱり、子供たちが……ま、それがいない場合、という話ですものね。……さぁて……」

「なんだか、高齢者は、アパートを借りるのも大変らしいですね」

「ああ、新聞にも出ていましたね。特に高齢者のひとり暮らしだと、なかなかアパートを貸してもらえない、って書いてありましたね。……さぁなぁ……」

「……」

「大家さんが、新しいところを見つけてくれる、なんてことも難しいんでしょうね」

「それは……きっと、人によりけりなんでしょうけど」

俺は大家一家の顔を思い出しながら言った。マスターは小さく頷いて、腕組みをして、独り言のように言う。

「……やっぱり、区役所とかに相談するしかないんじゃないでしょうか。福祉の係とか」

役所か。

「あとは、民生委員？」

そっちの方か。

「それくらいしか、思いつきませんね。私には」

「ですよね……」

俺はボウモアを飲み干して、同じ物をもう一杯頼んだ。マスターは小さく頷いて、唸るように呟いた。

「さぁて……父だったら、どうするんだろうなぁ……」

森の英は、言ったとおり〈ギャラクシー〉のカウンターにいた。横に座ると「よぉ」とのんびりした声で言う。

「何を飲む？」

「ギムレットをお願いします」

俺は女に頼んだ。女は「畏まりました」と頷いた。

「で、どうだった？」

「焦るなや。その……ギム？」

「ギムレット」

「それを飲んだら、出るべ。ここじゃ、ちょっとそういう話は、な」

「じゃ、どこに行く？」

「行きゃわかる」

十二分後、俺たちは素っ裸の若い女が十何人も行ったり来たりしている店で、コーヒーを飲んでいた。

「あっと言う間に露出度が大きくなったな。今じゃ、素っ裸か」

俺が言うと、森の英は「うん」と頷き、「正確には、素っ裸じゃないけどな」と言った。

確かにその通りで、女たちは全裸だが、ほんの小さなエプロンをつけていて、辛うじて陰部は隠している。それでも、その周りの陰毛ははみ出していて、はっきりと見える。

「進歩が早いぞ。この業態は」

森の英が一人前の口調で言う。こいつが、分数の引き算ができないなんて、誰も想像ができないだろうな。……いや、剃り込んだ額に、「分数の引き算ができません」とちゃんと書いてあるか。

「確かにな」

俺も、ノーパン喫茶の進歩の早さには驚いている。最初は、ウェイトレスたちは、白いブラウスにミニスカートの、洒落た制服を着ていたのだ。露出もほとんどなかった。ただ、ミニスカートの下は白いパンティーストッキングで、そしてパンティーは穿いていなかった。だから、「ノーパン」喫茶だったのだ。ウェイトレスたちは、コーヒーを運んで来るだけ、話しかけても相手にならず、もちろん席について接客などしない。

ただし、床が鏡張りで、そこにウェイトレスのスカートの中が写って見えて、白いパンティーストッキングと、仄黒い翳りがうっすらと見えて、それで男たちは喜んで、千二百円のコーヒーをおかわりしたりしていたのだ。

元々はそんな牧歌的な「ノーパン喫茶」だったのが、すぐにカンブリア爆発が起きた。

まず、牧歌的なノーパン喫茶が、続々とあちこちにできて、それらがおおむね大繁盛した。すると過激化競争が始まって、まずパンティーストッキングが消えた。スカートの下は、「もろノーパン」とでも言うべき状態になった。すると、すぐに別な店が「もろノーパン」

を取り入れ、翌週には、もっともっと多くの客を、と欲を出した店が「シースルーノーブラ」を導入した。つまり、ノーブラに薄手のブラウスを着て、乳首がほんのり透けて見える、というわけだ。そしてコーヒー一杯千五百円にした。それでも、この店は満員御礼が続いた。

　すると別な店が、薄手のブラウスじゃ物足りない、という勢いで、全身網タイツにミニスカート、という制服を始めた。全身網タイツだが、股間、というか陰部の部分は丸ごと露出するようになっていて、鏡の中の性器はくっきり見える。この店は営業時間中ずっと満員になった。

　すると今度は、シースルーだ、網タイツだなどと、まだるっこしい、いっそ上半身裸でいいじゃないか、という店が出て来る。かくて、裸にミニスカートという「制服」があっと言う間に業界を席巻した。

　となると今度は、ミニスカートじゃお尻が見えないだろう、という一派が出て来て、全裸にエプロン、という形が普通になり、今度はそのエプロンがどんどん小さくなってきた。今では、ストリップで言うところのバタフライや、いっそ思い切りよく素っ裸で歩き回るウェイトレスも出現し、コーヒーは二千五百円になり、金を出せば乳房や性器への「タッチ」もＯＫ、という店も出て来た。

　牧歌的なノーパン喫茶から、全裸のウェイトレスが店内を闊歩するようになるまで、あっという間の出来事だった。

「早いよなぁ、こういう商売は」

俺はつくづく感心した。

「そういうもんだ。エスコートレディもそうだべ?」

森が訳知り顔で言う。

エスコートレディ、あるいはデート嬢ってのも、劇的なスピードで進化した業態だ。最初は、デートするだけです、というふれ込みだった。元々は、観光客に美麗な女性ガイドを紹介する、というシステムである、と謳っていた。札幌、そしてススキノにあまり詳しくない男性観光客に、キレイな女性ガイドを紹介する。男は、ふたり分の飲食代を負担し、そして一時間何千円かのガイド料を支払う。女性ガイドの多くは、清純な女子大生、ということになっていた。

しかし結局この業種も、誰もが想像したとおり、結局は売春システムになり、電話でコールガールを紹介する、ごくありふれた商売に進化した。

「そうだったな」

森は眉を持ち上げて、「ま、そんなもんだ」というような表情を作り、そして言った。

「でもな、これはでかいぞ。ススキノは変わるぞ。っちゅか、女が変わるぞ」

「どうして?」

「もう、ノーパン喫茶は終わりだべ? ここまで丸出しになってみれ、したら、警察が黙ってないべや。そろそろあちこちでパクられるべ、きっと。ものの五軒も、挙げられてみれ、したらシロウトどもは泡食って逃げ出すべや。して、ノーパンは、消滅するべな」

「ま、そりゃそうだろうな」

森はニヤリと笑った。

「したら、女どもはどうなる？」

「女？」

「そうだ。この素っ裸の女どもよ。こいつら、どうなる？」

「どうなるって……」

「スーパーでレジ打ったり、喫茶店でコーヒー運んだり。それで、時給何百円。それがみみっちいってんでトルコに行きゃ、日給数万。女と金は、そういう関係だ」

「……で？」

「だから、シロウトは、一日数万欲しいけど、トルコやピンサロなんか、無理、っちゅわけで時給何百円でガマンしてるわけだ」

「だろうね」

「ところがお前、そこにノーパンの登場だ。接客するわけでもない。アレをするわけでもない。体ば触らせるわけでもない。ただ、パンツを脱ぐだけで、時給何千円だ。あら、こんな簡単なことだったの？　っちゅわけよ。して、友達ば誘って、そういう女どもが、爆発的に増えた。店の数と女の数を考えてみろ。相当の人数だぞ。パンツ脱ぐだけで時給何千円、っちゅ味を知った女は」

「……」

「で、時給何千円の女が、時給何百円の暮らしに戻れると思うか？」

「なるほどね。言いたいことはわかるよ」

「日給何万円の世界に流れるべや。どどどっと。な？」

俺は頷いた。

「となると、日給何万円を、半分に値下げすることもたやすい」

森はニヤッと笑った。

「女を扱う商売じゃな、女を集めるのが一番大変なんだ。金もらって、チンポくわえる、マンコに入れさせる、って女は、そんなに多くない。実際にやる女はな。だから、あの手この手を使って、女を仕入れる。そして、縛るわけよ。借金で身動きできなくしたり、シャブでヘロヘロにしたり、仲間で輪姦《まわ》して逃げられなくしたりな。それでもやっぱり、ひとりひとり調達するのは手間がかかるし、苦労も多いんだ。それがお前、時給何千円の味を知った女が、向こうから、ホイホイ流れてくるわけだ。こりゃ楽だ。おいしい話だ。それに全体を安くできる。でっかく儲けるチャンス到来、ってわけだ」

「ま、そっちはそっちで、頑張れや」

「おう。……そんな顔、すんな。業界の近代化っちゅわけだ。共存共栄。関係者全員が喜ぶ仕組みだ。もちろん、客もな」

「……で、どうだった？　西屯田通りのミツオについて、なにかわかったか？」

「ざっとな」

「そうか。あいつ、どういう奴なんだ？」

「名字はキリハラ」

そう言って、グラスの水で指を濡らし、テーブルに「桐」と書いた。

「これに、原っぱの原、普通の原だ」

桐原ね。

「歳は三十半ば。お前の言う通り、ま、俺らよりもちょうど十《とう》くらい上だ。歳は食ってるけど、業界は、まだ浅いらしい。橘連合菊志会の丘上さんとこでいろんなシノギをしてるみたいだな」

「テキ屋か」

森は頷いた。

「ああ。それと、金貸しを始めたんだと。ちっぽけな店が、仕込みの前に一万二万、借りる。で、一日の終わりに、一割の利息を乗せて、返す。細かく動けば、これでもなかなかバカにできないんだぞ」

そりゃそうだ。半日で一割。年利に換算したら、どれくらいになるんだろう。

「大学を出てるんだな。ちゃんと卒業してるらしいや。で、学生運動をやってて、その関係でテキ屋の仕事に流れて来たらしい。丘上さんとこに来た時はもう三十間近で、それから勤めを始めたんで、まだまだいろいろと足りないらしい。インテリってのは、使えないんだとよ」

とりあえず、頷いておいた。

「どこに住んでるんだ？」

「市電の西線沿いのアパートだとよ。丘上さんの家の近くだ。丘上さんの家まで、走れば五分くらいだと。……あれ？　そう言えば、お前、コーヒーでいいのか？　ビールもあるぞ」

「いや、いい。ビールはあまり飲まない。……コーヒーも冷めちまったな」

「もう一杯、飲むか？」

「いや、いい」

「なんか用事、あんのか？」

「いや」

「桐原に会うのか」

「まぁな。ちょっと言っておきたいことがあって」

「……そんなおっかない顔、すんな。気楽にやりゃいいんだよ、何事も」

「そういう生き方を選んだつもりなんだけどな。なかなか、思いどおりに行かない」

森は俺の目を見て、バカにするような笑顔になった。

「どうだ。たまに遊んでくか？　たまにはウチで金、使えや。俺が喜ぶぞ」

「ちょっとそんな気分じゃないな。今度、どっかで酒でも奢るよ」

「……なぁ、北大で一番スケベな先生ってのは、誰だ？」

「知らないよ、そんなこと」

「お前、医学部の学生に、誰か知り合い、いねぇか？」

「……さぁな。俺、あんまり学校のこと、詳しくないんだ。最近、ほとんど行ってないもんで」

「……ホント、使えねぇな」

そう言ってから、俺の顔を真正面から見て、「顔、なしたのよ」と言う。

「転んだんだ」

「……ホント、使えねぇな」

＊

ノーパン喫茶からふたりで出て、「なぁ、俺の店で、金、使えや」と言うのをなんとか振り切って、別れた。それから酒屋に寄ってジャック・ダニエルを一本買い、青泉ビルの部屋に戻った。

浴室の鏡を見る。自分では、さほど変わっているようには思えないのだが、やはり他人から見ると不自然なんだろう。腫れているところを触ってみると、特にそれほどの痛みはないが、熟れすぎた柿のような、グニャリとした柔らかみがある。歩き回るのは、たっぷり暗くなってからの方がいいようだ。上着を脱いで壁に掛けた。

片付かない部屋の壁際に置いたソファに、ジャック・ダニエルのボトルとグラスを持って腰を下ろした。

それから、一度立って窓を開けた。街の物音が聞こえる。うるさくはない。適度な音量で、この星に、自分のほかにも人がいることがわかって、心が落ち着く。街の光を一通り眺めて、ソファに戻った。それから思いついてまた立ち上がり、部屋の明かりを消した。

向かいのビルで明滅しているネオンの光が窓から流れ込む。本が読めるほどではないが、部屋の様子は十分に見える明るさだ。

ソファに浅く座り、背中を深く預け、両足を投げ出して、グラスにジャック・ダニエルを注いだ。

暗がりの中に、フェ・マリーンの面影が漂う。何でこんなことになったのか、俺にはさっぱりわからないが、とにかく、なぜだか彼女は俺についてこの部屋まで来て、俺と一緒に風呂に入り、あのベッドで、お互いを求め合った。……彼女が付けていたのは、何という香水なんだろうか。

切ない思いが胸のあたりで揺らめいた時、突然ヘタクソな歌声が聞こえた。

「♪チャララ〜ラララ〜チャララ〜ン！　チャララ〜ランラララララ〜ン！」

聞き覚えがあると思ったら、井上陽水の『なぜか上海』のイントロだ。……それにしても、ヘタクソでうるさい。

ドアが開いた。通路の光が差し込んだ。飯島がのっそりと入って来た。

「♪ジャジャ！　チャンチャンチャンチャララ〜ン！　ジャジャ！　チャンチャンチャンチャララ〜ン！」

靴を脱いで入って来る。機嫌がいいらしい。非常に気持ちよさそうに、歌っている。

「♪星ぃが～みぃごとな～夜です！　ジャジャ！」

通路からの光の中で、左手に何かぶら提げているのが見えた。

「♪風ぇは～ど～こ～へも～お」

壁に手を伸ばして、明かりのスイッチを押した。一瞬の間を置いて、蛍光管がパランパランと明滅し、部屋に明かりがさっと広がった。

「♪あ、行きます！」

目が合った。飯島は、バネ仕掛けのオモチャのように飛び上がった。

「うぁ！　びっくりした！　おい、待ってくれよ、おい、……驚かすなよ、お前……」

そう言ってから、左手を背中に回し、持っているものを隠そうとする。

「いたのか。知らなかった。なんで電気点けない？」

「なんで勝手に入って来るんだ」

「悪い。ちょっと、いろいろと世話になってるから、掃除でもしてやろうかな、と思ってよ。まだ、引っ越しの後始末が終わってないんだろうな、と思ってな」

そこまで一気に喋ってから、さすがに自分でも話がおかしい、と思ったんだろう。口を噤んでニヤニヤしている。

「余計な心配をしなくてもいいよ。それよりも、例のルービック・キューブ、さっさと持ってってくれ」

「いや、まぁそれは……あれは、全部捌けるはずなんだ」

「邪魔臭くてしょうがないんだよ」

「捌けるから、すぐに。だから、あと少し、置かせておいてくれ」

「ススキノの歩道に、箱ごと放置するぞ。箱に、『ご自由にお持ちください』って書いてさ」

「そんなこと、言うな。頼むよ」

「飲むか？」

　ジャック・ダニエルのボトルを見せると、「いや、いい」と首を振る。

「ウィスキーを飲むと、すぐに顔が赤くなるんだ。……暑いな。ビールはないか？」

　俺は立ち上がってサッポロの黒生を一缶取り出して、手渡した。

「サンキュ」

　そう言って、プシッと空けたリングプルを缶の中に落とす。一気に三口飲んで、「く～！」と唸った。

「で？」

　俺が言うと、こっちに目を向けて「は？」と言う。

「その、左手に持ってるバッグは、何だ？」

　飯島は集金鞄みたいなバッグを、しっかりと左脇に抱え込んだ。

「なんでもない。別にあれだぞ、これをビニ本と一緒に預かってもらおうとか、そういうアレで来たわけじゃないからな。気にしないでくれや」

飯島は立ち上がり、ビールがたくさん残っている缶をそのままにして、あたふたと玄関に向かう。そこでこっちを振り向いて、「なんかあったか？　顔、腫れてるぞ」と言った。

「なんでもない」

「ならいいけどな」

そう言って、せかせかと靴を履き、「じゃ、また」と頷いて出て行った。

俺はまた明かりを消して、ジャック・ダニエルを飲み続けた。

……酒があまり好きじゃない奴に、ビールなんか飲ますもんじゃないな。こういうビールは、どうすればいいんだろう。飲むのは嫌だ。でも、流しに捨てるのはもったいない。なにか、罰が当たるような気がする。

つくづく、忌々しい奴だ。

＊

部屋を暗くしたまま、ベッドに座って、枕元の灯りで『事件屋稼業』を読みながら、ジャック・ダニエルをちびちび飲んだ。時間が、なかなかいい流れ方をして、気付いたら零時を回った。上着を着て、鏡で顔を眺め、眺めてもどうなるものでもない、というあたりまえのことを確認し、ちょっと歪んだ顔で部屋から出た。

日中の暑さの名残が、ビルの壁や歩道には残っているが、空気の中には明らかに涼しい流れがあった。それを爽やかなものとして味わいながら、俺は十五分ほど歩いて、以前住んでいたアパートの前に立った。

ミツオのオンボロ街宣車はなかった。

アパートの窓は全部暗く、街灯の白い光を映している。ように見えるが、よく見ると、ふたりの老人が住んでいるはずの窓には、仄かに豆球の灯りが点っているようだった。まだあの部屋で暮らしているらしい。

それから一時間ほど、あたりを歩き回ったりしてようすを見たが、ミツオたちは姿を見せない。人通りもほとんどない。建ち並ぶマンションの上の方の窓がいくつも開いている。そこから光が漏れ、テレビの音が耳に微かに届く。そして、石山通りの方からは、車が行き来する気配が空の上から降ってくる。そんなような物音や気配はあるが、街全体はとても静かで、落ち着いている。なんとなく寂しい気分で、うろうろしたが、こうしていても始まらない。取りあえず、〈荒磯〉に向かった。

〈荒磯〉の引き戸を開けると、マスターが嬉しそうに「いらっしゃい!」と威勢よく言った。客は誰もいなかった。俺はカウンターの右端に座った。

「だいぶ腫れが引いたな」

「あ、そうですかね」

「言われないと、わからないね。回復が早い。……やっぱ、若いせいかな」

「さぁ」

「ミツオは、まだだな。時間が早過ぎる。……なに飲む?」

「オン・ザ・ロック、お願いします」

「あいよ」

マスターは棚から俺のスーパーニッカのボトルを下ろしながら、続けた。

「今日はね、ハゼのいいのがあるよ。お客さんが、岩内で釣ってきたんだってさ。まだ生きてる。刺身にしたら、うまくて驚くぞ」

「じゃ、それ、おねがいします……ところで、マスター」

「ん？」

「ここらへんを担当してる民生委員て、誰なの？」

「民生委員？」

「うん。どこに住んでるんだろ」

「……さぁなぁ……そんなの、いるのかね。町内会とかさ。そんなもの、ここらにあるのかね」

「……」

「あんた、回覧板とか、回したこと、あるか？　隣の家に持って行ったことなんか、あるか？」

言われてみると、そんなことをした記憶はない。

「ないですね」

「だろ？　商店街には、振興会はあるけどな。町内会は、どうなんだろ。……ないも同然なんじゃないか？」

「そうか……」

「ん？　あのアパートの立ち退きか？」

俺は頷いた。

「まだ、ふたり、残ってるんです」

「らしいね。……その絡みか。ミツオと揉めてるのは」

「そういうわけでもないですが」

「サダオカさんも、ちょっと考えてやればいいのになぁ……」

「サダオカさん？」

「……あれ？　大家の名前、知らない？」

「……知りませんでした」

契約書なんかには書いてあったんだろうが、意識したことはなかった。

「サダオカってんだよ。巨人の定岡と同じ名字だ」

知らなかった。アパートの名前は「南五条荘」なので、大家の名字など気にしたことがなかった。

……いやぁ、しかし、これはちょっとひどいなぁ。俺は毎月、家賃を持って大家一家の居間に顔を出していたのだ。この三年間あまり。それで、名前を覚えていないなんてなぁ。……名前を覚えていないどころか、この人たちに名字がある、ということを一度も意識したことがないような気がする。

こんなもんか、人と人との繋がりって。

というようなことが頭に浮かんだ途端、俺は身の周りの人の名前を、ほとんど知らないことに思い至った。ススキノには、たくさんの顔見知りがいる。話したことはないけど、よく見る顔というのもある。すれ違う時に、なんとなく会釈し合う相手もいる。そんな中で、名前を知っているのは……二十人もいないだろう。俺の名前を知ってる相手も、まぁ、そんなもんだろう。連中の多くは、俺の顔を知っていて、時には立ち話をしたりもするが、俺の名前は知らないのだった。

……えー!?

そんなもんか。そんなもんなのか。名前を知らない同士が、平気で言葉を交わし、すれ違う、そんなようすが頭の中で擦《こす》れ合って、ちょっと吐き気を感じた。人間同士ってのはこんなもんなのか。

そして、俺は、今あのアパートから追い出されようとしているふたりの老人の名前も忘れてしまって、別にそれでも平気でいる。……俺はそんな奴だったのか。

「マスター」

「ん？」

「たまにここで会う、おじいさん、名前はなんていうんだろ」

「おじいさん？　年寄りの客は、ウチは多いからな」

ちょっと考え込んでいる。

「あの、……そうだ、以前は〈河溜〉の花板だった、という……」

マスターの顔が、瞬間、赤くなった。

「ああ、あの人。……そんな話、したのか」

「一度、銭湯で会った時ね」

「ふうん……」

マスターは、どんな話をしたんだろう、というような複雑な表情になった。

「そうか。……ま、あの人はタナカさんだ」

「タナカ……普通の田中？」

「そうだよ。田んぼの中の田中」

なんとなく、満足した。

「なんで？」

「いや、よくここで顔を合わすのに、そう言えば名前を知らないな、とふと思って」

「そんなもんでしょ、普通は」

マスターはあっさり言って、十二オンスタンブラーに氷を落とした。

それから、ちびちびと飲んで、おいしい肴のあれこれをつまみ、三度ほど南五条荘のようすを見に行ったりしたが、南五条荘にも、〈荒磯〉にも、ミツオは姿を見せなかった。また、あいつの子分どももやって来なかった。

そのうちに午前三時を過ぎた。店を閉めて、帰る途中のミカさんがやってきた。俺を見るなり、「ウチの人、帰って来ちゃったよ。バカねぇ。せっかくのチャンスだったのに」と、いかにも幸せそうな表情で言う。ちょっと酔っている。「良かったですね」言うと、「バカね！」と言って俺の肩を一突きした。ちょっと痛かった。

ミカさんがウィスキーの水割りを飲む、というので俺のスーパーニッカを一緒に飲むことにした。マスターが水割りを作ると、ああ、幸せ、とミカさんが呟いた。

「彼が帰って来たから？」

俺が尋ねると、

「バカね！」とまた俺の肩を一突きして、そんなことじゃないわよ、としんみり言った。

「じゃ、なにが？」

「こうやってね、他人《ひと》に水割りを作ってもらうこと。……商売だからね。当然なんだけど、でも、私、一晩に水割りを何杯作るか、とても数え切れない。……で、お店終わって、ここで一休みさせてもらって。そしたら、マスターが水割りを作ってくれるのよ。これが幸せじゃなかったら、何だって言うのよ！」

また肩を強く一突きされた。思わず「痛てぇ」と言ってしまった。ミカさんは「当然よ、痛くしてるんだもん！」と言って、「でもゴメンね」と言って、俺の頭を撫でてくれた。

その後、見知らぬ男が入って来て、「この時間、何ができる？」と酔いを滲ませた横柄な口調で尋ねた。マスターが「壁に書いてある物は、とりあえず何でも」と答えたら、壁を見渡して口をひん曲げ、「うまそうなもん、ないな」と吐き捨てるように言って、出て行った。

「なんだろ、あいつ」

俺がちょっとムッとして言うと、「いろんな人がいるよ」とマスターが静かな口調で言った。ミカさんが無言で、うんうん、と頷いた。

俺は金を払って店から出た。石山通りでタクシーを拾い、「近くて申し訳ありませんが」と青泉ビルの住所を告げた。運転手は、「いやぁ、最近はホント不景気だからね。気にしなくていいよ。乗ってもらうだけでありがたいから」と言ってくれた。

とにかく、ススキノはずっと不景気なのだ。俺がこの街で飲むようになった時はすでに不景気で、以来毎年、新聞は思い出したように不景気だ不景気だと言っている。

それなのに何千軒もの飲み屋とトルコがひしめいているのが不思議だが、ススキノの場合、それが全然不思議じゃないから、おもしろいんだ。

23

それからしばらくは平穏な日々が続いた。三件の家庭教師をこなし、日曜日には高田に稽古を付けてもらい、水曜午後には脇本先生の研究室で、『失楽園』の購読をした。

そして夜はたいがい〈ケラー〉で飲み、オールで金を稼いだ。

その合間に南五条荘のようすを見に行った。残っているふたりの老人がどうしているか、気になって仕方がなかった。毎日、そしてたいがい日に二、三回、南五条荘の周りをうろうろしたが、あたりは平和なもんだった。ミツオの姿もなく、おんぼろ街宣車もなく、ガラスが割られたりもないようだった。

何度か〈サンボア〉に行って、南五条荘のふたりの老人の噂を仕入れたりした。最近は嫌がらせもなくなり、あのあたりは落ち着いている、という話だ。話のついでに、あのふたりの名前は、何だっけ、とママに尋ねたら、「あらあんた大丈夫かい、アキバさんとサエさんでないの。なに、もう忘れたのかい、やっぱ学校を途中でやめるようなのは、ダメだね」と言われた。もちろん冗談なんだろうが、半ば本気でもあるようで、言葉がなかった。

〈荒磯〉にも何度か飲みに行った。時間帯をずらして、なんとかミツオと会おうとしたが、こっちにもミツオは姿を見せなかった。マスターは、「ここ何日か、来てないな」と言って、「どうしたんだろ」と呟いた。

南五条荘に上がり込んで、アキバさんやサエさんと話をしてみようかと思ったが、どうもそういうことがわざとらしい感じがして、できなかった。実際、俺にはできることはなにもないのだった。それなのに、さも同情したような感じで、あのふたりの前に顔を出すのは、なんだか情けないような気がした。

で、俺は〈サンボア〉のママに青泉ビルの俺の部屋の電話番号をメモして、〈ケラー〉のマッチと一緒にして渡した。南五条荘のあたりでなにか騒ぎがあったら、この番号か、この店に電話をくれ、と頼んだ。

「なんかあったらって、あんた、なんかできるの？」

「それはわからないけど、……とにかく、どうなるのか、見届けたいんだ」

「気楽なもんだね。見届けるだけなら、猫でもできるさ」

それはわかってるけどさ。

＊

目が覚めた。電話が鳴っている。部屋の中は明るい。雨音が聞こえる。窓ガラスに相当の勢いで叩き付けているらしい。俺はベッドから滑り降りて、四つん這いになって電話を探した。眉間のあたりでゆっくりと吐き気がうごめくので、ちょっと苦労したが、電話は、そろそろ溜まり始めた雑誌や新聞、酒屋の紙袋などに埋もれて、声を限りに、健気に鳴り叫んでいた。

「もしもし」

「いや〜、ちょぉっとぉ、それにしても、ひっどい雨だね」

〈サンボア〉のママだった。

「街が冷えていいったってあんた、雨が上がったら、きっと蒸すよぉ！」

「今、何時？」

「寝てたのかい」

「うん」

「いい身分だね、実際。ホントにもうこれだから。あのね、今はもう、昼過ぎだよ」

「そうか。じゃ、これからなにか食べに行くよ」

「そんなことはどうでもいいんだけどさ、アキバさんが、アパート、出て行くみたいだよ」

「え？」

一瞬、心臓がピクッと縮んだような気がした。

「ほんと？」

「そうさ。昨日の夜、お別れだ、って。そう言いに来て、コーヒー飲んでったよ。して、さっき、私、ようす見に行ったのさ。この雨ん中、カッパ着てゴム長履いて。したらあんた、ちょうど運送屋が来たところさ」

「引っ越し？」

「そりゃそうでしょ。運送屋がラーメンの出前に来るかい？　いくら雨降りだからって、あんた」

「……」

「なんか、あんた心配してたからさ。ちょっと教えとこうと思って」

「わかった。急いで行く」

受話器を置いて、シャワーを浴びた。大急ぎでTシャツとジーンズを着て、部屋から飛び出した。

久しぶりの雨が、ススキノに降り注いでいる。行き交う車が、嬉しそうに水を派手にはね上げている。俺も濡れるのが楽しかった。ビルから出て、歩道に立って、通りかかったタクシーに手を上げた。乗り込んで、近くて申し訳ないけど、と行き先を告げた。ドライバーは住所を復唱し、続けた。

「いや〜、それにしても、降ったねぇ。これで、少しは凌ぎやすくなるかな？……いや、後で蒸すかな、逆に」

「どうでしょうね。でも、確かに気持ちいいですね」

「お客さん、傘は？」

「差すのが嫌いなんで」

「そうか。ま、若いうちか。傘、邪魔臭いもなぁ」

「ええ」

「いいさ。若いうちだ、若いうちだ！」

＊

「よりによって、こんな雨降りになるんだもな」

傘を差したアキバさんが、年代物のジャンパーをしっかり着込んで、ちょっと震えながら恐縮している。手拭いで頬被りをして、その上からベレー帽のようなものを頭に載せて、傘がぐらぐらするほどに震えている。寒いとは思わないが、年寄りは寒く感じるのだろう。

「いや、気にしないで。こっちは仕事だから」

運送屋のアルバイトらしいのがひとり、運転手であるらしい中年男とふたりで、荷物を軽トラックに積んでいる。

「それに、荷物がそんなにないしね」

アキバさんの表情が、ちょっと暗くなったが、バイトは若さのせいか、アキバさんの寂しい気持ちには気が回らないようだった。

「したから、軽いっすよ。大丈夫」

「ならいいけどよ」

アキバさんの声は、体の震えに合わせて揺れている。

「それより、家ん中に入ってた方がいいんじゃないすか？　濡れますよ」

「いや、あんたらがこんな雨ん中で働いてんのに、オレがあんた、屋根の下でのんびりしてたら、罰当たる！」

そして俺に気付いて「あ、あんたか」と言ってニコニコした。どうも、「追い出される」というような辛い場面ではないようだった。

そこに、車体に「(社) 社会福祉協議会」とゴシック体で書いてあるカローラがやって来た。中から、いかにも地方公務員、という雰囲気のワイシャツ姿の男が、腰を屈めて降りて来て、傘を差した。それから運転席に上体を突っ込んで、助手席に置いてあったバインダーを手に取った。そしてアキバさんの横に立ち、苦笑しながら言う。

「いやぁ、アキバさん、あいにくの雨になっちゃいましたねぇ」

「ああ、ホントだ。みんなに、えらい、迷惑かけちまって」

「いや、そんなことはありませんよ。先方ではね、もう用意が全部済んで、アキバさんの到着を待ってますからね。なにも心配、要りませんよ」

そして、俺の方を見て、言った。

「あ、この度は、どうも、お疲れ様でした」

は？　俺は、きょとんとしてその男の顔を眺めた。社会福祉協議会の男は、「おや？」という表情になって、言った。

「あ、失礼しました。桐原さんでいらっしゃいますか？……違いました？」

「ええ。……私は、違いますけど」

「あ、失礼しました。人違いでした。アキバさん、今日は桐原さんは？」

「なんか、忙しいから、見送らないから、ってたわ」

「あ、そうなんだ。……一度、お目にかかりたいな、と思ってたもんだから。それじゃ……」

「あ、私は、ついこの前まで、このアパートに住んでたんです。だから、ちょっと気になって……」

「ああ、そうですか。私どもは、桐原さんから相談されましてね。で、アキバさん、ニシキさん、それぞれの引っ越し先をお探ししましてね」

「こんなに早く、見付かるもんなんですか」

男の表情が微妙に動いた。

「それは……まぁ、桐原さんは、声が大きい、と言うのか、元気がいい、と言うのか」

そう言って、眉を寄せて苦笑した。

「大変スムーズに物事が運んだ、と担当者は申してますね」

「……」

俺は、言葉がなかった。

「それで、ニシキさんは……」

「サエさんですか?」

「そう、ニシキサエさん、ニシキさんは、明日引っ越しです」

俺は頷いた。そして、アキバさんに「よかったですね」と言った。アキバさんは、満足そうに頷いて、「ありがとな」と言った。俺は、礼を言われるようなことは、何一つしていないのに。

＊

〈サンボア〉のドアを押したら、ママの血相が変わった。

「あんた、そんな! ずぶ濡れになって!」

そう言って、店の奥に駆け込んで、すぐに大きなバスタオルを持って来た。

「ほれ、これで拭きなさい。まず、頭! それから、……ああ、もう! シャツもジーパンもずぶ濡れで！　脱ぎなさい、あんた、まず脱ぎなさい！」

「いや、いいよ。これからすぐに帰る」

「いいったって……だいたいあんた、そんなずぶ濡れの人、タクシーだって乗せてくれないさ」

　俺は頷いた。

「だから、歩いて帰る。十五分もあれば、着くし」

「だろうけどさ。この雨ん中？　ま、あんたがいいなら、それでいいけどさ。風邪引くんでないよ！　……どうだった？　アキバさん。引っ越ししてたろ？」

「うん。ちゃんと、いい引っ越し先が見付かったんだってさ」

「よかったよねぇ、ホントに」

「……くそ。負けた」

「ん？　なにがさ」

　つい、自分の不甲斐なさに対する悔しさが口を衝いて出た。

「……大人に、負けたんだ」

「なに、それ」

「ダメだなぁ。俺は、まだまだガキだ」

「そんなの、見りゃわかるさ。……どうしたのさ。なに落ち込んでんの」

「俺は、無能なガキだ」

「だから、そんなこと、見りゃわかるって。まずはちゃんと学校に通って、卒業しな」

ママはそう言って、びしょ濡れのTシャツの上から、俺の胸を平手でピシャン、と叩いて、

「あっはっはっは！」と天井に向かって大笑いした。

＊

その夜、零時から午前四時まで〈荒磯〉で粘ったけれど、ミツオは来なかった。俺はマスターに青泉ビルの俺の部屋の電話番号を教えて、ミツオが来たら電話をくれ、と頼んで店を出た。空は紫色になっていた。

翌朝、というか目を覚ました時は昼過ぎだったが、空はきれいに晴れ上がって、青い空にモクモクした白い雲が浮かんでいた。街は、昨日の大雨の名残をはらんでいささか蒸し暑かったが、それでも雨に一晩洗われた街は、それなりに爽やかだった。俺は思春期に差し掛かった、なんとなく一日中ホカホカしている女子中学生に、現在進行形や四則演算のルールを教えた。マイナス×マイナスがなぜプラスになるのか、どうしても納得できない、というので、俺なりの方法で説明したら、理解できたようだ。「あ、納得！」と笑顔になって、「うちの数学の先公は、バカだ」と言ったので、そんなことは言ってはいけない、と宥めつつ、ちょっと嬉しかった。

で、夕方になって〈ピート〉に行った。マスターが、「お年寄りの引っ越しの件、どうなりました？」と尋ねた。

「誰か、現実にそういう御老人がいらっしゃるんじゃないですか？　そういうお話だ、と思って聞きましたけど？」

「え？　あの話は……」

「……ああ、まあ。そうです」

「で、どうなりました？」

「ある人間が、社会福祉協議会……」

「あ、社協」

「へぇ。そう言うんですか」

「らしいですね。よく聞きますよ。お客さんに市役所の人も多いもんで」

「ま、とにかく知り合いが、その社協に頼んで、引っ越し先を確保したようなんです。昨日今日と、ふたりが引っ越ししたようです」

「どんな引っ越し先なんでしょうね。大丈夫なのかな？」

「ああ、それは……」

俺は、それすらも確認していない。バカだ、ホントに。

「大丈夫なんじゃないでしょうか。社会……その社協が仲介したようですから」

「どうでしょうね。結構連中、仕事がいい加減みたいですから……」

そう言って、俺の顔を見た。

「あ、いや。一般論ですよ。お客さんたちの話から想像しただけで、具体的にどうなのか、は知りませんけどね」

　そう言って右手をヒラヒラと振ってから、「それにしても、こんなに早く、いい引っ越し先が見付かるんですね」と、話題を替えるように付け加えた。

「私も、それは不思議だったんですが、間に入った人間が、大声で、元気が良かった、と……社協の人が……」

「？」

　マスターは、なにも言わずに右手の人差し指で自分の右頬をシュッと撫でた。

「のようですね」

　俺が頷いて答えると、「やはり」と呟いて、片頬で笑った。

「役人てのはね。長いものに巻かれる根性が身に付いてますからね。本当に困っている母子家庭の生活保護は、あっさり取り消すんですよ。で、ベンツに乗っている偽装離婚のヤクザの生活保護は、放置して知らんぷりなんですよね。そういう例、私はいくらでも、知ってますよ」

　本当にそうですね、と俺は頷いた。

　だが、確かにそれはその通りだが、しかし、俺はそんなヤクザにも及ばない無能なガキなのだった。

＊

〈ケラー〉に行こうと思ったが、なんとなくあまりいい酒にならないような気がして、俺は取りあえずゲームセンターに入った。モナコGPを五回ほどやって、それから最近こっているドンキーコングをやった。先月、店に溜まって汚い声でギャアギャア喚くチンピラ高校生からドンキーコングの様々な「技」を教えてもらったので確実にお姫様を助けることができるようになった。こうなると、あとは同じゲームが延々と続くだけで、無限ループにはまって、二十回以上続けられる。そのうちに集中力が続かなくなって、結局マリオは全員死んでしまうのだが、こんなもののなにが面白いんだ、とは思うものの、なんというか、ステージをクリヤした時の「達成感」というか、到達した満足感があって、これでこんな下らない遊びがやめられない。我ながら、バカだなぁ、と思う。

　夢中になってゲームをしていたら、肩を叩かれた。振り向いて見上げると、見慣れた顔があった。すんなりした鼻筋は整っているのだが、ちょっと顎がしゃくれているのが残念だ。本人もそれは自覚していて、勉強ができないせいもあって、二流の人生を覚悟しているらしい。アキという名の、確か去年成人式を迎えた娘だ。

「なにやってんの、そんなゲーム」

「生き甲斐なんだ」

「バカみたい。それより、ね、ね、お店に来ない？」

「なに恐ろしいこと言ってんだ」

　アキの店は、ボッタクリの暴利バーだ。暴利バーは、警察に摘発される度に「店長」を替えはするが、ずっと同じ場所で代替わりして延々と営業し続けるケースが多い。その中で、アキの店は、去年できたばかりの、非常にフレッシュな店だ。

「ボッタしないから。だから、お願い。ここんとこ、客が誰もいなくて。客がいないと、のこのこ入って来た客も、怖がって、中に入らないのさ。だから……」

「ボッタクリの片棒を担げってか」

「そういうわけじゃないけど。シュンも、たまに言うんだ。最近、顔を見てないな、って。元気なのかな、って気にしてる」

ふと、それも面白いか、と思った。

「たまに、行ってみるか」

俺は立ち上がった。

＊

六条五丁目に、トルコや射精店のビルが建ち並ぶ街がある。その通りに面して、相当年季の入ったビルが建っていて、そのビルの地下に、アキの勤めるボッタクリ暴利バーがある。オーナーが誰なのかは知らないが、店長はシュンと呼ばれている男で、その他に何人かの男たちがスタッフとして常駐している。みんな二十代前半、というか二十歳そこそこの連中で、話によると全員退職自衛官なんだそうだ。同期に退官した気の合う連中で店を作った、ということらしい。そして、それぞれに格闘技の心得がある。全員、バック転ができるんだそうだ。これは少なくともシュンに関しては事実で、店が終わった後の飲み会などで、酔っ払って、店のフロアの真ん中で何度もバック転をするのを見たことはある。そんな腕があるのに、なんでボッタクリの店にしたんだ、と尋ねたら、「利益率がいいもんで」とケロッとした顔で言った。

アキの後について階段を下りると、「あそこクラブ」というアンドンの下に、シュンの仲間のヒゲ面の小太りが立っている。黒いシャツに黒いズボンを穿いている。こいつも、元自衛官なんだそうだ。銃剣道では優勝したことがある、と言ってる。俺の顔を見て、「あれ?」という顔になり、そしてアキを見て、なんとなく頷いた。

「元気?」

「おつかれさんす」

「暑いな」

「ええ」

ドアを押して中に入るアキに続いて、中に入った。

中は、ボッタクリの暴利バーはみんなそうだが、赤い暗闇、という言葉がぴったりの、独特の暗さだ。カウンターの向こうでシュンが顔を上げ、「あ、どうも」と言ってくすぐったそうな顔になる。

「付き合ってくれるって」

アキが言い、シュンは頷いた。

「すんませんね」

「二万で、どれくらい飲ます？」

俺が尋ねると、シュンは真面目な顔で暗算して、答えた。

「すんません、いいとこビール一杯っすね」

「それでいいけど、ジョッキは、きれいに洗ってくれよ」

「あ、それはもう」

「いや、冗談だ。別に洗わなくてもいい。どうせ飲まないから」

「すんませんね」

「あたし、オレンジジュースもらっていい？」

「シュン、プラス五千円ってとこか？」

「すんませんね」

「じゃ、こっち」

アキが一番奥のブースに向かう。俺はその後について行った。

「ここでいい？」

俺は無言でそこに腰を下ろした。さっきアンドンの下にいた小太りのヒゲ面が、ビールとジョッキ、オレンジジュースのグラス、そして安っぽいプラスチックのカゴに、ポップコーンとポテトチップスを盛ったものを持って来て、テーブルの上に置いた。

「ごゆっくり」

そう言い置いて、去って行く。後ろ姿は、赤黒い暗闇に呑まれて、すぐに見えなくなる。

「なんか、食べる?」

そう言って、シミだらけの紙に食い物と値段を書いたメニューを突き出す。「お○んこ」が五千円、「まん○ジュース」が五千円だ。それぞれ、おしんことマンゴジュースなんだそうだが、もちろん、店内にはお新香やマンゴジュースの在庫はない。

「ね、五千円、くれる?」

アキがいう。

「いいよ」

「嬉しい。じゃ、サービス」

そう言って、アキは着ていたタンクトップを脱いで、その下のブラジャーを外した。薄い乳房が寒々しく膨らんでいる。俺の首に両手を回し、抱きついてくる。

「揉んでいいよ」

そうしないと傷つくだろう、と思ったので俺は軽く揉んだ。声を出さずに頭の中で（Aカップ！　Aカップ！）と財津和夫の声で歌った。それから、（き〜み〜の、む〜ね、ギュッ、ギュッ！）とYMOの声で歌って揉み続けた。……俺は、いったい何をやっているんだろう。モナコGPに五百円、ドンキー・コングに二百円、そしてこの店で三万円。いくらバクチで稼いだアブク銭だといえ、こんな使い方はあんまりだ。そもそも、月に四回、週に一回、一回二時間で五万円を得ている家庭教師という俺の仕事に対する、これは侮辱ではないか。

……そうだよ。だからどうした？

くそ。俺は、いったい何をやってるんだ。

五分ほど、薄い乳房を揉んで、飽きた。

「もう、帰る」

そう言って立ち上がると、アキはつまらなそうに「あ、そ。どうもありがとう」と言った。そして「またね」と言って、ヴァージニア・スリムを一本取り出して、火を点けた。赤黒い闇の中で、顔はよく見えなかったが、火を点ける一瞬、しゃくれた顎がひねくれたように歪んでいるのが見えた。不思議なことに、赤黒い闇の中で乳首ははっきりと見えた。でも、もちろん、色はわからなかった。

＊

まだちょっと早いかと思ったが、時間を潰すのが面倒になって、結局俺は〈荒磯〉に行った。ガラスの引き戸をガタガタ開けたら、カウンターにミツオがいた。ほかに客はいなかった。マスターが俺を見て、そしてミツオに目をやって、俺に頷いた。そしてミツオに言った。

「来たよ」

「誰が」

ミツオは首をひねってこっちを見た。そして、「だからなによ」と吐き捨てるように言った。そして鼻でせせら笑い、「別に待ってたわけじゃねぇ」と付け加えた。

俺は横に座って、ミツオが四の五の言う前に、言った。

「ありがとう。本当に」

ミツオは一瞬、面食らった顔になったが、すぐに鼻で笑った。

「あんたになんの関係がある。あんたから礼を言われる筋合いはねぇよ、バァカ。何様のつもりだ。てめぇは」

息が酒臭い。結構飲んでいるようだ。

「てめぇがそんなセリフ言わなくても、礼は、ちゃんと、ジジイとババアから聞いた。お前、ジジイとババアの代表のつもりか。偉そうに」

「なんと言われようと、お門違いかもしれないけど、俺は感謝してるんだ」

「感謝くらい、どんなバカでもできるさ。役に立つことをするのが先決なんだ、この能なし！」

得意そうな口調で言ってから、少し顔を赤らめた。

「なんてな。偉そうにな」

「スーパーニッカ？」

マスターが俺に尋ねる。俺は頷いた。

「ロックでな？」

「お願いします。……飲むか？」

俺が尋ねると、ミツオはほんの少し頷いた。

「飲んでほしいんだろ。飲んでやるよ。これで、シャンシャン、だ」

俺は頷いた。

「ピッカピカのいい鯵が入ったんで、梅酢で〆たんだ。食べるかい?」

俺とミツオは同時に頷いた。

そして、俺たちはなにも喋らずに、三十分ほど、黙って俺のスーパーニッカを飲み、マスター手作りの鯵梅酢〆を食った。

突然、ミツオが赤い顔になった。急に酔いが回ったのかな、と思った時、ミツオが乱暴な口調で言った。

「まぁ、あれだ。さっきはああ言ったけど、……まぁ、俺も、一応、あんたに礼を言っておく」

「なんで? それこそ、話がおかしいだろ」

「いや。俺の気持ちだ。……あんたのおかげで、俺は気分が良くなることができた。久しぶりに、気分がいい。……礼を言う」

そう言って、ミツオはグラスをグッと空にして、それをカウンターにゴツンと置き、立ち上がった。

「じゃあな。酒と鯵、礼を言う」

そう言って、そのまままっすぐに出て行った。こっちに顔を向けることもなく、手を挙げたりもしなかった。ただ、すっと出て行って、それっきりだ。

24

フェ・マリーンが仙台に発って、二週間が過ぎた。俺は、朝一番で電話が来るのではないか、と楽しみにしていた。いや、それを言うならば、彼女が仙台に向かった翌日やその翌日には、俺が表書きを書いた封筒が届くのではないか、と楽しみにしていたのだ。それに、フェ・マリーンはこの部屋の電話番号も知っている。それが、まったく音沙汰なしで二週間が過ぎ、そして二週間目の日は何事もなく過ぎて、そしてその翌日も、彼女からの連絡はなかった。

どうしたんだろう。

〈ジャスミン〉は新宿通りのミザールビルにある。開店は、二十一時だ。俺は〈ケラー〉で軽く飲んで時間が過ぎるのを待ち、二十一時半にミザールビルの前に立った。

わりと新しいビルで、自動ドアから入ったホールは、白い色で統一されている。白い、ギリシャの建築の柱を模したような螺旋階段がある。これは、一階と二階をつなぐだけで、三階以上には行けない。俺はエレベーターを呼んで乗り込んだ。

エレベーターから降りて〈ジャスミン〉に向かうと、俺がドアを押す直前に、ドアが内側に開いた。ドアの向こうに立っていたタキシードの男が、手で開けたのだった。タキシード男は耳にイヤフォンを付けている。軽く会釈して、「いらっしゃいませ」と穏やかににこやかに言った。

俺がドアの前に立ったのを知っていたようだ。カメラかセンサーがあって、俺が近づいたことを、誰かがこの男の耳に教えたんだろう。

「お一人様ですか？」

「待ち合わせなんだ」

と答えると、脇に控えていたベストの男に、小声でなにか指示した。ベストの男は、「こちらへどうぞ」と言って、先に立って歩き出す。

店内は、ちょっと「お洒落」で「トロピカル」な雰囲気を作っているが、基本的には古典的な小規模の「キャバレー」と同じ作りだ。豪華な装飾のステージがあって、それを囲むようにブースがある。開店早々だからか、ブースは半分以上が空席だった。ステージのすぐそばのブースが空いていて、ベストの男はそこに俺を座らせた。

「ご指名は？」

ベストの男が尋ねる。

「ピンキーは？」

「はい？　……そういう者は、在籍しておりませんが」

「じゃ、特に指名はないな」

「畏まりました」

ベストの男は無表情にそう言って、会釈して立ち去った。

あたりを見回した。店にとってはまだ時間が早いらしく、空気は涼しくて落ち着いていた。客たちも、まだそれほど温まってはいない。暖機運転が始まったばかり、という感じだ。

「いらっしゃいませぇ」

ノースリーブの長いドレスを着た女が俺の隣に座った。小さなバッグの中から名刺入れを取りだして、「レイラです。よろしくお願いします」と言って名刺を差し出す。さっきのベストの男がトレイに氷やミネラル・ウォーター、グラス、マドラーなどのセットを持って来て、テーブルの上に置いた。

俺は名刺を受け取った。

「ちょっと名刺を持ち歩かないもんで」

俺が言うと、別に気にする様子もなく、うんうん、と頷いて「お名前は？」と言う。俺はレイラにボールペンを借りて、〈ケラー〉のマッチに名前を書いて渡した。ここに電話くれたら、連絡が付くから、と言うと、レイラは「了解です」と頷いた。

名刺を見ると、レイラは麗羅と書くのだった。

「麗羅か」

何となく呟くと、眉をしかめて「うん」と頷き、「その羅っていう字、あんまりいい意味の字じゃないけどね」と言う。

「そうかな」

「羅生門の羅だし。……レイラって、アイヌ語で風っていう意味なんだって。その意味と、レイラ、っていう響きは好きなんだけど、……『羅』の字がねぇ……あの、お客さんが言うんだけど、エッチな意味もあるみたいで」

「エッチな意味？」

「マラとか言うんでしょ、男の人のアレのこと」

「ああ、まぁね。魔羅の羅か。なるほど。……元々は、薄い絹、という意味らしいよ。そんなに悪い字じゃない」

「そうなんですか」

「らしいよ。……アイヌ語で、風、か」

「そう。あ、でも私はアイヌじゃないよ。だから、勝手に自分の名前にして、ちょっと申し訳ない？ でも、関係ないよね。好きな言葉なんだから」

俺は頷いた。

「なにお飲みになります？」

「ウィスキーは、なにがあるの？」

「スーパーニッカ」

「じゃ、それをストレートで」

「お水は、別なグラスで？」

「そうだね。麗羅は何を飲む？」

「じゃ……レッド・アイを」

「珍しいものを飲むね」

「わりといますよ」

「タバスコは入れる派？　入れない派？」

「入れない派です。ビールとトマトジュースだけ」

「……」

「まずいので、飲み過ぎないんです」

「ホントは酒飲みか」

「ガンッガン、飲みますね。ビールなら、一ダースは行きます」

「……それはすごい。手洗いに行くのが大変だな」

「言えてる。とにかく、ビールだと飲み過ぎるから……」

「だから、トマトジュースを混ぜるのか」

「そう。レッド・アイにすると、一本飲むのも一苦労」

麗羅は笑顔になって頷いた。それからライターを点火して、頭の上でゆらゆらさせた。

「なんか、ビールに申し訳ないな。うまいビールを、わざわざまずくして飲むなんて」

「ああ、確かに。よく言われますけどね。でも、ま、営業上の工夫です」

さばさばした口調には、潤いが感じられないが、これからきっと、ススキノ自体がこんな街になるんだろう。

さっきのベストの男が傍らに立った。

「ウィスキーと、レッド・アイ」

「畏まりました」

抑揚のない口調で言って、去って行く。

「ところで、フィリピーナのステージがある、って聞いたんだけど」

「あ、第一回目は十時からです。是非見ていってください。なかなかキレイなステージですよ。きっと楽しめるから」

「彼女らは、ダンスをするだけ？」

麗羅の目がちょっと細くなった。

「そっちを期待していらしたんですか？」

「そっちって……」

「彼女たちのステージは、一晩に四回です。そして、第四ステージが終わったら、その後は客席に就きますよ」

「そうなのか」

「フィリピーナの方がいいですか？」

「いや、そういうわけじゃない。ただ、聞いてみただけ。深い意味はない」

「……最近、増えましたね。フィリピーナが踊ったり、接客したりする店」

「そうだな。増えたね」

「このお店の名前ね、〈ジャスミン〉、これ、フィリピンのコッカなんですって」

「フィリピンのコッカ？」

「あのほら、国の花。日本の国花は？　桜？　菊？」

「あ、その国花か」

「なんか、本当はサンバなんとかっていう、踊りみたいな名前の花なんだって。でも、それじゃ日本人にはわからないし、ジャスミン・ティーのジャスミンと同じ花だから、〈ジャスミン〉にしたんだって。……だから、どっちかって言うと、フィリピーナたちが主役なのかな？」

それがちょっとおもしろくない、という表情で首を傾げる。

「ねぇ、……これから、どうなるんでしょう……」

「なにが？」

「ススキノの雰囲気が、なんだか変わってきたみたいで」

ススキノの「昔」を知っている年齢には見えないが。

「どんな風に？」

「どんなって……なんか、普通に、サーファーなんかがいるんですよね。ホステスの中に。彼女ら、雰囲気、やっぱ違うし。普通に、髪染めたりしてるし。なんか、目立つんですよね。しゃべり方も違うし。サーファーって。……銭函に帰ってほしいなぁ」

言っていることがよくわからない。とにかく、麗羅は麗羅なりに、ススキノの変化を感じているらしい。

「最近、景気、悪いって言うし」

「よく聞くけどね……俺は、ススキノで十年くらい飲んでるけど、ずっと景気が悪い、景気が悪い、と言ってるんだ。この街は。それでも、しぶとく生き延びてるし、地下鉄の終電が出ちゃうと、タクシーを拾うのに苦労するんだ」

「ふ〜ん……」

「ところで、ダンサーの中に、ピンキーって人はいない？」

麗羅が、俺からさっと遠ざかったのがわかった。身も心も。

「よくわかりません。フロア・レディと、ダンサーは、完全に分かれてるから。担当も違うっていうか。私たちフロア・レディは、お店直属、彼女たちは、なにか別会社のアルバイトみたいで。全然、接触はないんです」

そう説明する口調までもが、よそよそしくなった。

「そうなのか。……仙台に、ここの姉妹店みたいなのがあるのかな？」

「さぁ……あまり、会社のことは知りません。ただのフロア・レディなもんで」

「でも、たとえば仲のいいお客さんが、今度出張で仙台に行く、なんて時、『国分町に姉妹店があるから、行ってみてください』、なんて話にならないの？」

「仙台に姉妹店……ないと思いますよ。そんな話、一度も聞いたこと、ないですから」

麗羅の喉の線が頑なになった。話を打ち切りたい、さっさと飲んで、ステージを見たら、さっさと帰ってちょうだい、という気持ちを、隠そうともしない。

その後は話がほとんど弾まずに、俺たちは無言で飲み続けた。言葉どおり、レッド・アイをまずそうに、顔をしかめて飲んでいる。その様子が可愛らしかったので、視線が合った時に笑いかけたら、ツンと澄まして脇を向いた。……そりゃないだろうよ。

＊

十時にステージが始まった。薄暗かった店内が、一度真っ暗になり、そしてステージがまぶしく明るくなった。フィリピーナのダンサーが七人、立っていた。非常に堂々とした態度で風格がある。客席を見回し、カクッと一瞬ポーズを決めた瞬間、アイリーン・キャラの『フェイム』のイントロが弾けた。七人の顔は見覚えがある。中川君に英語を教えた時にいた娘たちで、〈ルビイ〉でのパーティに参加してくれた彼女らだ。左から、ミスティ、カーリー、マルガリータ。残りの名前はわからない。直接話をしなかったようだ。

ダンスにはさすがにキレがあった。ススキノのフィリピンパブには、フィリピーナは接客が主で、ダンスはほとんど素人、という店が少なくない。だが、彼女らは本当のプロだった。迫力と自信が違う。クライマックスに向かって、彼女らが徐々にエキサイトしているのがわかった。

曲が終わった。彼女たちが、荒い息をつきながらポーズを決めた。そして着ていたドレスを脱いだ。きわどいビキニ姿が七つ並んだと思うや、同じくアイリーン・キャラの『フラッシュダンス』がゆっくり始まった。七人が、ゆったりとステージ上を闊歩する。徐々に曲が盛り上がってくる。

俺は、非常に感動した。

ステージ上を闊歩するダンサーのひとり、ミスティと目が合った。ミスティは、一瞬ポカンと驚いた顔になった。そしてなにか考える表情になった。そのまま曲はクライマックスに向かい、彼女たちの動きも激しくなっていく。ミスティの動きが、ちょっとずつ遅れるのが俺のような素人にもはっきりわかった。

曲が劇的に終わった。店内に、まばらな拍手が寂しく広がった。ミスティが、ステージの最前線に出て来て、俺に手招きをする。

なんだろう。

わからないが、とりあえず麗羅に「失礼」と断って、立ち上がった。ミスティはやや小柄な娘で、それでもステージの上から見下ろされると、威厳に満ちているように見えた。

「It's been a long time」

俺は言ったが、ミスティはそれを無視して、片言の日本語で、真剣な顔で言う。

「ピンキーさん、どっこ」

「なに？」

「ピンキーさん、アグネスさん、どっこ」

……さぁて。……「どっこ」ってのは、なんだ。日本語だろう、ということは見当が付くが、どっこ、ってのは……

「Where is she!?」

あ、その「どっこ」ね。どこだ、と聞いているわけね。了解です。でも、俺も知らないんだ。

「I don't know」

「You don't know!? How come?」

俺は言葉に詰まった。

曲が始まった。ボーイズ・タウン・ギャングの『君の瞳に恋してる』だ。ミスティは、「ん、もう！」という感じで俺から離れ、明るく踊り始めた。

そこらに立っているベスト男たちの視線が、気になる。相手の土俵でじたばたするのは、避けたい。俺は一旦麗羅の横に座り、それから「じゃ、チェックしてください」と頼んだ。

「え？　もう帰るの？」

「用事を思い出した」

「あのダンサーと、何の話をしたの？」

「なんかごちゃごちゃ言ってたけど、意味がわからない。……誰かと人違いしているみたいだ」

麗羅は納得していない。だが、強いて引き留めようとはしなかった。「ちょっと待ってね」と言って、伝票を手に立ち上がった。

すんなりと店から出ることができた。いささか緊張したが、ドアの脇のタキシード男が左耳のイヤフォンを左手の中指で押さえながら、襟元のマイクになにか語りつつ、俺を目で追っただけで、特に不穏なことはなかった。

にしても、ちょっと気になる。

*

エレベーターで一階まで下りたら、白い螺旋階段の後ろから、黒い人影が飛び出して、俺に飛びかかった。

と思ったのは緊張していた俺の誤解で、そいつはジーンズとポロシャツを着た高田だった。俺は怯えていて誤認し、高田はちょっと焦っていて、駆け足に勢いが乗ったらしい。

「よう。珍しいな、こんなとこで。飲みに行くか？」

「いや、お前、何でここに来た？」

「俺は、飲める場所ならどこでも行くよ」

「フィリピーナが帰って来ないのか？」

緊張した。なんで知ってる？

「……なんだって？」

「そうだろ？　探してるんだろ。誰なのかは知らないけど」

「……お前、……アグネスを？」

高田は真剣な顔で、細かく頷く。

「あらまぁ……」

「なんだよ」

「お前、中学校の頃、ダニエル・ビダルのファンだったろ」

「なんだ、そりゃ」

と言う顔が、ポッと赤くなった。

「言われてみりゃ、アグネスはちょっとビダルに似てるな、雰囲気が」

「でも、アグネスは黒髪だぞ」

「……ブロンドが好きなのか」

高田は、（しまった）という顔でチッと舌を鳴らした。

「お前は、誰なんだ」

「フェ・マリーンだ」

「そんなの、いたか？」

「ピンキーの本名だ」

「……なんで、アグネスだとわかった？」

「ミスティが、ピンキーとアグネスを捜してるらしいんだ」

「ミスティってぇと……」

考え込んで思い出そうとして、それから溜息をついていった。

「……ちょっと、話を整理しないか」

「だな」

俺は高田を促して新宿通りを横切り、ミザールビルの向かいに建つ、千代松会館に入った。一階に、安くてまずくて、学生や若いサラリーマンでごった返している居酒屋がある。俺は、ここで刺身を食う勇気はないが、火を通したものなら、なんとか食べられると思う。従業員の怒鳴り声と、客たちの話し声が重なって、隣同士でもやや声を張り上げないと話が通じないこともある。非常に好都合な店なのだ。

＊

喧噪の中、安い日本酒を飲み、固い焼き鳥を食べながら、フェ・マリーンとの経緯を簡単に説明した。

「いきなり、部屋について来たのか」

「まぁ、そういうわけだ。で、仙台に二週間行ってくる、と」

「そうか」

「お前は？　アグネスとのきっかけは？」

「あの〈ルビイ〉のインチキパーティの時、電話番号を教えてくれ、と言われたんだ」

「はぁ……フィリピーナってのは、みんなこんな風にアクティヴなのかね」

「そりゃお前、人によるだろうよ」

「……ま、そりゃそうだな。……それにしても、俺は、こんなのは初めてだ。フィリピーナには知り合いも多いけど」

「俺も、ちょっと面食らった」

「で、恵迪寮の番号を教えたのか」

「いや。恵迪に電話もらっても、俺に繋がるかどうかわからないから。それに、寮には寝に帰るだけだし。それに、アグネスが話すのは英語だし」

「じゃ？」

安い日本酒の冷やを一口飲んだ。甘味で口の中がべたべたになった。焼き鳥を一口食べた。もそもそと、いつまでも口の中に残る。高田はムッとした顔で、淡々と語る。

「アグネスの電話番号を聞いたんだ。でも、寮の電話なんで、そこには電話をしないでくれ、と言われたんだ」

「で？」

「で、……結局、一時間後に〈サンボア〉で会うことにした。あのスズメバチの巣を踏んだ山屋、フセってんだけど、そいつと一緒に地下鉄に乗って、札幌駅で降りて、別れた。それからまた地下鉄で西十一丁目に戻ったわけだ」

「で、会ったのか」

「ああ」

「それにしても、驚きだな。〈サンボア〉のママ、そんなこと一言も言ってなかったぞ。そんなに口が堅い女だとはな。街の噂は、なんでもかんでも、誰彼お構いなしに喋りまくるオバサンなんだけどな」

「ああ、あの時は、店に入らなかったから。地下鉄駅から西屯田通りに出て、〈サンボア〉に向かって歩いてたら、途中でばったり会ったんだ。彼女も、〈サンボア〉に行くところだった」

「あ、なるほど。で、どうなった？」

「アグネスも、俺の部屋に来る、と言ったんだ。でも、寮に連れ込むわけにはいかなくてな。……ホテル代もなくてな。で、〈サンボア〉の隣の隣に、〈シャンゼリゼ〉って茶店《さてん》があるだろ。あそこに入った。……なんだか、さっきの今で、ママに見られるのも、照れ臭かったし。で、小一時間、アイス・コーヒー飲みながら、おしゃべりしたわけだ。……ま、そんなわけで、……ま、今んとこ俺たちは清らかな関係だ」

「悪かったな。清らかじゃなくて。……それにしても、そんな事情なら、俺に、話せばよかったのに。〈ルビイ〉でさ。金、貸したのに」

「〈ルビイ〉にいた時には、そういう展開になるとは思ってなかったんだ。思わないだろ、普通。ついさっき会ったばっかの相手だぞ。お前はどう思った？」

「まぁ……ただただ不思議だったけどな。……なるほど。アグネスもか」

高田は頷いてから、言った。

「聞いてみたんだけど、フセは、別に誰からも誘われなかったらしい」

「そんなこと、聞いたのか」

「いや、まぁ……この二日間にな。音沙汰がないから、……ほかの連中はどうなのかな、と思ってさ。そしたら、演研の連中も、ほかの山仲間も、そういう誘いはなかったらしい」

「俺には……」

「さっき、〈ケラー〉に電話したんだけど、いなかっただろ」

「あ、そうか」

「とにかく何の音沙汰もないから……」

「どうやって連絡を取り合うことになってたんだ？」

俺が尋ねると、高田はちょっと口ごもってから、言った。

「お前の部屋の番号と、〈ケラー〉の番号を教えておいた」

「……」

「それと、〈ジャスミン〉の住所と電話番号を教えてもらった」

「なるほど」

「で、二日待って、今夜、〈ジャスミン〉に電話したわけだ。アグネスをお願いします、ってな。そしたら、そんな女はいない、と言われた。で、迷った挙げ句、店に行ってみよう、と思って、来たわけだ。そしたら、お前がエレベーターから降りて来た、と」

「そうか。なるほど。わかった」

「で、どうする？」

「どうやら、いなくなったのはフェ・マリーンとアグネスだけらしいな」

「男を誘ったのも、あのふたりだけみたいだな」

「……」

「あのふたりが、なにかトラブルに巻き込まれてるんだとしたら、なんとかしなきゃな」

「フェ・マリーンは、仙台に行くのはダンサー四人だ、と言ってたんだ」

「……いなくなったのは、その四人全員だろうか。それとも、フェ・マリーンとアグネスの二人だけなのかな」

「……仙台の国分町の店、なんて店か名前はわかるか？」

俺は首を振った。

「それは言ってなかった。……仙台に、あるいは国分町に、タウン雑誌みたいなのはないのかな」

「《すすきのタウン情報》みたいなのがか？」

俺は頷いた。

「電話掛けてみるか？」

「もしもあるとすると、タウン情報ネットワークに加盟してるだろうから、そっちの方からアプローチできるんじゃないか」

高田はちょっと焦れったそうな表情になって、言う。

「それもいいけどよ、いっそ仙台に行っちまった方が話が早くないか？　向こうに行けば、なにがあったのか具体的にわかるんじゃないか」

俺も、そして高田も、焦っていた。何をどうしていいかわからずに、闇雲に、頭に浮かんだことを喋っているだけだった。

「ちょっと待て。落ち着こう」

俺が言うと、高田はムッとした顔になる。

「俺は、落ち着いてるよ」

「いや。何となく俺たちは今、浮き足立ってるぞ」

「……」

「そうだ。思い出した」

「ん？」

「あのフィリピーナたちが暮らしているアパートが、〈サンボア〉のそばにあるんだ」

「ほぉ」

「場所は知ってる。行ってみるか？」

「おう」

＊

相変わらずの暑さで、西屯田通りにも人が出ていた。店々の多くは入り口を開け放していて、店の中の様子が黄色い光に浮き上がって見えた。みんな、和やかに飲み食いしている。

〈サンボア〉の前を通ったら、店の中でたばこを喫っているママと目が合った。ママはカウンターの向こうに立って、おじさん二人の相手をしている。一人はビール、一人はサントリーホワイトのボトルを脇に置いて、水割りを飲んでいるらしい。ママはアゴをチョイとあげて、俺たちに合図した。俺たちも会釈を返した。

「どこら辺だ、その寮ってのは」

「そこから東に入るんだ。細い小路が入り組んでいて、その奥にある」

「細い小路か。札幌じゃ珍しいな」

その小路に足を踏み込んだら、いきなり世界は寂しくなった。白い街灯の光がひっそりとあたりを照らしている。木が剝き出しの木造の小さな家が並ぶ中に、目当ての古ぼけた木造アパートが建っている。

「あれか」

俺は頷いた。

あたりの木造一戸建ての家は、もうほとんど寝ているらしい。窓は暗い。フェ・マリーンたちの寮も、真っ暗で人の気配はない。

「どうする」

高田が小声で言う。

「フェ・マリーンの部屋は、あの外階段を上って、二階の右端だ」

「行ってみるか?」

俺は頷いた。

「今は、みんな店に出てるだろう。鍵がかかっているかもしれないけど、そんな頑丈な鍵じゃないだろう。中に入ったら、なにかわかるかもしれない」

俺たちは静かにアパートに近づいた。だが、アパートの周りは玉砂利が敷いてあって、砂利砂利と足音があたりに響いた。

「まずいな」

俺が呟いた時、一階真ん中の部屋の明かりが点いた。

「誰だ！」

ドスの利いた男の声が怒鳴った。

俺は咄嗟に高田に上体を預け、寄りかかった。「フンフンフンフ〜ン」とダウン・タウン・ブギウギバンドの『欲望の街』を眠たそうな声を作って、鼻歌で歌った。

「フンフンフンフ〜ンフンフン」

ドアの開く気配があった。下駄の足音が聞こえた。俺は頭を垂れて、高田に寄りかかり、

「フンフンフン」と鼻歌を続けた。

「なんだ、あんたらは」

「愛しいひぃとぉよ〜」

小声でモゴモゴ歌った。歌い続けた。

「あのう、すみません。ちょっと迷ったみたいなんですけど、石山通りに出るのには、どっ

ちに行けばいいんでしょうか」

高田が、典型的なヘナチョコ学生の声を作ってひょろひょろ言う。さすが演研のまわりでウロチョロしているだけはある。

「なにぃ？　石山通り？」

「ええ。友達が酔っ払っちまって、……僕は、ここらがよくわからないもんですから」

「なんでお前らが道に迷ったからって、俺が教えてやらんきゃないのよ。勝手に酒飲んで、勝手に迷ったんだべや。てめぇで探せや、バァカ！」

「はぁ……すみません」

高田が困惑した声を出し、しかし近寄らない方がいい相手だな、と判断しました、というような中途半端におどおどした口調で言い、「行くぞ、ほら」と俺を引きずるようにして、西屯田通りの方に数歩動いた。

「待てや」

「は？」

「てめぇら、どこで飲んでた？」

ひやりとした。だが、引っ越す前、西屯田通りで高田とは何度か飲んだことがある。

「あ、あの、西屯田通りの〈荒磯〉って店ですけど」

OK。よくやった。

相手は、へへへ、と軽蔑するような調子で笑った。

「あのホモの店な。……趣味悪いな、おめぇたち」

なんとなく、愉快な気分になったらしい。

「いい、行けや。ここらへん、ウロチョロすんな。石山通りだらな、そっちにずっと行けばいいから」

「あ、こっちですか」

高田が西屯田通りの方に左腕を向けたのがわかった。根性の悪い下っ端ヤクザだ。わざと反対の方角を教えやがった。

「どうもすみません。ありがとうございます」

高田がおどおどした声を作って、礼を言い、「おい、ちゃんと歩け」と俺に言って、また引きずるようにして西屯田通りの方角に向かう。俺はずっと鼻歌を歌っていたが、それがいつの間にか『ルビーの指輪』に変わっていた。「捨てぇ〜てぇ〜くぅれ〜」。バタンと音を立ててドアが閉まったのが聞こえた。

25

「どうするよ」

西屯田通りの街灯の下で、高田がモゴモゴと小声で言った。

「どうするったってなぁ……まずは、現状把握だな」

「どうやって」

「ちょっと心当たりがないでもない。……お前はどうする？」

「……どうするったってなぁ……その、お前の心当たりってのに、付き合っていいか？」

ちょっと考えたが、巻き込まない方がいいな、と思った。

「……それはやめよう。お前がいると、うまく話が聞けないかもしれないし。へんなとばっちりがそっちに行っても面白くないし」

「……じゃ、とりあえず〈ケラー〉に行ってる。飲んでるから、なんかわかったら、連絡くれ」

「了解」

俺は頷いて高田と別れ、五条通りを渡って古いビルの前に立った。辺りを見回すまでもなく、〈レイプ白石神社〉の客引き《ポーター》が立っていて、俺の方を見て視線を自分のつま先に落とした。

「よぉ」

声を掛けると、ちょっと慌てたふりをして、「あ、どーもー！」と明るく返事をする。

「森の英は、今どこにいる？」

「あ、今ですか。あ、店にいると思いますけど」

「今、客は入ってるか？」

「あ、今ですか。あ、客ですか。あ、今は客はいないと思いますけど」

俺は礼を言って、階段を地下に下りた。白い光に照らされた通路に、〈レイプ白石神社〉のアンドンが侘びしげに立っている。ドアを押すと、こっちを見たチンピラが、驚いたような顔をした。一人で入って来る客は、珍しいんだろう。たいがいの客は、ポーターに引かれて入って来る被害者なのだろうな。

「あ……いらっしゃいませ」

戸惑っている。

「悪い。客じゃないんだ。森の英がいたら呼んでくれ」

「お宅は？」

俺は名乗った。チンピラは、不承不承、という表情で暗幕を掻き分けて奥に引っ込んだ。すぐに暗幕を掻き分けて、森の英が出て来た。

「なしたのよ。珍しいな。金、使う気になったのか？」

「まぁな。ちょっと話がしたくなって」

「話か。店じゃ、高いぞ。わかるべ？　いくら払う気よ？」

「二万だと？」

「ま、十五分っちゅとこだな」

「ＯＫだ」

「したら、こっち来いや」

森の英の後について、暗幕を掻き分けて店内に入った。店内はほぼ真っ暗で、森が右手に持っているライトの、赤い光だけが頼りだ。店内は背もたれが異様に高い椅子と、あちこちに垂れ下がる暗幕で仕切られているようだった。小さな赤い光が弱々しく広がっている一角があって、どうやらそこは女たちが待機しているブースらしかった。俺たちの方を見て、女がひとり立ち上がろうとしたが、森が「客じゃねぇ」と叩き付けるように言うと、その女は小さく頷いて座り直した。

「ここにするか」

奥の隅のブースの前で森が言い、暗幕を掻き分けて中に入った。

「前金だ」

そう言いながら、ビニール張りの安物のソファに座り、テーブルの上の小さなランプのスイッチを入れた。赤い闇が広がった。俺は尻ポケットからマネー・クリップで留めた札を出して、一万円札を二枚、数えて渡した。森はそれを受け取り、丁寧に三回数えた。

「確かに。ま、座れや」

そう言ってふんぞり返り、「なした？」とある種の自信を漲らせつつ、アゴを上げた。

「ミザールビルの〈ジャスミン〉て店、知ってるか？　フィリピーナが踊る店だ」

「……花岡の連中が、看てる店だべ」

俺は頷いた。

「お前は、花岡とは？」

俺が尋ねると、森は赤い闇の中で、薄く笑った。

「別に。良くも悪くもない」

俺は頷いて、続けた。

「で、その〈ジャスミン〉で、なにかが揉めてるらしい。……もしもなにか揉めてるとしたら、その事情を知ることはできるか？」

「俺がか？」

俺は黙って頷いた。赤い闇の中で、森はじっと考え込んだ。

「お前は、何を聞いたのよ」

「ダンサーがふたり、いなくなったらしいんだ」

「なしてわかる？」

「ちょっと、小耳に挟んだ」

「それが、お前に何関係あるっちゅのよ」

「もしかしたら、俺の知ってる女かもしれないんだ」

「もしもそうだとしても、お前には何の関係もないべや」

「そうでもない。友達だったら、ちょっと心配になる」

「心配になるような、何か事情があるのか」

そう言って、森は鼻先で笑った。そして、諭すような口調で言う。

「ま、こっちの方に寄って来んな。お前らは、永遠に、客なんだ。客は客で、威張って酒飲んでりゃいいんだ。俺らが遊ばせてやる。したから、立場ぁ弁えろ、っちゅ話よ」

「……」

「変なことに口を出さない方がいいぞ。お前も、痛い目に遭うの、嫌《や》だべ？」

「……」

俺が黙って考え込んでいると、森は溜息をついて立ち上がった。

「しゃーねーなー！　ま、したら、ちょっと待ってれ」

そう言って、暗幕を掻き分けて出て行った。

その時になって、店内に結構大きな音量でインストゥルメンタルの演歌が流れているのに気づいた。今流れているのは、松村和子の『帰ってこいよ』だった。それが終わると、同じくインストゥルメンタルの『大阪しぐれ』が始まった。それが終わって、『みちのくひとり旅』が始まると同時に、森が暗幕を掻き分けて戻って来た。

ドサッとソファに座って、面倒くさそうな口調で言う。

「あのよ、あれだとよ」

「なんだ」

「なんか？　フィリピン女が？　ふたり？　仲間のパスポートやなんか、全部持ってフケたんだとよ。結構な騒ぎになってる、っちゅ話だ」

「……フケたのは、いつだ？」

「半月くらい前らしいぞ。なんかな、仙台の姉妹店に出張させたんだとよ。でも、向こうには着かなかったんだとよ。して、おかしい、ってなった時に、ほかの女どものパスポートもなくなってるってのがわかったんだとよ」

「……」

「見送りと出迎え。基本中の基本だ。……どっかに油断、あったんだべな」

「……」

「大騒ぎだべ。どこが、どうケツ持つんだべな。おもしゃいな。な?」

俺は、ゆっくり頷いた。

＊

高田は〈ケラー〉のカウンターの真ん中で、むっつりとビールを飲んでいる。俺はその横に座って、ベルモットリンスを頼んだ。

岡本さんが「畏まりました」と会釈する。

「で?　なんだって?」

森から聞いた話を教えた。岡本さんも、興味津々という顔で、こっそり聞いている。彼に聞かれても、なにも問題はないだろう。他言する心配はない。たとえ相手がマスターでも、俺がOKしない限りは、話す心配はない。

「逃げたって……」

高田がぼんやり呟いた。それから俺たちは、ほとんど何も言わずに、黙々と飲み続けた。

時折酒を注文する時と、高田が「なぁ、どうするよ」とボソッと呟く以外は、ふたりとも無言で考え込んでいた。

相変わらず暑い夜で、客はまばらだがそこそこ入っている。こういう夜は、冷房のあるところに人々はやって来る。

「なぁ、どうするよ」

高田がボソッと言った。これで六回目だ。そして、俺はなにも言えなかった。これも六回目だ。

「その、お前に〈ジャスミン〉のことを教えてくれた奴には、なにか手伝ってもらえないのか」

「あいつは、ただの下っ端のチンピラだ。役に立つような奴じゃない」

「そうか」

残念そうに呟いて、また黙ってしまった。そしてふと顔を上げる。

「……あのよ」

何事か決意した口調で言う。

「ん？」

「考えたんだけどよ。……こういうケースに詳しいと思える、だな。人生の大先輩にだな。……手紙を書いて、相談してみるってのは……どうだ？」

「……人生の大先輩ってぇと？」

「……今、俺が考えてんのは、……小沢昭一とか」

虚を衝かれた。あまりに唐突、という感じがする。……だが、そう言われてみればそれもアリかな、という気分になる。ちょっと考えたが、名案ではないにせよ、最悪の選択肢というわけではないな、と思えた。

「なるほど」

「どうだ？」

「じゃ、それともうひとり、……矢作俊彦ってのはどうだ？」

「おう。あいつはカッコイイな。それもアリだな。そうしよう」

俺たちは、明日昼間に待ち合わせて、ふたりの住所を調べることにして、とりあえず今夜の心配にけりを付けることにした。

＊

その後も、気分は湿っぽくなったままで、酒もあまり進まず、時間も空間も酒も、中途半端で宙ぶらりんになってしまった。

「岡本さん」

「はい」

「フェ・マリーンをお願いします」

「そんな名前の酒があるのか」

高田が驚いて言った。

「俺が考えた酒だ」

「どんな酒？」

「ホワイト・レディのコアントローを、ブラウン・カカオに代えるんだ」

「いいお酒だと思いますよ」

岡本さんが言う。

「へぇ。じゃ、俺もお願いします」

ブラウンの酒が二杯、すぐに並んだ。

「うまい」

一口飲んで、高田が呟いた。

「ブラウン・レディって名前にしようと思ったんだ。でも、もうすでに、そういう名前の甘い酒があるんでな。それで」

「フェ・マリーンか」

「ああ」

「……なぁ、仙台に行ってみないか？」

俺は腕組みをして、考え込んだ。

「行ってはみたいけどな。でも、ふたりとももう仙台にはいない、ような気がするな。そもそも、仙台には行ってないんじゃないか？　むしろ、ススキノにいた方がいいような気がするんだ」

「そうかなぁ……」

これ以上、ここで飲んでいても気分が落ち込むだけだ、と思った。

「とにかく、今日はこれで帰る。明日、図書館で、小沢昭一と矢作俊彦の住所を調べようや」

「わかるかな」

「もしもわからなかったら、番組とか、出版社気付で出すさ」

「そうか。その手があったな。じゃ、明日」

「俺は、十時に図書館のロビーに行くよ」

「わかった。俺もそれくらいに行く。……もしも会えなかったら、クラーク会館の地下で、昼にビールを飲もうや」

「了解」

俺は金を払って、キィと小さく鳴る扉を押して、階段を上って外に出た。

*

部屋に戻ったら、なにかがおかしかった。部屋のようすが変わっている。なんだろう、と辺りを見回したら、わかった。飯島が持ち込んだ、ルービック・キューブならぬ「九部六面体」を入れた段ボール箱が、全部消えていた。

清々したが、大丈夫なんだろうか、とちょっと気になった。飯島が持って行ったんならいいけど、そうじゃなくて、誰か別な奴が盗んだのだとしたら、後々ややこしいことになるだろう。そこら辺は、どうなってるんだろう。

などと考えながら、冷凍庫からスーパーニッカを取り出してグラスに注ぎ、ソファに腰を下ろした。一気に飲み干して、注ぎ足した。

フェ・マリーン。

どうしているんだろう。無事なのか。

……これから、〈ジャスミン〉に戻るか。店が終わったら、ダンサーたちは寮に戻るんだろう。その途中で、なんとかして彼女たちと接触できないだろうか。

あるいは、寮に行ってみようか。夜は危険かもしれないが、昼間なら、ある程度ようすを摑むこともできるかもしれない。

などと考えていたら、玄関のチャイムが鳴った。飯島かな、と思って「開いてるぞ」と言いながら立ち上がり、ドアを開けた。

見覚えのない、物騒な顔つきの、灰色のサマー・スーツを着た男が立っていた。俺よりも首一つ分、背が高い。

(そうだよな。飯島は、ドアに鍵がかかっていないのを知っている。だから、いきなり入って来るはずだよな)

などとぼんやり考えて立ち尽くしていた。状況が把握できなくて、「どちら様?」というセリフすら出てこなかった。

「ええと……」

いきなりその男は、左手で俺の右肩を押さえた。と思った次の瞬間、ミゾオチに拳をぶち込まれた。

今まで経験したことのない激痛だった。俺は思わず腹を押さえてうずくまった。というか、うずくまる途中で、後頭部に衝撃を感じて、そして俺は失神したらしい。

＊

途切れ途切れに記憶がある。暗闇の中で、そのブツブツ切れる記憶を辿っていた。

誰かが俺の両脇に腕を回して、俺を後ろ向きに運んでいた。俺のかかとが、通路の床をこすっていたようだ。

それから、暑い空気の中、おそらくは屋外だと思う、ススキノの街角か。大きな背中に背負われて、運ばれたような気もする。俺を背負っていたやつは、「しょーがねーなー、無茶飲みして」などと、酔っ払いを介抱するような芝居をしていた。

それから、タウン・エースみたいな大型の四角い車の後部座席に放り込まれた記憶もうっすらとある。乱暴に投げ込まれたので、シートで跳ねて、首がゴキッと痛かった。

……それから……と考えて、そして自分の意識が戻っていることに気づいた。だが、あたりは真っ暗だ。ここはどこだ、と思ったら、突然明るくなった。

俺が、自分の目を開けたのだった。

蛍光灯の光がまぶしい。俺は、畳の上に倒れている。八畳ほどの和室で、納戸か物置であるらしい。雑多なものが壁際に積んであって、全体が埃っぽい。それにしても、ガラスケースに入ったフランス人形なんて、見るのは何年ぶりだろう。象の足を切断して作ったストゥールなんてのもある。熊の剝製が倒れている。

俺は、ゆっくりと四つん這いになった。頭がくらくらするが、だいぶ回復しているのは自分ではっきりわかった。右足、左足、と体勢を整え、ゆっくりと立ち上がろうとした。だが、ほんの一瞬、ふらっとして、俺は熊の剝製の上に倒れてしまった。足が何かに当たって、そこに積んであった何かが、崩れたらしい。

ガチャンドサドサと、結構な音がした。

誰かが近づいてくる足音が聞こえた。俺は、目を閉じて気絶したふりをした。襖が開いた。

「起きたか」

そう言って、そいつは俺の尻を思い切り蹴った。それは本当に文字通りの「思い切り」で、ああ、これから過酷なことが始まるんだな、情け容赦はないんだろうな、ということがはっきり伝わってくる、そんな「思い切り」だった。これからどうなるんだろう、と死ぬほど怯えながら、固く目を閉じて寝たふりを続けた。

「起きてんだべ、こら。返事すれ」

下品な声が言った。俺はとりあえず、辛いことを先に延ばしたくて、寝たふり……というか、失神したふりを続けてみた。甘かった。そいつは、俺の顔を思いっ切り踏みつけて、ミゾオチにもの凄い蹴りを入れた。死ぬかもしれない、と思った。そして、ミッオは相当手加減していたんだな、と改めて認識した。いやつまり。哲学科宗教学なんてところで中途半端な勉強をしたから「改めて認識した」なんて寝言を頭の中で呟いているが、要するに、「すんげぇ痛ぇ」「死ぬ」「ヤバい」ということなのだった。どうすりゃいいんだ。

死ぬほど怯えながらも、妙に心は静かだった。「ああ、殺される」とすでに諦めているみたいだ。

「こら、何とか言えや、ガキ！」

またミゾオチを蹴られた。なにも言えない。俺はただただ、呻いた。「うーっ」という自分の情けない声が、耳に残った。

「こら、ピンキーはどこにいるのよ。おい！」

また蹴られた。俺は片手を上げて、歯を食いしばって唸りながら、言葉を絞り出した。

「誰だ、それ」

「ふざけんな、この！」

また蹴られた。

「ピンキーとアグネス、今どこにいるのよ。こら。さっさと言えや！」

「知らないよ……」

やっとの思いで言った。

「なにぃ？　したら、これはなんなのよ、こら！」

俺は目を開けた。質のいい絹のズボンを履いて、しゃれた麻のシャツを着た男が立っていた。ラフに見えて、隙のない着こなしだった。相当なお洒落だな、ということがわかった。

そいつが、ズボンのポケットから白い紙を取り出して、俺の顔に突き付けた。

「これは、なんなんだ、こら！」

白い封筒だった。俺が自分で、青泉ビルの住所と部屋の番号、それに俺の名前を書き、六十円切手を貼った封筒だ。フェ・マリーンに二十枚渡したうちの一枚だろう……封筒の数え方は、「枚」でいいのか？　……どうでもいいだろ、こんな時に。

「ん？　これはなんなんだ、っての！」

「封筒……」

口を蹴られた。唇が切れたのがわかった。

「おい！」

そいつが、俺にではなく、誰かに向かって大声を張り上げた。どたどたと足音がして、男がふたり、入ってきた。さっき俺の部屋の外にいた、ゴリラみたいな奴と、雰囲気イタチ、って感じの、いかにも狡くて根性が悪そうなチンピラだった。

「埋めに行くべ」

俺に聞かせるような口調でわざとらしく言う。……いくらわざとらしくても、ほとんど本気だ、ということはわかった。

「テンす」

「そうだ。あそこなら、誰もいない。この時期、海岸はどこも人で一杯だからな」

「演習場っすか」

「有明にするべ」

「どこっすか」


俺は三人がかりで持ち上げられ、運ばれた。和室から引きずり出されて、廊下を運ばれた。なんだか洒落たモダンな広い部屋を通過した。洒落てモダンなのに、神棚があって、それが妙に目立っていた。そして物騒な顔をした男たちの写真が部屋を見下ろし、壁には書類らしいものが、何枚も画鋲で張ってあった。

そこで、俺はちょっと抵抗したんだが、すぐに頭をぶん殴られて、気が遠くなった。

＊

気づいたら、俺はタウン・エースの後部座席にいた。両側に男がいる。一人はゴリラ、一人はお洒落。イタチが運転していた。車内を眺め回す俺に気づいて、お洒落男がニヤっと笑った。そして、いきなり俺の右頬に拳をぶち込んだ。強烈なパンチで、一瞬、頭の芯がフラッとした。また気絶するかな、と思ったが、なんとか持ちこたえることができた。


「おい。ピンキーとアグネスがどこにいるか、さっさと吐け」

「知らないんだ。本当に」

「じゃ、なんなんだ、あの封筒は。あれは、ピンキーが置いてってたバッグの中に入ってたんだぞ」

そう言って、お洒落男はまた俺の右頬を殴った。激痛で頬骨が悲鳴を上げた。俺は思わず右手を当てた。ゴリラが左頬を殴った。これも痛かった。

「あのな。人間てのはな。どんな人間でも、首まで埋められたら、正直に白状しちまうもんなんだ。そんな状況で、白を切ることができる奴なんか、いないんだ。わかるか?」

物騒な口調だったので、俺はとりあえず、細かく頷いた。

「なら、今、吐いちまった方がいい。俺らとしても、男ひとり、首まで埋める穴を掘るのは大儀でな。埋められる奴に自分で掘らせる、って流儀もあるが、俺はどうもそれは嫌いでな。ちょっと変態っぽいだろ。サドっぽいってか」

「……」

「で、俺らが穴を掘るわけだが、結構面倒だ。で、俺らの機嫌が悪くなる。そうなると、簡単には死なせないぞ。長く苦しむことになるぞ」

「……」

「それがいやなら、どうせ喋ることになるんだから、今、吐いちまえ。な?」

「……」

「ここで吐けば、俺らもちょっと機嫌が良くなる。必要以上には苦しませない。なるべく即死できるように気を遣ってやるから」

一瞬、お洒落男の頭の中で血が沸騰するのが感じられた。来る、と思うよりも早く、また右頬を殴られた。頬骨がきしんだ。

「勝手にしろ、ゴミ！」

お洒落男が吐き捨てると、すかさずゴリラが左頬を殴った。

俺はやっとの思いで、言った。

「誰か、バンドエイド持ってないか？」

「うるせぇ！」

お洒落男がまた殴った。

「自分が他人《ひと》からされて嫌なことは、他人にしないようにしましょう」

「抜かせ、ゴミ！」

また殴られた。もう、喋る気力はなくなっていた。

「兄親」

ゴリラがポツリと言った。

「あ？」

お洒落男がふんぞり返って答えた。

「シマコに電話入れた方がいいんじゃないすか？　ちょっと遅れる、とか何とか」

「いいんだよ、そんなこたぁ。あいつに気なんか遣うこたぁねぇ」

「……」

そう吐き捨てたが、なんだか微妙な雰囲気が漂った。お洒落男は、「ま」と言って、運転席のイタチに命令した。

「電話、寄越せ」

「テンす」

イタチはそう言って、助手席の方に手を伸ばした。ガパン、という音がした。イタチが左手に電話の受話器を持って、「どうぞ」と前を見たまま、お洒落男に差し出した。コードがぶらんと垂れ下がっている。

「う」

受け取ったお洒落男は、受話器を見て、指でつつき始めた。なんだろう、と思ったが、すぐにわかった。受話器にプッシュボタンが付いているんだろう。これで番号を打ち込むわけか。

「あ、俺だ。……聞きづれぇな。はっきり喋れ。……ああ、そうだ。自動車電話だ。……その話は、いいから。後で聞く。でな、ちょっと遅くなる。……そんなもん、わかるわけねぇべや。……まぁ……三時間、てとこかな。もっと早く終わるかも知らん。おとなしくして、待ってれ」

そう言って、電話を切ったらしい。

「おう」

と言って受話器を差し出し、イタチがそれを受け取って、助手席の方に手を伸ばした。カパン、という音がした。きっと、電話機本体にはめ込んだんだろうな。

「シマコ、なんて言ってました？」

ゴリラが媚びるような口調で尋ねた。

「ん？ 早く来てね、待ってるわ、とかなんとか、言ってたかな」

「へへへ！……それにしても、いい女ですよね」

「貸してやるか？」

「いや、とんでもねっす」

ゴリラが慌てて言って、男三人は、大声で笑った。さも愉快な冗談だ、という感じの、わざとらしい笑いだった。

＊

時間の感覚がほとんどなくなっていたが、気がついたら、深い森の中を走っていた。

「もう一度聞くぞ。ピンキーとアグネスは、どこだ？」

「知らないんだ。残念ながら」

「ピンキーとは、なんのきっかけで知り合った？ あんな封筒を渡すようになったのは、なぜだ？」

「だから、ピンキーって人を、知らないんだ。残念ながら。こんな状況で、白を切るわけがないだろう。知ってりゃ話すさ。でも、本当に知らないんだ」

「じゃ、あの封筒は、なんなんだ。お前の住所だろ、あれは」

「そうだけど、訳がわからない。あれは、俺の字じゃない」

右頬を殴られた。

「抜かせ、ゴミ！」

お洒落男は吐き捨てて、腕組みをし、イタチの肩越しに前を見ている。タウン・エースのライトが闇の森を照らしている。木々の葉が揺れている。これが、この世界の見納めなんだろうか。

「次だ。そこを、左に入れ」

とたんに道が細くなった。路面が荒れているらしく、ガタガタと激しく揺れる。

「そこんとこを、左だ」

じっと前を見ていたお洒落男が言った。タウン・エースは、路面に雑草がびっしり生えている細い道を進む。

「行き止まりで、止めろ」

お洒落男が言った。俺の心臓は縮み上がった。これで、おしまいか？

「停まったら、歩くからな。さっさとついて来いよ」

お洒落男がそう言って、俺の右頬を殴った。すかさずゴリラが左頬を殴った。タウン・エースが停まった。

＊

ドアを開けてゴリラが降りた。そして俺の左腕をがっしりとキメて、引きずり下ろそうとした。とんでもない力だった。左腕を折ってでも、引きずり下ろす、という意図がはっきりと感じられた。俺は右腕で、助手席のヘッド・レストにしがみついた。お洒落男が俺の右腕を殴り、俺の右頰を殴り、車内から押し出そうとしている。俺は、必死になって右腕でヘッドレストを摑み続けたが、右の肋を殴られて、思わず右手を離してしまった。そこは、ミッオの手下に蹴られたところだった。

「ほれ、降りれ」

もみ合いながら、俺はシートベルトを右手で摑んだ。がっちりと握った。抱え込まれた左腕が折れそうだ。お洒落男が俺の右手を摑み、人差し指を外側に曲げようとした。しっかり握った右の拳が、徐々に解けていく。俺は絶望の中で、それを感じながら、満身の力を込めてシートベルトを握り続けた。右の肋を殴られることは予想していた。だから、実際に殴られた時も、さっきとは違って、右手の力は緩めなかった。お洒落男が忌々しそうに舌を鳴らした。

「いい加減にすれや。命乞食が！」

そう言って、俺の右のこめかみを殴った。これは効いた。意識が半分飛んで、俺は自分がゆらっと揺れるのを感じた。お洒落男は、俺の肋を連打した。とうとう、あまりの痛みに耐えかねて、右手を開いてしまった。

「ほらよ」

お洒落男が俺を押す。ゴリラが、左に引きずり下ろそうとした。

その時、聞き慣れない音が聞こえた。ルルル、と鳴っている。

「誰だ、今頃」

お洒落男が不機嫌に吐き捨て、「ツグミチ！」と怒鳴った。気がつくと、運転席には誰もいない。

「なんすか」

ゴリラの後ろにイタチが現れた。手にスコップを二本、持っている。

「電話だ。取れ」

「テンす」

持っていたスコップをそこに投げ出して、運転席に向かう。受話器を取って、「サクラバっす」と応えた。

「へ」と言って、受話器をサクラバに差し出した。イタチの口が、「オ・ヤ・ジ」と動いた。

「何、見てんだ、この！」

イタチが言って、俺の左目を殴った。

「お疲れさんです。……へぇ。……今、ここにいます。……場所は……有明です。そう、演習場の。……は？　マニラが？　なんでまた……政府？　なんの関係、あるんすか。……道警ったって……防犯？　なんすか、それ。なんで俺らに絡むわけっすか？」

受話器から、野太い男の声が漏れ聞こえる。言っていることはわからないが、機嫌が悪い、ということは伝わってくる。なにかを強く、サクラバに命令しているらしい。

「んなこと言ったって、オヤ、いや、社長」

野太い声は、相当怒っている。そして、サクラバを怒鳴りつけている。

「いや、しかし……じゃ、じゃ、パスポートはどうなるんすか……このままで、放っとくんすか。……マニラだって……へぇ。ま、そりゃそうですけどね」

いつの間にか、俺の左手は自由になっていた。ゴリラが心配そうな顔をして、サクラバを見ている。イタチも、運転席で首をねじ曲げてサクラバをじっと見ている。

「へぇ。了解しました。了解です。このままで、いいっちゅことですね。なんか、紙、書いてもらえますか。……いや、そういう意味じゃないっすけど」

野太い声がなにかを怒鳴って、そして電話を切ったらしい。サクラバは溜息をついて、受話器をイタチに渡した。

「お前」

俺を見て、言う。俺は、黙ってサクラバの目を見た。言うべきことは、特になかった。

「返してやる」

は？

「公衆電話の前で、降ろしてやる。そこで車でも呼んで、勝手に帰れ」

「は？　行くぞ」

　サクラバが不機嫌に言うと、ゴリラが乗り込んできた。イタチは慌てて運転席から降りた。後ろの方で、ゴトゴト音がするのは、イタチがスコップを戻したんだろう。

　その時になって、俺は、どうやら助かったらしい、と理解した。胸がすっと膨らんだような気がした。ラジオ体操の歌が頭の中で鳴り響いた。

「なんなんすか」

　ゴリラが不思議そうに尋ねた。イタチも、左目の隅でサクラバを見る。

「知らねぇ、すったらこと。マニラの警察から、なにか言ってきたんだとよ」

「マニラ？　なんでまた」

「知るか、すったらこと」

　そう吐き捨てたサクラバの口調が、非常に険悪だったので、ゴリラもイタチもすっかり縮こまってしまった。そのまま、タウン・エースは固い沈黙を詰め込んで、延々と走り続けた。

26

　俺は眠っていたらしい。「おい」と手荒く肋を小突かれて、痛みで目が覚めた。左に座っていたゴリラがいない。と思ったら、開いたドアの向こうに立っている。

「降りろ」

サクラバがそう言ってもう一度俺の肋を小突いた。ゴリラが手を伸ばして俺の両脇に腕を回し、シートから引きずり下ろした。と同時にサクラバが俺の腰を蹴ったらしい。俺はドアから飛び出して、地面に転がった。

「悪く思うな。俺だって、ちゃんと付き合えば、結構味のあるいい奴なんだぞ」

サクラバが空々しいことを言って、大声で笑った。ゴリラが俺をまたいでタウン・エースの後部座席に乗り込んだ。俺は立ち上がろうと思ったんだが、なんだか全てが面倒臭くて、地面に伸びたまま見送った。車がひっきりなしに、うなりを上げて行き来している。俺はどうやら、大きな道路の歩道に寝そべっているらしい。なんとか手足を操って上体を起こし、とりあえず歩道に座り込んだ。車の交通量は多いが、この時間にしては、トラックやトレーラーが少ない。きっと、近くにバイパスがあるんだろう。とすると？

俺は、やっとの思いで立ち上がって、辺りを見回した。目印になるような物は見当たらない。遠くの方に街の明かりのような光が見えたので、そっちに向かって歩き出した。裸足の足の裏で歩道の温もりを感じた。まだ、昼間の熱気の残骸がしみ込んでいるんだな、と俺は感心した。そして、俺は生きているんだな、と感心した。足の動きが、どうもあやふやだ。自分でも、よろよろしているのがわかった。延々と歩いた。どれくらい歩いているのか、時間の感覚がまたどこかに行ってしまった。

空が紫色になってきた。信号があって、それを中心とする交差点の周りに、いくつか商店があり、家もあるようだ。そして公衆電話ボックスがあった。交差点であたりを見回したら、この太い道が国道三十六号線であること、このあたりは「大曲」であることがわかった。国道三十六号線であるからには、青森や秋田の大曲《おおまがり》じゃないだろう。札幌郡広島町の大曲だろう。

俺は、へとへとに疲れた体を引きずって、電話ボックスに入った。扉を開けるのに、ちょっと苦労した。ガラスの壁に寄りかかって、受話器を外した。受話器は、信じられないほどに重たかった。もつれる指をなんとか動かして、十円玉を四枚取り出した。そこで、広島町から札幌に掛けると、市外通話になるのではないか、と思い付いた。で、百円を追加して、北大恵迪寮の番号をプッシュした。

三回目の呼び出しで、出た。

「もしもし。北海道大学恵迪寮です」

高田の声だった。

「あ、俺だ」

「どうした？　心配で眠れないのか？　実は俺もそうなんだ。で、ずっと電話のところでさ……」

「おい、ちょっと頼む」

俺の声は、しょぼくれていて、自分でも情けなかった。

「どうした？　どうなってる？」

「迎えに来てくれないか」

「今、どこだ？」

「広島町、大曲」

「なにぃ？」

「状況説明は、後だ。頼む」

「大曲のどの辺だ」

「国道三十六号線沿いの電話ボックスだ」

「……わかるかな」

「わかるだろ。お前、頭いいし。足がすらぁっと長いし」

「つまらんことを言うな」

と言う口調は、ちょっと得意そうだ。事実、高田は足が長い。そして、そのことをほめるとたんに機嫌が良くなる。基本的に、素直な奴なんだ。

「近くに、何か目印になるような物はあるか？」

空が紫色になって、仄かに明らみ、あたりのようすがさっきよりもよく見えるようになっていた。

「なんか、宅地造成中のところみたいだな」

「なんとかなるか。とにかく、行ってみる。待ってろ」

「頼む。あ、それから、サンダルか何か、足に履くものを頼む」

俺は、受話器を置いて、電話ボックスの中でしゃがみ込んでしまった。

＊

また眠ったらしい。肩を揺すられるので目が覚めた。あたりはとても明るくなっていた。

「大丈夫か？」

高田の声だった。そっちを見ると、顔色が変わった。

「お前！　どうした！」

「話せば長くなる。それに、あまり人に話したくない出来事だな」

「なんだよ。アグネスとかと関係ある話か」

「そうらしいんだが……」

「ま、いい。乗れ」

懐かしいカローラ一三〇〇が、健気にブルブルと震えながら、控えている。助手席のドアを開けて乗り込んだ。このドアは、開け閉めする時に、サラサラ、と音がする。ドアの内部に錆の破片や粉末が溜まっているらしく、それが動くんだろう、と高田は推理している。

「動きがおかしいな。また、肋をやられたか」

「多分な」

「病院に行くか？」

「そこまでの必要はない、と思うんだ」

「ま、好きにするさ。で？　どこに行く？」

「俺の部屋まで頼む」

「新しい方のな？」

「そうだ」

「南七西三だったか？」

「そうだ」

「寝てろ」

俺は、寝た。

＊

目が覚めた。健気なカローラ一三〇〇は、頑張って走っている。

「今、どこだ？」

「起きたか。豊平橋の手前だ」

「……」

「なにがあった？」

「ヤクザに、事務所に連れ込まれて、フェ・マリーンたちがどこにいるか言え、と脅された」

「その結果が、その顔か」

「そうだ」

「相手は？　ヤクザって？」

「〈ジャスミン〉のケツ持ちは、花岡組だ。北栄会花岡組」

「……」

「そこの組員だと思う。サクラバ、と呼ばれていた。キザなお洒落男だ」

「で、なんで大曲なんかにいた？」

「脅すつもりだったんだろうけど、……有明に連れて行かれて、森に埋められるところだったんだ」

そう言ってから、ちょっと恐怖が甦って、俺は発作的にぶるぶるっと震えてしまった。

「大変だったな……で、それがなんで解放されたんだ」

「わからない。……変な電話がかかってきた。それで、風向きが一気に変わったんだ」

「なんだろうな。……話の内容は、わかるか？」

「サクラバの上の方からの電話らしかった。すぐに手を引け、という内容だったんだろう、と思う。だが、その理由は、わからない。道警とか、防犯とか、政府とか、マニラとか言ってたような気がするが、自信はない」

「政府……？　マニラ……？」

「意味はさっぱりわからないが、フェ・マリーンやアグネスと関係があるんだろうな、と思う」

「う〜ん」

高田は、唸って、そして黙り込んだ。

俺は窓から外を眺めた。カローラは、豊平橋を渡っていた。時間が早いので渋滞はまだ起きていない。軽快に橋を渡った。層になって空に浮かんでいる雲が、桃色に光ってキレイだった。

青泉ビルの前で降りた。

「ゆっくり休め」

俺は頷いた。

「しばらく、人前に出ない方がいいぞ」

俺は頷いた。

「後でまた来る。必要な物があったら、メモしておけ。しばらくは、外を出歩けないだろ。そんな顔じゃ」

俺は頷いた。

「じゃあな。また、後で」

「ありがとう。助かった」

「ゆっくり休め」

健気なカローラ一三〇〇は、可愛らしい尻のマフラーから、黒い煙をもくもく吐いて走り去った。

部屋に戻ってソファに寝転んだ。ちょっとうとうとした、と思ったが、目覚まし時計を見ると、八時を過ぎていた。ほんの五分ほどの感じだったので、いささか驚いた。

＊

ラジオのスイッチを入れた。

「おはようございます。札幌のスタジオから、道内のニュースをお送りいたします」

ちょうどローカルニュースが始まったところだった。

「まず、事故のニュースです。今朝未明、札幌市の国道三十六号線、月寒付近で、ワゴン車とトラックが正面衝突をして、ワゴン車が大破する事故がありました。ワゴン車を運転していたツグミチマナブさん、三十一歳と、同乗していた、会社役員、サクラバノリミチさん、三十四歳が意識不明の重体、同乗していたムラキモトハルさんが腰の骨を折る重傷で、病院に収容されました。なお、トラックを運転していた男性には、怪我はありませんでした。現場は見通しの良い直線道路で、警察では、ブレーキ痕などから、トラックを運転していたヨコヤマクニアキ運転手、五十六歳の居眠り運転が原因と見て、慎重に調べを進めています。ヨコヤマ運転手は、この五日間で五時間しか睡眠をとっていないと話しているといい、警察はヨコヤマ運転手が勤める運送会社にも話を聞いています。……つぎのニュースです。道内では初めての通信衛星を利用した、電電公社の総合防災演習が、北見市の……」

気がついたら、俺は部屋の中をグルグル歩き回っていた。さっきのニュースのサクラバってのは、あのサクラバだろう。確か、イタチは「ツグミチ」と呼ばれていたし。……あの三人が、重態と重傷。喜ぶ気にはならないが、やっぱり心のどこかに、「ザマぁ見ろ」という気分があるのも否めない。

だがとにかく、死ななくて良かったじゃないか。これをきっかけに、心を入れ替えてまともに生きろ。

……なんてことを言う資格は、俺にはないな。「お前こそ」と言われて、それで終わりだ。

ま、いいさ。人は人。俺は俺。

しかし……あの三人がなぁ……。

27

昼過ぎ、高田が来た。カップラーメンを数個と、西瓜を四分の一、それと茶色い液体を入れた四合瓶、スーパーニッカ二本などを持って来てくれた。

「助かる。……その、茶色い水はなんだ？」

「麦茶だ。俺が自分で煮出したんだ」

「へぇ」

俺の家には麦茶を飲む習慣がなかったので、珍しい気がした。

「全部でいくらだ？」

「払うつもりか？」

「もちろん。持って来てくれただけで、十分助かる」

「そうか。じゃ、ここに領収書を置いておく。払ってもらえたら、助かる」

「了解」

「まだ、変化はないな」

俺の顔を眺めて、言う。

「これから、徐々に良くなるだろうな。じゃ、行くわ。今日はこれからゼミなんだ」

「なぁ」

「ん？」

「大曲からここに戻る時、国道三十六号線の月寒付近で事故があったか？」

「ああ、でっかいのがな。片側交互通行になってた。どうも、トラックとワゴン車が正面衝突したらしい。ありゃ、トラックの居眠り運転だな」

「そうか……」

「なんで」

「今朝、ラジオのニュースで聞いたんだけどな」

「うん」

「あの事故の負傷者、俺を埋めようとした連中らしい」

「そうだ。ラジオでは、会社役員、と言ってたけどな。サクラバって名前と、ツグミチって名前に記憶がある」

「あぁまぁ……ものすごい偶然、というか、最悪の不運というか。……やっぱり、報いってのは、あるもんだなぁ……」

「そうだなぁ、本当に」

「花岡組の？」

＊

その日は、ほとんど一日、部屋でゴロゴロしていた。体が徐々に回復するのが実感できた。肋の痛みはあまり変わらないが、ぶよぶよだった顔のあちこちが、徐々に固まってきた。

食欲が出なくて、あまり食べなかったが、それでも西瓜は四つに切って、一切れ食べた。常備してあるスーパーニッカをボトル半分ほど飲んで、寝た。

翌日、電話の音で目が覚めた。目覚ましを見たら、午前十時を過ぎていた。

「もしもし」

受話器を取って名乗ったら、女の警戒心に満ちた声が、「あの、もしもし」と静かに言って、黙った。聞き覚えのない声だ。

「もしもし。どちらにお掛けですか？」

「そちらは…」

と女は俺の名前を確認して、そしていきなり言った。

「ピンキーに頼まれて、お電話しているんですが」

俺は、口が利けなくなった。

「もしもし、あの、私、横浜ミドリライオンズクラブのタチバナと申しますが」

「はぁ」

「ピンキーからの伝言でございますけど」

「ピンキーとは、どんなご関係なんですか？　あの、失礼ですが」

「どんな……友人同士でございますけど」

「はぁ……」

「それで、ピンキーの伝言ですが、元気でやってます、ということです。心配しないで、手紙が届くのを待っていてください、ということでした」

「……」

「もしもし？」

「ええ、聞いています」

「先日、横浜を一日案内して、中華街でお食事をして、そして駅まで行って見送りました。ピンキーはそのまま、マニラに帰る、と話してましたよ」

「……」

言葉が何も出てこなかった。

「突然いなくなって、本当にごめんなさい、と言ってました」

「……元気なんですね？」

「ええ、それはもう。難しいお仕事が……あ、いえあの」

「え？」

「とにかく、手紙に全部書くので、それを読んでください、と言ってましたよ」

「……」

「あ、それから。お友達の高田さん？」

「はぁ」

「その方にも、アグネスからよろしく、という伝言があるそうです」

「……」

「では、お伝えいたしました。伝言は、以上です。それでは、ごめんくださいませ」

気がついたら、俺は左手に受話器を持ったまま、半分口を開けて、ぼんやりと立ち尽くしていた。なにがなんだか、さっぱりわからない。

高田に電話してみた。学生らしいのが出て、高田さんは今外出しています、と丁寧な口調で教えてくれた。俺は名前を言って、俺に電話するように伝言してもらえるか、と尋ねた。いいですよ、とそいつは言った。俺は礼を言って電話を切った。

＊

午後六時、チャイムが鳴った。そしてドアが開き、高田が入って来た。

「よぉ。少しは腫れが引いたな」

そう言って、近所の雑貨屋の紙袋をテーブルに置いた。

「ありがとう。でも、もう要らないよ。食欲がないんだ」

「そうか」

「それに、その気になれば、出前があるし」

「そうか。わかった。ま、これは土産だ。置いてく。カップ麺だからな。腐ることはないだろう」

「ありがとう。……ところで、横浜のなんとかライオンズクラブのタチバナってオバサンから電話が来た」

「……知ってる相手か？」

「いや。横浜には知り合いはいない」

「で、なんだって？」

「いきなり、ピンキーからの伝言だ、と言うんで、俺は……一瞬、頭が働かなくなった」

「……」

高田の頭も働かなくなったらしい。

「その話によると、先日、フェ・マリーンの横浜観光に一日付き合って、案内して、で中華街で食事をして、駅まで見送った、ってんだな。で、フェ・マリーンはその足で、マニラに帰ったはずだ、と」

「……」

「元気だそうだ」

「……」

「で、アグネスも、お前によろしく、と言ってるそうだ」

「……」

「突然いなくなって、本当に申し訳ない、と言ってたそうだ」

「……なにがどうなってる？」

「わからん。ただ、俺に手紙を書いたから、それを待ってくれ、と言ってたそうだ」

「手紙って……どうやって、お前に手紙を書くんだ」

俺は、例の封筒のことを説明した。

「なるほど。考えたな」

「でも、そのせいで、俺の住所をサクラバに知られた。で、あんなことになったわけだ」

「……大変だったな。……それにしても……そうか。……元気なのか」

「少なくとも、タチバナってオバサンは、そう言ってた」

「そのタチバナさんとピンキーが横浜観光をしたってのは、何日なんだ？」

「聞かなかった。……今から思い返すと、本当に、大切な、問い質すべきことを、俺は聞かなかった。……ま、要するに、頭がスタックしてたんだな、きっと。情けない」

「そうか。……元気なのか。……手紙が来るんだな？」

「ああ」

「……来たら、すぐに教えてくれ」

「わかってる」

「小沢昭一と、矢作俊彦はどうする？」

「とりあえず、ようすを見よう」

「だな。……あんまり、焦ってもな」

＊

家庭教師をしたり、オールでアブク銭を稼いだり、高田に稽古を付けてもらったり、脇本先生に『失楽園』を教わったりして、毎晩〈ケラー〉で飲み、俺はフェ・マリーンからの手紙を待った。

半月あまり経って、〈ケラー〉から青泉ビルに帰った午前二時、郵便受けを開けて、脇に大家が設置した屑籠にDMを捨てながら一枚一枚眺めたら、その中に、俺が自分の住所と名前を書いた封筒があった。俺が貼った六十円切手のほかに、見たことのない桃色の切手が貼ってあった。表書きには、赤いボールペンでJAPANと横書きして、その下にアンダーラインが二本引いてあった。

一瞬、俺はビルから飛び出して走り回ろうと思ったが、すぐに落ち着いて、ビル入り口の明かりの中で封筒を開けた。

中に、薄い紙が二枚、入っていた。細かな字が書いてある。それを見て、俺は愕然とした。

読めない。

文字は、ミミズののたくったような、くねくねとした線の連続なのだった。何を書いているのか、どの線がなんという字なのか、さっぱりわからない。

俺は封筒の裏側を見てみた。そこにも、くねくねの線が書いてあった。俺は、全集中力を動員して、そのくねくねの線をじっと見つめ、全思考力を動員して、読み取ろうとした。五分ほど、脳みそのシワに汗をかいたら、その線が、なんとなく、Fe marinと書いてあるような、漠然とした印象が浮かび上がってきた。

とにかく、これは、間違いなく、フェ・マリーンが書いた手紙だ。

だが、読めない。

ネイティヴがフリーハンドで書いた文字が、こんなに読みにくいとは知らなかった。俺のゼミの先生である、ホルダーやジョーンズは、非常に読みやすい字を黒板に書くが、あれはやっぱり教員稼業で世渡りをしている人の文字なんだろうな。

（……どうする？）

結論は、すぐに出た。

やれやれ。

28

昼前に、北大教養部の代表番号に電話を掛けて、脇本先生の研究室につないでもらった。

「もしもし。脇本です」

長老派信徒である先生は、常に穏やかで落ち着いた話し方をする。俺は、名乗った。

「やぁ。こんにちは。どうですか、最近は。勉強は進んでいますか？」

「はい。おかげさまで。……実は先生」

「どうしたの？」

「ご迷惑とは思うんですが、実は、フィリピンの人から手紙をもらいまして」

「うん」

「それが、……字が、全く読めないんです」

「……ああ、なるほど。達筆なんだ」

「そうなんでしょうか。……とにかく、読めないんです」

「で、読んでくれ、ということかな？」

「はい。厚かましいお願いですが」

「いいよ。お安い御用だ。ちょうど今、時間が空いたところです。なんなら、今これからでもいいですよ」

「あ、助かります。ありがとうございます、本当に。では、これから伺います。十五分で参ります」

「そんなに急がなくても、いいよ。三時までは、大丈夫だから」

それを聞いて、俺は受話器を置き、青泉ビルから飛び出した。タクシーが客待ちをしていた。俺は、乗り込み、北大北門、と告げた。

＊

「これなんですが」

俺は、フェ・マリーンの書いた手紙を脇本先生に差し出した。

「うん。ま、どうぞ。そこに座って」

先生は、応接セットのソファを指差した。先生の研究室は、きちんと整理整頓されていて、先生の人柄をよく表していた。

「それにしても、白いスーツか。……生活は、諸々順調なのかな?」

「どうなんでしょうか。なんだか、バタバタしています」

「そうですか。ま、若いうちだね。……で、この手紙ね。……なるほど。これは、読めないかもしれないね。……下手な字じゃないけどね。慣れないと、読めないかもしれない」

そう言って、読み始めた。突然、先生の目尻と頬がぽっと赤くなった。そのまま、最後まで読んで、俺の顔を見た。

「ええとね……この、一枚目と二枚目の三行目までは、……情緒纏綿《てんめん》たる、切ない恋文だな」

「はぁ」

自分の顔が熱いのを感じた。

「これは、……ここで私が訳すのもなんだから……どうかな。これを、タイプライターで書き写せば、自分で読めるかな？」

「あ、それは、なんとか大丈夫だと思います。なんとか読めると思います」

先生は、うんうん、と微笑みながら頷いた。

「そうだね。〝パラダイス・ロスト〟よりは、まぁ、読みやすいだろうね」

「はぁ」

「じゃ、ちょっと待って」

先生はそう言って、窓際の机の脇に置いてある小さな机に向かった。そこに、結構大きなタイプライターが載っている。それに紙を挟み、左脇のスタンドにフェ・マリーンの手紙をとめて、いきなりものすごいスピードで打ち始めた。便箋一枚ちょっとを打つのに三分もかからなかった。

先生は、打ち終えた紙を、ジャッと音を立ててタイプライターから外し、「これを」と渡してくれた。

「情緒纏綿たる、切ない恋文ですよ。……きちんとした教育を受けた、聡明な女性なんだね」

「そうですか」

先生は、静かな顔で頷いた。

「さて、それじゃ。……この、二枚目の二つ目のパラグラフから訳しますよ」

「お願いします」

「……『ああ、わたしは、そんなあなたを裏切って、旅立ってしまいました。こんな私に、心からの愛を注いでくれたあなたを、裏切ってしまいました』……ここんとこも、まだ恋文か。ま、流れとしては、このあたりから、本文です。……いや、本文は、むしろ恋文の方かもしれないけれど。……『詳しいことは書けません。でも、私にはある任務』……と言うかな。いやむしろコウムだな」

「コウム？」

「そう。公の務めね」

「あ、なるほど」

俺はどうやら不審そうな表情だったらしい。脇本先生は俺の顔を見て、「ほら」と便箋を差し出した。受け取った。

「その、横線で消してある部分ね、それは、ガヴァメント、と書きかけたのを消したんだね。そして、タスク、と書き直している。わかるかな？」

「いえ……読めません。……ただ、横線で消してあるのはわかります」

「それで、任務、よりは公務の方が、適切だと思うんだ」

「わかりました」

「……ええと、……『私にはある秘密の公務があり、……国民……市民のために、それを果たさなければならないのでした。それがわかっていたのに、あなたの愛に応えた私は、とても自分勝手でした。このことは、いくらお詫びしてもお詫びしきれません』……心情がにじみ出ていますね」

先生は、講義口調で言った。

「そうですか」

「ええと？　それで……『以前、ある公務で知り合った、日本人の女性のお友達がいます。横浜にいる方で、私はその方と連絡を取り、公務を果たす援助を得ました。もしかすると、すでにその方から、あなたのところに、私の伝言が届いているかもしれません。とにかく、私は今、通常の生活に復帰し、元気に暮らしています。そちらでは、私とアグネスがいなくなったことについて、もしかしたら、トラブルが起きているかもしれません。……それについては、私たちは、全力を挙げて、事態の収拾を図ります。……事柄の性質上、私の公務についてはなにもお知らせできませんが、あなたの……サポートのおかげで、私は任務を全うできました。そして、そのおかげで、不幸になったであろう私の国の女性たち、そして、これから不幸になったかもしれない私の国の女性たちの、何人かを、救うことができました』。……うーん。複雑な時制、というか、アスペクトとサブジェクティヴを、ひとつの間違いもなく、使いこなしてますね。実に見事なもんだ。相当高度な教育を受けた女性ですね」

脇本先生は感心したように頷き、続けた。

「ええと。そう、ここからだ。『あなたのサポートがあって、あなたと過ごしたひと時のおかげで、私は、最後の最後に、挫けることなく公務を全うすることができました。このことに、深く深く、心から、感謝をいたします。もう、二度とお会いすることはないと思いますけれど、心から、お礼を言います。愛してます。マハルキタ。マハル、マハル、マハルキタ。心から、アイラブユー』」

そこまで訳して、先生は、「コホン」と小さく咳払いした。そして続けた。

「……それから、P.S.として、『高田さんに、アグネスから、ありがとう、と伝えてください』……って、このミスタ高田ってのは、あの高田君？」

「はぁ。ええ。まぁ、一応」

「……あの高田君がねぇ……」

脇本先生は、しみじみと呟いた。そして、二枚の紙を差し出す。

「以上です。どうだろう？　状況は把握できた？　私は、事情を知らないから、チンプンカンプンなんだけど」

「ありがとうございました。本当に、ありがとうございました」

そう言った時、鼻の奥と目頭が、なんとなく熱くなった。とにかく、もう、俺はフェ・マリーンには二度と会えない、ということがはっきりとわかった。そして、俺はあの一夜の思い出をずっと忘れないし、そしてフェ・マリーンもおそらくはそうだろう、とはっきりわかった。

「本当に、ありがとうございました」

俺はそう言って、ソファから立ち上がった。先生も立ち上がり、ドアのところまで見送ってくれた。俺は、ドアを開けて、再び「ありがとうございました」と言ってお辞儀した。そのとたん、なぜだか知らないが、不思議な思いがこみ上げてきて、不覚にも、俺は涙をこぼしてしまった。

お辞儀をしながら泣くと、落涙すると、涙は、ダイレクトに足下に、つま先に、ポタポタと落ちるのだった。先生は、その涙に気づいたんだろう。小さな穏やかな声で、「ま、……あんまり……」と呟いた。

＊

ゲームセンターで、延々とドンキーコングをやって暇を潰した。五時になったので、古くからやっている〈金富士〉という焼鳥屋で、タンとガツを頼み、七時まで日本酒で時間を押し流した。七時に出て、ちょっと歩き、青いアンドンの脇、〈ケラー〉の階段を下りた。ドアが小さく「キィ」と鳴った。

客はひとりだった。

カウンターの真ん中に、高田が座っていた。その横に座った。

「なにを飲んでる？」

「ルーズ・エンド」

「……聞いたこと、ないな」

「今、岡本さんに作ってもらったんだ。岡本さんオリジナルで、五分前に誕生したカクテルだ。……ノン・アルコールなんだ。ちょっと、肝臓の調子が悪いみたいなんで」

「沈黙の臓器が喋ったのか」

「まぁな」

「そうか。俺は……フェ・マリーン」

「畏まりました」

岡本さんがそう言って、頷いた。

「なんだったのかね」

高田が、ポツリと呟いた。そして「公務、か……」と続けた。そして「お前、なにか見当がつかないのかよ」と怒ったような声で言う。

「……フェ・マリーンは、……フィリピンから日本……この場合はススキノだけど、その間の女を動かすルートを気にしてたみたいだ」

「人身売買とか？」

「ヒューマン・トラフィックとかさ」

「で？」

「……それだけだ」

「で、フェ・マリーンとアグネスが、そのルートを探る、潜入捜査員だった、とかか？」

「映画か小説だな」

「……だな」

「フェ・マリーンの住所は？　封筒には書いてあるのか」

「なかった」

「……ルーズ・エンドだな」

「だな。……ヘンな話だけど、俺、脇本教授に手紙を読んでもらうまでは、別に自分は、フェ・マリーンのこと、どうとも思ってない、と思ってたんだ」

「なるほど。思ってない、と思ってた、と」

「そりゃ、いなくなってから、たまに、ふとした時に思い出すことはあったよ。でも、それは恋愛感情だとは、思ってなかった」

「……」

「でも、教授に訳してもらったら、……なんだか、よくわからない気持ちがこみ上げて来てな。……涙が出て来た」

「……ま、そーゆーことも、あるんじゃねーの？」

「不思議だよ、つくづく」

「そーゆーもんじゃねーの？」

結構遅くまで飲んだ。何軒かハシゴしたような記憶もぼんやりある。それでも、午前二時には、高田と別れて部屋に戻った。

＊

ドアを開けてすぐに、中のようすがおかしい、と気付いた。だいたい、明かりが点いているのが変だ。俺が出かけたのは昼間だ。明かりが点いているわけがない。……花岡組の奴らが、上がり込んでいるのだろうか。

俺は緊張し、警戒しながら、ゆっくりと靴を脱ぎ、中に入った。ソファの横に、見覚えのあるショルダーバッグが置いてある。ファスナーを開けてみた。広げてみた。ビニールで包んで紐を掛けた、ビニ本の包みがびっしりと詰め込んであった。

（あの野郎……）

と思った時、便所の水を流す音がして、バスルームのドアが開き、鼻歌を歌いながら飯島が出て来た。自分のショルダーバッグと、その脇に立っている俺を見て、うろたえた。

「いや、違うんだ。それは誤解だ。ちょっと話を聞いてくれ」

必死になって、弁解を始めた。

著者あとがき

この本を手に取って下さって、ありがとう。

作者が「著者あとがき」など書くものではない、蛇足の極だ、とは思っているけれども、書きませんか、と打診されて、つい、「書きます」と言ってしまった。

この作品が、自分にとって非常に書きづらいものだったから。もとより、仕事が遅く関係各方面に多大な迷惑をお掛けしていて、申し訳ない、と常に心の中で土下座しているのだが、この作品は特に、筆がまるで搗きたての餅の中に、あるいはプーさんの蜜壺の中に落ちてしまったようで、遅々として進まなかった。今まで、これほどまでに苦労したことはない。

なぜそんなに苦労したかという理由は、自分にはわかるはずもないが、ぼんやりと想像できなくもない。

要するに、登場人物（キャラクターという言葉は、あまり好きではない）各々が、まだあまり「自分はフィクションの中の登場人物である」という自覚を持つに至っていない時期の物語だからだ、ということであろうかとも思う。

ススキノでぶらぶらしている〈俺〉の物語が、幸いなことに一部の人々の好意に支えられ、年月と作品数を増やすに連れて、それぞれの登場人物たちも「己の役割」というものを理解するようになったが、第一作、第二作あたりでは、彼らはまだ未熟で、現実に存在する人間たちの殻を尻にくっつけて歩き回っていた。身の周りで現実に起きた出来事の影を引きずってもいた。

今回は、その第一作の「前日譚」という趣向なので、登場人物たち、そして出来事は、第一作よりももっとずっと、現実のものに近い、生身の存在として出来事として、目の前をチラチラ行ったり来たりするので、作者としての演出や構成、組立に、非常に苦労した。

という理由が大きいのだろうな、と漠然と想像する。

でも、自分のことなど、自分にわかるはずはない。だから、完全に的外れかもしれないけれど。

＊

この作品を書くことになったきっかけは、シリーズ第二作の『バーにかかってきた電話』が『探偵はＢＡＲにいる』（東映）というタイトルで映画化されることになったからだ（二〇一一年秋に公開予定）。なのでこの際、小説とその映画化作品について、いつも思っていることを書き留めておきたい。

小説家が、その作品の映画化に当たって、どのような態度を取るかは、ひとりひとり完全に違うだろう。映画全体に注文を付ける作家もいるようだし、自分で脚本に参加する人、キャスト選びにこだわる人など、いろいろいるらしい。もちろん、映画には一切口を出さない、

あって、原作者のものではない。

　その点、自分は小説と映画は全く別のものだと考えているので、自作の映画化は今回で二回目だが、どちらの場合も、一切口を出さないようにした。映画は、基本的に監督のものであって、原作者のものではない。

　自分は小説に関しては、自分なりの方法や技術を持っているかもしれないが、映画に関しては全くのシロウトで、ただひたすら観客であるに過ぎない。だから、映画化・映像化に際しては、プロである映画人に完全に任せる。最初の映画化作品『フリージア　極道の墓場』（大映）は、その結果、諸々の大人の事情で、「こんなに小説と違うのに、原作料を貰ってもいいのだろうか」「申し訳ない」という気持ちになるほど原作とは異なったものになった。でも、三浦友和氏や哀川翔氏、蛍雪次郎氏はじめ俳優各氏が、自分の作品の中の登場人物の名前で動き回ってくれるのを見るだけで、楽しかった。三浦友和氏の拳銃の扱いもカッコよかった。蛍雪次郎氏が、頬を撫でながら、自分が作品の中に書いたセリフを喋ってくれた時には、背骨がザワザワした。

　とにかく、小説と映画化作品は別物であり、ひとりひとりの小説家に、それぞれの方針はあろうけれども、基本的には、小説家は映画（映像化作品）には口を出すものではないと思っている（もちろん、小説家が口を出して、それで成功した映画はいくらでもあるのは、承知している）。

　で、その小説を原作とする映画について、ひとつだけ、この場を借りて述べておきたいことがある。

映画『ロング・グッドバイ』のことだ。

この、エリオット・グールドがフィリップ・マーロウを、そしてスターリング・ヘイドンがロジャー・ウェイドを演じた、ロバート・アルトマン監督作品は、フィリップ・マーロウのファンには非常に評判が悪いらしい。原作とは時代背景も人間関係も、そしてそもそも事件も犯人も異なる映画。結末も全く違う。そして（なによりファンにとっては最も重要なポイントであろうところの）マーロウの「キャラクター」、あるいは造形も全く違う。この映画を非難したくなるマーロウのファンたちの気持ちもわからなくはない。

だが、この映画は、傑作だ。『ゴスフォード・パーク』と並ぶ、ロバート・アルトマンの最高傑作だと思う。アルトマンは、チャンドラー自身ですら、はっきりとは自覚していなかったであろう、チャンドラーが感じていた、世界に対する不愉快さを正確に切り取り、描いたと思う。アメリカ文明の不可避的な退廃を、活き活きと我々に見せてくれた。

「グールドのマーロウは、本来のマーロウとは全く違う」とファンは怒る。そんなことは、映画にとってはどうでもいいことだが、映画化作品には必ず付いて回るものなのかもしれない。それは避けられないことなのかもしれないが、しかし、グールドのマーロウは素晴らしい。ハードボイルド小説の主人公というと、「寡黙」「渋い」というような修飾語が付いて回る場合が多いが、実際には、フィリップ・マーロウは、お喋りだ。そんな大男を、悪党や警官や容疑者相手に、ペラペラ喋り、相手にあまり通じないギャグをかます。グールドはとても楽しそうに、そしてリアルに演じていた。

『ロング・グッドバイ』の後に作られて、マーロウのファンには好感を持たれているらしい『さらば愛しき女よ』で、ロバート・ミッチャムが演じたマーロウは、確かに原作小説のファン、あるいはマーロウのファンを喜ばせるかもしれないが、しかし、なんとなく、「レイモンド・チャンドラーが生み出したハードボイルド小説のヒーローである、フィリップ・マーロウ」のパロディのように見えないだろうか。時代背景を丁寧に描き、プロットもほぼ原作通り（女の扱いとラストは全く異なってはいるが）であっても、映画としては『ロング・グッドバイ』に遠く及ばない、と思っている。

と、いうようなことを、いつも考えているので、自作の映画化をきっかけに、書いておこうと思った次第です。

ミステリを原作にして作られた映画には、傑作は意外に少ない。また、小説では可能であるプロットも、映像として観客の眼前に展開するのが不可能である作品も多い。

そんな中で、原作を超えた稀なミステリ映画化作品として、『ロング・グッドバイ』と『江戸川乱歩の一寸法師』は傑出した作品だと思う。このふたつの作品は、原作と拮抗する、か、場合によっては原作を乗り越えている。

このことを、前々から、どこかに書き留めておきたい、と思っていたので、この場をお借りした次第です。

ありがとうございました。

二〇一一年二月

著者略歴　1956年生，北海道大学文学部中退，作家　著書『探偵はバーにいる』『バーにかかってきた電話』『猫は忘れない』（以上早川書房刊）他多数

HM=Hayakawa Mystery
SF=Science Fiction
JA=Japanese Author
NV=Novel
NF=Nonfiction
FT=Fantasy

ススキノ探偵シリーズ

半端者
—はんぱもん—

〈JA1025〉

二〇一一年三月十五日　発行
二〇一三年四月十五日　十二刷
（定価はカバーに表示してあります）

著者　東《あずま》　直《なお》　己《み》
発行者　早川　浩
印刷者　矢部真太郎
発行所　株式会社　早川書房
郵便番号　一〇一‐〇〇四六
東京都千代田区神田多町二ノ二
電話　〇三‐三二五二‐三一一一（大代表）
振替　〇〇一六〇‐三‐四七七九九
http://www.hayakawa-online.co.jp

乱丁・落丁本は小社制作部宛お送り下さい。
送料小社負担にてお取りかえいたします。

印刷・三松堂株式会社　製本・株式会社フォーネット社

ISBN978-4-15-031025-7 C0193

本書は活字が大きく読みやすい〈トールサイズ〉です。